KB261149

한때 흑인이었던
남자의 자서전

이 도서의 국립중앙도서관 출판예정도서목록(CIP)은 서지정보유통지원시스템 홈페이지(http://seoji.nl.go.kr)와
국가자료공동목록시스템(http://www.nl.go.kr/kolisnet)에서 이용하실 수 있습니다.
(CIP제어번호: CIP2010000441)

세계문학전집
028

James Weldon Johnson : The Autobiography of an Ex-Colored Man

한때 흑인이었던 남자의 자서전

제임스 웰든 존슨 장편소설
천승걸 옮김

문학동네

한때 흑인이었던 남자의 자서전　　7

해설 | 전통의 새로운 조명　201
제임스 웰든 존슨 연보　209

1

이 글을 씀으로써 나는 내 삶의 큰 비밀, 지난 몇 년 동안 내 어떤 재산이나 소유물보다도 더 마음 쓰며 지켜온 비밀을 스스로 폭로하고 있음을 잘 안다. 이 글을 쓰도록 나를 충동질한 동기가 무엇일까를 분석해보는 일은 내게는 아주 흥미로운 과제가 아닐 수 없다. 아직 발각되지 않은 범인이 그 일이 사신에게 파멸을 가져오리라 거의 확신하면서도 누구에겐가 범행 사실을 털어놓지 않을 수 없게 만드는 그런 묘한 충동이 나에게 작용하지 않았나 싶다. 지금 내가 불을 가지고 장난을 치고 있음을 안다. 그래서 나는 그 불장난 놀이가 주는 가장 짜릿한 스릴을 느낀다. 그리고 이 모든 것 뒤에, 내 삶의 모든 자질구레한 비극들을 다 모아 그것들을 악의적 농담으로 바꾸어 사회에 앙갚음하고 싶은, 야비하고도 악마적인 욕구 같은 무엇이 작용하고 있다고 생각한다.

또한 거기에서 벗어나고 싶은 어떤 막연한 불만, 후회, 회한의 감정을 고통스럽게 느끼기도 한다. 이 느낌에 대해서는 이 글의 마지막 부분에서 이야기하려 한다.

나는 남북전쟁이 끝난 몇 년 후 조지아 주의 한 조그만 도시에서 태어났다. 도시 이름을 밝히지 않는 것은 이 이야기와 연관될 수 있는 사람들이 아직도 그곳에 살고 있기 때문이다. 태어난 곳에 대한 기억은 희미하다. 때로 나는 눈을 감고 마치 꿈결처럼 어떤 딴 세상에서 오래전에 일어난 듯한 일들을 떠올려본다. 흐릿한 시야에 조그만 집 한 채가—큰 집이 아닌 것은 분명하다—보인다. 앞마당에는 꽃들이 자라고 있고 꽃밭 주위로는 갖가지 색의 유리병이 땅속에 목이 묻힌 채 둘려 있다. 언젠가 모래밭에서 놀다가 병도 꽃처럼 땅속에서 자라는지 알고 싶어서 그 병들을 파보았던 기억이 난다. 그 확인 작업 때문에 나는 호되게 볼기를 맞았고, 그래서인지 그 사건은 내 머릿속에 지워지지 않고 선명히 남아 있다. 집 뒤켠에는 헛간이 하나 있었는데 나무로 만든 빨래통 두세 개가 그 아래 세워져 있던 기억이 난다. 이 빨래통은 나의 평생을 통틀어 혐오 품목 제1호가 되었다. 어느 날 저녁이면 정기적으로 나는 이 통 속에 집어넣어져 피부가 아플 정도로 때밀이를 당해야 했기 때문이다. 고약한 냄새가 나던 독한 비누거품이 눈 속에 들어갔을 때의 고통은 아직도 잊히지 않는다.

집 뒤쪽으로는 채마밭이 뻗어 있었는데 아마도 23미터나 30미터 정도의 길이였을 것이다. 하지만 내 어린 눈에 그 밭은 무한히 뻗어나간 영역이었다. 채마밭 탐험의 원정길에서 울타리 가장자리를 따라 설익기도 하고 농익기도 한 검정딸기가 주렁주렁 매달린 것을 발견했을 때의 기쁨과 흥분과 경이로움이 주는 스릴은 지금도 생생하게 느껴진다.

참을성 있게 되새김질하고 있는 소 우리에 이르러 그 앞에 섰을 때의 즐거움, 이따금 우리 창살을 통해 빵조각이나 당밀을 내밀었다가 그것을 받아먹으려고 소가 조금이라도 움직이면 기겁을 해서 손을 빼냈던 일들이 생각난다.

이 조그만 집을 들락거렸던 사람들에 대한 기억은 희미하지만 두 사람의 모습만은 머릿속에 선명히 아로새겨져 있다. 그 하나는 어머니이고 다른 하나는 검은 콧수염을 얍상하게 기른 키 큰 남자이다. 그 남자의 신발이나 부츠가 항상 반들거렸던 것, 그리고 남자는 금줄이 달린 커다란 금시계를 차고 있었는데 늘 기꺼이 내가 시계를 가지고 놀도록 해줬던 일이 생각난다. 그에 대한 나의 선망은 줄 달린 시계와 윤기 나는 신발에 거의 반반씩 공평히 나누어졌다. 그는 일주일에 두세 번씩 저녁에만 집에 왔다. 그가 오면 슬리퍼를 갖다주고 그 반들거리는 신발을 정해진 한쪽 구석에 보관하는 일이 나에게 맡겨진 임무였다. 그는 때로 이 서비스에 대한 보상으로 반짝거리는 동전 한 닢을 주었는데 어머니는 그 동전을 조그만 주석 저금통에 즉시 집어넣도록 가르쳤다. 이 키 큰 남자가 조지아의 조그만 집에 마지막으로 왔던 날을 나는 선명히 기억한다. 그날 저녁 내가 잠자리에 들기 전에 그는 나를 두 팔로 들어 올려 꼭 껴안았다. 어머니는 그가 앉은 의자 뒤에 서서 눈물을 훔쳤다. 나는 그의 무릎에 앉아 그가 10달러짜리 금화에 열심히 구멍을 내고 그 금화를 줄로 꿰어 내 목에 걸어주는 모습을 지켜보았다. 나는 금화를 목에 두른 채 내 일생의 절반이 넘는 오랜 시간을 살았고 아직도 그 금화를 간직하고 있다. 하지만 구멍을 뚫어 내 목에 걸어주는 그런 방식이 아닌 다른 어떤 방식으로 그 금화를 내가 지닐 수 있게 해주었더라면 하는 아쉬움을 느낀 게 한두 번이 아니었다.

금화가 내 목에 둘려진 그날, 어머니와 나는 영원히 끝나지 않을 것 같은 긴 여행길을 떠났다. 나는 의자에 무릎을 세우고 앉아 차창 밖으로 빠르게 스쳐 지나가는 옥수수밭과 목화밭을 바라보다가 잠이 들었다. 잠에서 깨어났을 때 우리는 큰 도시의 시가지를 통과하고 있었다. 서배너였다. 우리는 서배너에서 기선을 타고 뉴욕까지 갔고 뉴욕에서 다시 코네티컷 주의 한 조그만 도시로 갔는데 그곳이 내 소년 시절의 고향이 되었다.

어머니와 나는 호사스러울 정도로 잘 갖춰진 조그만 독립가옥에서 함께 살았다. 응접실에는 말총 덮개를 씌운 의자들과 작은 피아노가 있었고 반 2층으로 향하는 계단에는 붉은 카펫이 깔려 있었다. 벽에는 그림들이 걸려 있었고 유리문이 달린 장 속에는 책이 몇 권 꽂혀 있기도 했다. 어머니는 나를 늘 깔끔하게 차려입혀서 나는 옷 잘 입는 아이들이 보통 느끼는 그런 자부심을 자연스럽게 가지게 되었다. 어머니는 내가 친구 사귀는 일에 신경을 많이 썼고 나 자신도 꽤 까다로운 편이었다. 지금 와서 돌이켜보면 그때 나는 완벽한 꼬마 귀족이었다. 어머니는 좀처럼 남의 집에 놀러가는 일이 없이 바느질만 했고 집에는 많은 숙녀들이 드나들었다. 내가 집에 있을 때면 그녀들은 나를 부르면서 이름이 뭐냐 몇 살이나 먹었느냐 묻고 어머니에게 애가 참

예쁘게도 생겼다며 칭찬을 하곤 했다. 어떤 사람들은 내 머리를 다독거리면서 키스를 하기도 했다.

어머니는 바느질 일로 늘 바빴다. 그래서 때로는 다른 여자를 고용해 쓰기도 했다. 지금 생각해보면 어머니가 바느질로 번 돈이 상당했던 것 같다. 또한 어머니는 그때 최소한 한 달에 한 번은 정기적으로 편지를 받았다. 나는 우체부가 오나 지켜보고 있다가 편지를 받으면 부리나케 달려가 어머니한테 그 편지를 전하곤 했다. 바쁠 때나 그렇지 않을 때나 어머니는 편지를 받으면 곧 가슴 속으로 깊이 집어넣었다. 하지만 어머니가 편지를 읽는 것을 본 적은 없다. 나중에야 안 사실이지만 그 편지 안에는 돈이, 아니 어머니에게는 돈 이상의 어떤 것이 담겨 있었던 것이다. 어머니는 대체로 늘 바쁜 편이었지만 그래도 시간을 내어 나에게 글자와 숫자를 가르쳤고, 쉬운 몇몇 단어들의 철자법을 가르치는 일을 소홀히 하지 않았다. 그리고 일요일 저녁이면 늘 피아노 뚜껑을 열고 찬송가를 쳤다. 어머니가 찬송가책을 보면서 연주를 할 때면 항상 템포가 아주 느렸던 기억이 난다. 때로 바느질을 하지 않는 어느 저녁에는 간단한 피아노 반주를 곁들이며 옛 남부 노래들을 부르기도 했다. 악보 없이 그냥 반수를 하는 것이어서 그런 노래를 부를 때 어머니는 한결 더 자유로워 보였다. 내 어린 시절의 가장 행복했던 시간은 어머니가 피아노 뚜껑을 여는 저녁나절이었다. 어머니가 피아노로 다가갈 때면 나는 언제나 응석받이 애완견이 자신을 위한 맛있는 먹을거리가 담긴 봉투가 열렸을 때 보이는 그런 호기심과 억누를 수 없는 기쁨을 느끼며 어머니 뒤를 조르르 쫓아갔다. 나는 어머니 옆에 서서 고음부나 저음부에 이상한 화음을 섞어 넣어 이따금 어머니의 신경을 거슬리게 하거나 연주를 방해하기도 했다. 나는 검은 건반을 두드릴 때 들리는 반음을 특히 좋아했던 기억이 난다. 어머니는 나를 꼭 껴안고 내 머리에 줄곧 자신의 얼굴을 부드럽게 부비며 가사 없는 옛 노래의 멜로디를 조용히 낮게 흥얼거렸다. 얼마나 많은 밤을 그렇게 잠들었는지 모른다. 검은 큰 눈으로 불빛 속을 응시하던—무엇을 응시했을까—어머니의 모습이 되살아난다. 그건 어머니밖에 아무도 모를 일이었다. 그런 어머니의 모습에 대한 기억은 내가 어머니 품속의 그 순수함과 안전함으로부터 너무 멀리 떠나 방황하는 것을 막아준 적이 한두 번이 아니었다.

아주 어렸을 때부터 나는 혼자 피아노 건반을 두드리기 시작했고 오래지 않아 몇몇 곡조를 치는 정도가 되었다. 그래서 일곱 살 때 나는 어머니가 아는 모든 찬송가와 노래들을 다 외워서 연주할 수 있게 되었다. 또한 두 가지 음자리표의 음표 이름들도 배웠지만 나는 음표니 뭐니 그런 것에 제약받는 것을 별로 좋아하지 않았다. 이때쯤 어머니가 바느질 일을 해주는 몇몇 귀부인들이 나에게 얼른 피아노 레슨을 시키라며 어머니를 설득했다. 그래서 꽤 훌륭한 음악가인 한 귀부인에게 피아노를 배우게 되었고 동시에 그 부인의 딸에게 글공부도 배우게 되었다. 내 음악 선생님은 처음에 나를 음표에 충실하도록 만드느라 애를 먹었다. 선생님이 나에게 연습곡을 연주해 보이면 나는 항상 악보에 적힌 기호를 전혀 따르지 않고 요구된 소리를 재생해내려고 나름의 시도를 했다. 글공부 선생인 딸도 골머리를 앓았다. 글을 읽다가 어렵거나 낯선 단어가 나올 때마다 내가 상상력을 동원해서 그림으로부터 유추해 읽는다는 사실을 알았기 때문이었다. 그 이후 언젠가 그녀는 내가 때때로 전체 문장, 심지어 전체 단락까지 그림이 전달한다고 생각하는 의미로 바꿔 읽곤 했다고 웃으며 말한 적이 있었다. 그녀는 때로 내가 글쓴이의 주제를 나름대로 새롭게 받아들이는 것이 재미있었을 뿐 아니라 이야기의 플롯에 어떤 새롭고 갑작스러운 관점을 부여할 때는 어떤 결말을 이끌어낼지 아주 관심 깊게 심지어 흥분까지 느끼며 들었노라고 말했다. 하지만 그것은 내가 아둔했기 때문은 아니라고 확신한다. 왜냐하면 나의 음악공부나 글공부 모두 진도가 빨랐기 때문이다.

그렇게 한 2년 동안 내 생활은 음악공부와 책 읽기로 나누어진 셈이었는데 그중 음악 쪽이 더 많은 시간을 차지했다. 나에겐 함께 놀 친구가 없었지만 혼자 하는 놀이를 즐겼으며, 때로는 그런 놀이를 스스로 만들어서 그런대로 즐겁게 시간을 보냈다. 어머니와 함께 다닌 교회에서 만난 친구 몇이 있긴 했지만 그 아이들과는 별로 친하게 지내지 않았다. 그러다가 아홉 살이 되던 해에 어머니는 나를 공립학교에 보내기로 결심했다. 그래서 나는 갑작스레 한 무리의 크고 작은 별의별 아이들 틈에 끼게 되었는데 어떤 아이들은 야만인처럼 느껴지기도 했다. 나는 학교에 간 첫날의 그 당혹감과 고통과 절망감을 잊을 수 없다. 딴 아이들은 서로 다 아는 사이 같은데 나 혼자만 유독 이방인처럼 느껴졌다. 하지만 나를 아는 선생님에게 배정을 받게 된 것은 참으로 다행이었다. 선생님은 어머니에게 옷을 지어 입는 손님이었는데 늘 내 머리를 쓰다듬고 키스를 해주던 숙녀 중의 하나였다. 선생님은 일부러 나에게 직접 몇 마디 말을 건넸고 이러한 선생님의 행동은 내 마음을 한결 편하게 해주었을 뿐 아니라 학급에서 무시 못할 어떤 위상을 나에게 부여해주었다.

　며칠 지나지 않아 나는 가까운 친구 하나를 사귀게 되었고 다른 아이들과도 그런대로 잘 어울려 지내기 시작했다. 하지만 여자애들을 대할 때는 늘 수줍은 편이었다. 지금도 아름다운 여자의 말이나 표정은 나를 떨리게 만든다. 나는 아주 간단한 방법으로 그 친구를 마치 쇠고리처럼 단단히 나에게 묶어두었다. 주근깨투성이 얼굴에 숱 많은 빨강머리에다가 몸집이 크고 어수룩해 보이는 아이였다. 아마도 열네 살쯤 되었으니까 다른 아이들보다 네댓 살은 나이가 많았다. 이처럼 나이가 많은 것은 전 학년의 몇몇 과정을 이수하는 데 다른 아이들보다 두 배나 많은 시간이 걸렸기 때문이었다. 학교에 다니기 시작한 지 몇 시간도 되지 않아 곧 나는 '빨강머리'—본의 아니게 그렇게 부르게 됐지만—와 친구가 될 수밖에 없는 운명임을 느꼈다. 이 느낌이 공립학교에서는 몸집이 크고 힘센 친구가 필요하고, 한편 그 아둔함에도 불구하고 '빨강머리'가 내가 자신에게 도움이 되는 존재임을 알아차리리라는 나의 약삭빠른 판단에 의해 더 강해졌을 것임은 의심의 여지가 없었다. 여하튼 우리 두 사람 사이에는 이러한 동시적인 상호의 끌림이 있었다.

　선생님은 마치 시험 삼아 순위 결정을 위한 예선을 치르기라도 하듯 학생들을 교실 벽을 따라 아무렇게나 세워 놓았다. 일렬로 줄을 다 섰을 때 나는 요령껏 세번째에 자리를 잡고 내 바로 옆에 '빨강머리'를 세우는 데 성공했다. 선생님은 우리에게 우리 각자가 서 있는 줄의 순서에 해당하는 단어의 철자를 말하도록 했다. "첫째 철자는?" "둘째 철자는?" "셋째 철자는?" 나는 마치 '더 어려운 것을 시키지 그러세요' 하고 말하듯 거침없이 "t-h-i-r-d, 셋째요"라고 대답했다. 줄의 순서에 따라 단어가 내려가면서 나는 쉬운 단어의 좋은 자리를 차지한 것이 얼마나 다행인지 알 수 있었다. 어린 나이였지만 나는 뒤쪽 아이들이 '열두번째' '스무번째'로 계속 내려가는 것을 보면서 이 모든 과정이 아주 불공정하다는 느낌을 지울 수 없었다. 그래서 '열두번째'니 '스무번째'니 하는 복잡한 단어의 철자를 말해야 하는 아이들이 안됐다는 생각까지 들었다. "넷째 철자는?" '빨강머리'는 뒷짐을 단단히 하고 당당하게 대답하기 시작했다. "f-o-r-t-h." 순간 수십 개의 손이 일제히 올라갔다. 그러자 선생님이 "손가락 딱딱거리지 마요, 손가락 딱딱거리지 마요"라고 말했다. 처음으로 틀린 답이 나오자 몇몇 아이들은 제정신이 아닌 듯 머리 위로 손을 높이 쳐들고 춤추듯 한 발로 쿵쾅거리면서 온 얼굴에 기쁨을 잔뜩 머금은 채 손가락을 마구 흔들어대기도 했고, 어떤 아이들은 손을 약간 들어 올리고 손가락을 가볍게 흔들면서 가만히 서 있기도 했다. 또 어떤 아이들은 움직이거나 손을 들지도 않고 깊은 생각에 잠긴 듯 이마를 찌푸린 채 조용히 서 있었다.

이 모든 것이 나에게는 아주 생소했다. 나는 손을 들지 않고 '빨강머리'에게 잽싸게 "u"라고 여러 번 속삭였다. "기회를 한 번 더 주겠어요." 선생님이 말했다. 아이들의 손이 내려가고 교실은 다시 조용해졌다. '빨강머리'는 얼굴이 벌게진 채 애원하는 눈빛으로 천장을 쳐다보고는 다시 가련한 눈길로 마룻바닥을 내려다본 후에 떠듬떠듬 말하기 시작했다. "f-u-" 즉각적으로 손을 들고 싶어 하는 충동이 아이들을 엄습했지만 선생님은 애써 그 충동을 제지시켰고, 가련한 '빨강머리'는 자신이 철자 하나하나를 덧붙일 때마다 점점 더 곤경에 빠져들어감을 알고 있었으나 그래도 끈질기게 끝까지 계속했다. "r-t-h." 그러자 아이들은 전보다 더 요란스럽게 손을 들어 흔들며 난리를 쳤다. 손가락을 움직이지 않았던 아이들도 이번에는 머리 위로 손을 마구 흔들어 댔다. '빨강머리'는 멍한 상태로 서 있었다. 덩치 큰 바보 같은 그의 모습에 몇몇 아이들은 킬킬대기 시작했다. 어찌할 도리가 없는 그의 곤경이 내 가슴을 치면서 강한 동정심을 불러일으켰다. 만일 '빨강머리'가 실패한다면 그건 어떤 의미에서 나 자신의 실패라는 생각이 들었다. 그래서 나는 얼른 손을 들었다. 그러고는 교실 안의 흥분 상태와 선생님이 다시 질서를 잡으려고 애쓰는 혼란스러운 틈을 이용하여 그 아이 귓속에 잽싸게 "f-o-u-r-t-h, f-o-u-r-t-h"라는 말을 아주 분명하게 쏟아부었다. 선생님은 교탁을 탁탁 치고는 말했다. "세번째이자 마지막 기회예요." 아이들의 손이 다시 내려오고 답답한 침묵이 내려앉았다. '빨강머리'가 대답하기 시작했다. "f⋯⋯" 그날 이후 내 운명의 수레바퀴가 어떻게 돌아갈지 여러 번 가슴 졸이며 기다려본 적이 있지만 그날 그 철자들이 '빨강머리'의 입술에서 "o-u-r-t-h"의 순서로 쏟아져 나오는 것을 지켜볼 때처럼 그렇게 긴장된 적은 없었다. 안도와 실망의 한숨 소리가 교실 여기저기에서 터져 나왔다. 그후 학교를 다니는 내내 '빨강머리'는 나의 지력과 민첩함을 나와 함께 공유했고 나는 그의 힘과 끈질긴 성실함의 혜택을 누렸다.

학교에는 검은 피부와 갈색 피부를 가진 남녀 학생들이 있었는데 우리 반에도 그런 아이들이 몇 명 있었다. 그중 한 아이가 첫날부터 유독 내 관심을 끌었다. 얼굴색은 아주 검었지만 윤기를 낸 것처럼 반들거렸다. 눈에서는 광채가 났고 입을 열 때면 하얀 이가 눈부시게 드러났다. 그래서 '빛나는 얼굴' '빛나는 눈' 혹은 '빛나는 이'라고 그를 부르면 아주 적절하겠다는 생각이 처음부터 강하게 들었다. 실제로 다른 아이들에게 그에 대해 이야기할 때면 나는 가끔 이 이름들 중의 하나로 그를 부르곤 했다. 이 이름들은 결국 '빛나'라는 한 이름으로 합쳐졌는데 공립학교에 다니는 내내 그는 그 이름에 아주 기분 좋은 반응을 보였다.

'빛나'는 반에서 철자를 가장 정확히 쓰고 책을 가장 잘 읽고 글씨를 가장 잘 쓰는—한마디로 가장 우수한—학생으로 정평이 나 있었다. 그는 무엇에든 이해력이 아주 빨랐고, 공부까지도 아주 열심히 하는 노력파였다. 그가 가진 이 두 가지 능력이 한 사람 안에서 잘 결합되기는 아주 드문 일이었다. 고등학교에 진학할 때까지 그는 매년 시간엄수상이니 품행상이니 작문상이니 낭독상이니 하는 거의 모든 상을 휩쓸었다. 하지만 학생으로서 그의 우수함에도 불구하고 사람들이 왠지 그를 업신여기고 있다는 사실을 깨닫는 데는 별로 오랜 시간이 걸리지 않았다.

다른 흑인 학생늘에 대한 업신여김은 그 정도가 훨씬 더 심했다. 어떤 아이들은 때로 흑인 아이들에 대해서 이야기할 때 아예 '깜둥이'라고 부르기도 했다. 이따금 하굣길에 한 무리의 아이들이 흑인 아이들 뒤에서 걸으면서 계속 이런 노래를 반복하기도 했다.

"깜둥이, 깜둥이, 죽지 마.
깜장 얼굴, 반짝 눈."

그러던 어느 날 오후, 흑인 아이 중 하나가 갑자기 자신을 놀리는 아이들을 향해 홱 돌아서더니 기왓장 조각을 집어 던졌다. 기왓장 조각은 한 백인 아이의 입에 정통으로 맞아 입술에 약간의 상처를 냈다. 피를 보자 기왓장을 던진 아이는 뛰기 시작했고 같이 가던 그의 친구들도 잽싸게 그 뒤를 따라 달아났다. 우리는 돌을 던지며 뒤쫓아 갔고 아이들은 이리저리 뿔뿔이 흩어져 달아났다. 나는 그 사건으로 무척이나 흥분했다. 그래서 집에 돌아와 어머니에게 '깜둥이' 녀석이 기왓장을 던져 백인 아이 하나를 다치게 했다고 말했다. 그때 어머니가 나를 향해 돌아서서 꾸짖던 모습을 영원히 잊지 못할 것이다. "다시는 '깜둥이'니 그런 말을 해서는 안 돼. 그리고 다시는 학교에서 흑인 아이들을 괴롭혀서도 안 돼. 창피한 줄 알아야지." 나는 부끄러워서 고개를 떨어트렸다. 하지만 그건 잘못된 행동을 했다는 어머니의 말에 설득되어서가 아니라 어머니한테서 처음 듣는 그 심한 꾸지람에 마음의 상처를 받았기 때문이었다.

나의 학창 시절은 아주 즐겁게 흘러갔다. 학업 성적은 우수했지만 품행 성적은 꼭 그렇지만은 않았다. 심각하게 잘못된 행동을 했다고 생각해본 적은 없지만 워낙 장난을 좋아해서 가끔 곤경에 빠진 적이 있었기 때문이다. 하지만 유머 감각이 워낙 교묘해서 대부분의 경우 곤경에 빠지는 것은 다른 아이의 몫이었다. 더욱이 학교 음악시간에 보여준 피아노 연주 솜씨는 내 나이로서는 놀랄 만한 것으로 인정을 받았다. 나는 많은 친구들과 다 가깝게 지내는 편은 아니었지만 전반적으로 보면 누구 못지않게 꽤 인기 있는 학생이었다.

두번째 학기가 끝나갈 무렵의 어느 날, 교장 선생님이 우리 반 교실로 들어와서 선생님에게 뭐라고 이야기한 후 무슨 이유에서인지 몰라도 이렇게 말했다. "백인 학생들은 잠시 모두 일어서주세요." 나는 다른 학생들과 함께 일어섰다. 그러자 선생님이 나를 쳐다보았다. 그러고는 내 이름을 부르며 말했다. "넌 잠시 앉아 있다가 나중에 다른 아이들이랑 함께 일어나라." 나는 선생님의 말을 잘 알아들을 수가 없어서 "선생님, 뭐라고 그러셨어요?"라고 물었다. 선생님은 좀 더 부드러운 어조로 같은 말을 반복했다. "지금은 앉았다가 나중에 다른 아이들이랑 함께 일어나." 나는 멍해진 채로 앉아 있었다. 아무것도 보이지 않았고 아무 소리도 들리지 않았다. 다른 아이들에게 일어나라고 했을 때 나는 그 사실을 알지도 못했다. 학교가 파하자 나는 마치 혼수상태에 빠진 기분으로 교실을 나왔다. 백인 아이들 몇몇이 나를 조롱하며 말했다. "그래, 너도 깜둥이였구나." 몇몇 흑인 아이들이 "우린 저 애 유색인인 거 알고 있었어"라고 말하는 소리도 들렸다. '빛나'가 그 아이들에게 말했다. "자, 가자. 그렇게들 놀리지 마." 그때 그 한마디로 해서 나는 지금도 그에게 변치 않는 고마움을 느끼고 있다.

나는 가능한 한 빨리 걸음을 옮겼다. 얼마쯤 지난 후에야 나는 '빨강머리'가 내 곁에서 함께 걷고 있다는 사실을 알았다. 잠시 후 그가 말했다. "네 책, 내가 들어줄게." 나는 아무 말도 할 수 없어 잠자코 책을 묶은 가죽끈을 그에게 건넸다. 집 대문 앞에 이르자 책을 건네면서 그가 말했다. "너, 내 큰 빨강 마노 구슬 알지? 이젠 그걸로 구슬치기를 못하겠어. 다음에 그 구슬, 학교에 가져와서 너 줄게."

나는 그에게서 책 묶음을 건네받고는 집 안으로 뛰어들어갔다. 현관 복도를 지날 때 어머니가 손님 한 사람과 이야기를 나누는 모습이 보였다. 그래서 나는 내 조그만 방으로 뛰어들어 문을 닫고 얼른 거울이 걸려 있는 벽 쪽으로 갔다. 잠시 거울을 보기가 두려웠다. 그러나 일단 거울로 시선을 옮긴 후에는 오랫동안 찬찬히 거울 속을 들여다보았다. 나는 사람들이 어머니에게 "참 예쁜 아드님을 두셨군요!"라고 말하는 것을 자주 들었다. 그래서 나의 미모에 관한 말을 듣는 데 익숙해 있었다. 하지만 이제 처음으로 나는 내 아름다움을 의식하고 그것을 확인하게 되었다. 상앗빛의 흰 피부, 아름다운 입매, 크고 촉촉한 검은 눈, 내가 보기에도 묘하게 매혹적인 눈 주위의 깊고 검실검실한 속눈썹, 그리고 관자놀이 위로 곱슬곱슬 흘러내려서 흰 이마를 더욱 더 희게 보이게 하는 부드럽고 윤기 나는 검은 머리카락. 나의 그런 모습을 응시하면서 얼마나 오랫동안 그렇게 서 있었는지 모른다. 방에서 나와 층계머리에 이르렀을 때 어머니랑 함께 있던 그 숙녀가 떠나는 소리가 들렸다. 나는 아래층으로 뛰어내려가서 손에 일감을 들고 앉은 어머니에게로 달려갔다. 그러고는 어머니의 무릎에 머리를 묻고 불쑥 내질렀다. "엄마, 엄마, 말해줘, 내가 깜둥이야?" 어머니의 얼굴은 볼 수 없었지만 일감이 마루 위로 떨어지는 소리가 들렸고, 내 머리에 어머니의 손길이 느껴졌다. 나는 어머니의 얼굴을 올려다보면서 다시 물었다. "말해줘, 엄마, 내가 깜둥이야?" 어머니의 눈에는 눈물이 고여 있었다. 어머니가 나 때문에 고통스러워한다는 것을 알 수 있었다. 나는 처음으로 어머니의 모습을 꼼꼼히 살펴보았다. 여태까지 나는 어린아이가 늘 그러하듯 어머니가 이 세상에서 제일 아름다운 여자라고 생각했다. 하지만 이제는 어떤 결함을 찾으려고 어머니의 모습을 쳐다보았다. 그러자 어머니의 피부가 거의 갈색이라는 것, 어머니의 머리카락은 내 머리카락처럼 부드럽지 않다는 것, 어머니의 모습은 집에 찾아오는 숙녀들과는 어딘지 달라 보인다는 것들을 깨달을 수 있었다. 하지만 그럼에도 불구하고 어머니는 아주 아름답고 그 숙녀들 중 어느 누구보다도 더 아름답다고 느껴졌다. 어머니도 내가 자신의 모습을 꼼꼼히 살펴보고 있음을 느꼈음에 틀림없었다. 어머니는 내 머리에 얼굴을 묻고는 어렵게 입을 열었다. "아니야, 넌 깜둥이가 아니야." 그리고는 다시 말을 이었다. "넌 누구 못지않게 훌륭한 애야. 누가 널 깜둥이라 불러도 무시해버려." 하지만 어머니가 더 많은 말을 할수록 나의 확신은 점점 더 약해져갔다. 그래서 어머니의 말을 끊고 이렇게 물었다. "좋아, 엄마, 내가 백인이야? 엄마도 백인이야?" 어머니는 떨리는 목소리로 대답했다. "아니, 엄마는 백인이 아니야. 하지만 너는, 네 아버지는 이 나라에서 가장 훌륭한 사람 중 한 분이셔. 네 몸속에는 남부의 가장 훌륭한 피가……" 이 말이 갑자기 내 가슴에 불안과 두려움의 생생한 틈새를 열어젖혔다. 그래서 악을 쓰듯 따져 물었다. "아버지가 누구야? 어디 있어?" 어머니는 내 머리를 쓰다듬으며 말했다. "언젠가 아버지에 대해서 이야기해주마." "난 지금 알고 싶어." 나는 흐느끼며 말했다. 어머니가 대답했다. "아니야, 지금은 아니야."

어쩌면 그 일은 그렇게 될 수밖에 없었는지도 모른다. 하지만 그 일을 그렇게 잔인하게 행한 그 선생을 나는 지금도 용서하지 못하고 있다. 아마도 그 여자는 그날 학교에서 비수를, 그 상처를 치유하는 데 오랜 시간이 걸리는 비수를 내 가슴에 꽂은 사실도 모르고 있었을 것이다.

2

나이가 더 든 후에 나는 이따금 과거로 돌아가 학교에서의 그 운명
적인 날 이후 내 삶에 어떤 변화가 일어났는지 분석해보려고 애썼다.
그 변화는 아주 근본적인 것이어서 비록 내가 어리고 그래서 그 변화
의 의미를 완전히 이해하지는 못했다 해도 그것을 충분히 의식은 할
수 있는 것이었다. 그 사건은 처음으로 볼기를 맞은 때처럼 내 기억에
생생히 남아 있는 몇 안 되는 사건 중 하나였다. 누구에게나 기억 속
에 분명히 기록되어 있지는 않지만 어떤 틀에 찍혀 있는 불행한 경험
들 몇 개는 있기 마련이다. 그리고 오랜 세월이 지난 후 그것들은 하
나하나 되살아나고 그 경험들이 불러일으켰던 세세한 감정들이 생생
히 되느껴지기도 한다. 바로 이러한 것이 삶의 비극이다. 우리는 자라
서 그러한 불행한 경험들을 어린 시절의 사소한 사건들—예컨대 못

쓰게 된 장난감, 지켜지지 않은 약속, 가슴에 상처를 입은 심한 말—에 포함시키기도 하는데 어렸을 때의 경험들 또한 어른이 되어 우리가 겪는 경험이나 절망감 못지않게 삶의 비극을 이루는 것이다.

그래서 이따금 나는 한 세계로부터 다른 세계로의 기적 같은 전이가—정말이지 전혀 다른 세계로의 전이였으므로— 이루어진 그 주일, 그날, 그 시간을 거듭 살곤 한다. 그때부터 나는 다른 사람의 눈을 통해 사물을 보게 되었고, 하나의 지배적이고 절대적인 관념, 그 힘과 무게가 점점 더 커져서 결국 거대한 하나의 실체적 사실이 되어버린 그 관념을 통하여 나의 생각이 채색되고, 그 관념에 의하여 나의 말이 지배되고, 그 관념에 따라 나의 행동이 제한을 받게 된 것이다.

그리고 바로 이러한 영향력이 미합중국에 살고 있는 모든 유색인들을 왜소하게 만들고 왜곡시키고 뒤틀리게 한다. 그들은 이 세상의 모든 사물을 한 시민이나 한 남자, 심지어 한 인간의 관점으로서가 아니라 오직 유색인의 관점에서만 보도록 강요당한다. 대부분 그들의 생각과 그들의 모든 행동이 이 같은 한 깔때기의 좁은 목을 통해서 걸러져야 한다는 사실을 감안하면 유색인종이 지금까지 그처럼 넓은 분야에서 이루어온 발전은 놀라운 일이 아닐 수 없다.

실제로 백인들에게 이 나라의 유색인들이 불가사의하게 느껴지는 이유도 이 때문이다. 유색인이 진정으로 어떤 생각을 하는지 백인이 이해하는 것은 쉬운 일이 아니다. 왜냐하면 유색인의 경우 그들이 무슨 생각을 하는지 또 하나의 다른 관점을 연관 지어 생각하지 않고는 이해가 불가능하고, 또한 그들의 생각은 때로 아주 예민하고 미묘한 여러 가지 고려사항에 영향을 받기 때문에 반대편 인종인 백인에게 자신의 진실을 고백하거나 제대로 설명하는 일은 거의 불가능하다. 이러한 이유로 해서 모든 유색인은 지적 수준의 정도에 따라 그에 걸 맞은 일종의 이중 인성을 띠게 된다. 그래서 그들의 한 측면은 같은 인종의 암묵하는 동지적 상황에서만 제 모습대로 드러나게 되는 것이 다. 나는 이따금 아주 무식한 유색인들까지도 백인 앞에서 천진스레 웃으며 흑인 분장 악극의 광대 몸짓으로 이 같은 이중 인성을 잘 지켜 가는 모습을 유심히 관찰하면서 때로 놀라움을 느끼곤 한다,

나는 이 나라의 유색인들이 백인들이 그들을 이해하는 것보다 훨씬 더 백인들을 잘 이해하고 있음을 분명한 사실로 믿는다.

이제 와 생각해보면 내 삶에 닥친 이 변화는 처음에는 객관적이기 보다는 다분히 주관적이었다. 나에 대한 학교 친구들의 태도가 그들 에 대한 나의 태도만큼 그렇게 많이 변했다고는 생각하지 않는다. 나 는 내성적으로 변해갔다. 아니 모든 것에 미심쩍어하는 성격으로 바 뀌어갔다는 표현이 낫겠다. 나 자신을 드러내어 나의 감정과 자존심 에 상처를 입지나 않을까 점점 더 두려워졌다. 의도되지 않은 것이 분 명한데도 내가 모욕당했다고 느끼거나 그렇게 상상하는 일이 잦아졌 다. 반면에 친구들이나 선생님들에게 뭔가 달라진 점이 있다면 그것 은 나에게 더 마음을 쓰게 된 것이었다. 하지만 돌이켜보면 나의 감수 성이 반발한 것은 바로 그러한 태도에 대해서였다. 나에게 상처를 주 지 않은 유일한 사람은 '빨강머리'였다. 나에 대한 자신의 사랑이 결코 변할 수 없음을 나에게 이해시키려고 애쓰던 그의 서투른 노력을 회 상하면 지금도 가슴이 뻐근해진다.

이때쯤만 해도 내 백인 친구들은 대부분 나와 그들 사이의 어떤 차

이를 잘 알거나 이해하지 못했다고 생각한다. 하지만 몇몇 아이들은 간혹 그 문제에 대해서 집에서 분명 무슨 이야기를 듣고 그렇게 해서 알게 된 지식을 말로나 행동으로 표현하기도 했다. 그러나 세월이 지나자 가장 순진했던 아이들 그리고 가장 무지했던 아이들조차 모든 사실을 다 알게 된 것 같았다.

만일 학교에 다른 유색인 아이들이 없었더라면 나 자신도 그 차이를 그처럼 분명히 깨닫지는 못했을 것이다. 나는 그들의 처지가 어떤가를 알게 되었고 이제 그들의 처지가 바로 나의 처지라는 것도 알게 되었다. 나는 이 검거나 갈색 얼굴을 한 아이들을 특별히 좋아하거나 싫어한 적이 없었다. 사실 '빛나' 외에 내 관심의 대상이 되었던 아이는 거의 없었다. 하지만 돌이켜보면 그 청천벽력이 떨어졌을 때 나는 내가 그 애들과 뭉뚱그려져 구분되는 것이 몹시도 싫었다. 그래서 뭐랄까 외톨이가 된 셈이었다. '빨강머리'와의 뗄 수 없는 관계는 계속 유지되었고 '빛나'와의 사이에는 일종의 공감과도 같은 유대가 형성되어 있었지만 다른 아이들과의 관계는 부자연스러운 감정에서 결코 벗어날 수 없었다. 하지만 이런 느낌은 대체로 내 나이 또래 아이들과의 관계에 국한되었다는 사실을 덧붙여야 할 것 같다. 나보다 나이가 많은 어른들에게 그런 느낌을 받은 적은 없으니까. 나중에 어른이 되었을 때도 나와 비슷한 나이의 백인들보다는 나이 든 백인들과의 관계가 훨씬 편하고 자유로웠다.

그때 내 나이는 열한 살쯤이었는데 앞에서 기술한 이런 감정이나 인상은 나이가 더 먹었다 해도 그보다 더 강하고 뚜렷할 수는 없었을 것이다. 이처럼 강요된 고독의 결과는 금방 두 가지 행동으로 나타났다. 그 하나는 책과 가까워지기 시작한 것이고 또 하나는 음악에서 더 큰 즐거움을 찾게 된 것이었다. 책과의 친교는 삽화가 그려진 금박 장정의 큰 성경책을 통해서였는데 그 호화로운 성경책은 우리의 조그만 응접실 중앙 탁자 위에서 그동안 소홀한 대접을 받고 있었다. 그 성경책 위에는 앨범 하나가 놓여 있어서 나는 이따금 그 앨범 안의 사진들을 들여다보곤 했다. 그러던 어느 날, 앨범보다 더 큰 그 성경책을 마루에 내려놓고 펼쳐보다가 책 안에 그림들이 무진장 들어 있는 것을 발견하고는 뛸 듯이 기뻤다. 나는 그림들을 보고 또 보았다. 정말이지 얼마나 많이 봤는지 제목을 읽지 않고도 그림 하나하나의 이야기를 다 알 수 있을 정도였다. 그러다가 히브리 자손들의 시련과 고통이 얽힌 역사의 실마리를 어떻게 붙잡을 수 있게 되면서 흥분을 느끼며 아주 열심히 그 실마리를 따라갔다. 오랫동안 내 영웅 목록의 선두에는 다윗 왕이, 그리고 그 뒤에는 삼손이 바짝 자리 잡고 있었는데 그 위치는 나중에 로버트 더 브루스*를 알게 될 때까지 변함이 없었다. 나는 구약의 대부분, 특히 전쟁과 전쟁의 소문을 다루는 부분들은 모두 읽었다. 그런 다음 계속해서 신약을 읽기 시작했다. 나는 예수의 삶에 흥미를 느꼈다. 하지만 엄청난 힘을 가지고 있으면서도 내 생각에 꼭 필요할 때 그 힘을 사용하지 않는 예수의 모습이 견딜 수 없었고 또한 실망스러웠다. 그래서 성경에 대한 나의 전체적인 첫 인상은 나중에 오늘날의 많은 책들에 대해서 느끼는 인상, 즉 저자들이 첫 부분에서는 아주 잘 쓰다가 끝으로 가면서 기운이 빠지거나 안이해진다는 그

* 로버트 2세(1274~1329). 스코틀랜드의 왕으로 배녹번 전투에서 잉글랜드군을 격파하여 스코틀랜드 독립을 확보하였음.

런 인상과 같은 것이었다.

성경을 읽은 후에, 아니 성경 중에서 내 관심을 끄는 부분들을 읽은 후에 나는 앞에서 언급한 유리문이 달린 책장을 탐사하기 시작했다. 거기에는『천로역정』,『피터 팔리의 미국사』, 그림(Grimm)이 쓴『가정 이야기』와『할아버지가 들려준 이야기』의 오래된 영역본('거울' 문고라고 기억되는),『알기 쉬운 과학』이라는 제목의 얇은 책, 그리고 누군가의『자연신학』등이 있었는데,『자연신학』이라는 책은 읽을 수도 없으면서 공연히 덤벼들었다가 모든 종류의 신학을 영원히 싫어하게 되는 결과를 초래하고 말았다. 또 책을 어떻게 사는지 전혀 모르는 사람들에게 외판원들이 파는, 이름도 없고 쓸모도 없는 그런 책들도 꽤 있었다. 여러 가지 조건을 생각해보면 나에게 그 이상 적합할 수 없는 이 조그만 장서 모음을 어머니가 어떻게 확보하게 되었는지 알려고 해본 적이 없다. 하지만 어머니는 결코 무식한 여자가 아니었고 아마도 그 책들을 대부분 직접 읽어보았을 가능성이 많다. 비록 성공회 기도서 외에 어머니 손에 책이 들려 있는 모습을 본 기억은 없지만. 어쨌든 어머니는 책 읽는 습관을 붙이도록 나를 격려해주었다. 그래서 그 장서들 중 내 관심을 끄는 책들을 거의 다 읽고 나자 어머니는 나에게 책을 사주기 시작했다. 또 그 당시 아이들에게 아주 인기 있던 한 주간지를 사볼 수 있도록 꼬박꼬박 돈을 주기도 했다.

이즈음 나는 어린아이에게는 어울릴 법하지 않은 그런 강한 열정으로 음악에 몰두했다. 음악 선생님이 바뀐 것이 주요한 원인이었다. 나는 어머니와 함께 다니는 교회의 오르간 연주자에게 레슨을 받기 시작했는데 그분은 훌륭한 교사이면서 또 철저한 음악가였다. 가르치는 기술이 뛰어날 뿐 아니라 강한 열정으로 나를 채워주어서—이건 선생님이 한 말인데—나는 놀랄 만큼 실력이 향상되었다. 갓 열두 살 때 어른들과 함께 어느 자선음악회에 출연해 상을 탄 기억이 난다. 지역 신문들을 통해서는 '신동'이라는 부당한 호칭을 얻기도 했다.

나는 내가 피아노를 어린아이가 연주하는 식으로, 말하자면 점점 손놀림이 빨라지는 '하나-둘-셋' 주법으로 치지 않았기 때문에 청중들이 놀랐으리라 생각한다. 또한 나는 아이들이 간혹 청중들을 놀라게 하는 잔재주에 불과한 그런 화려한 기교에 의존하지 않고 항상 음악 작품을 제대로 해석하려고, 그리고 감정을 실어 연주하려고 노력했다. 나는 아주 일찍이 페달을 사용하는 기교를 습득했는데, 페달을 씀으로써 피아노를 어떤 공감을 호소하는 노래하는 악기로, 피아노 본래의 그 딱딱하고 얼룩진 소리와는 아주 다른 어떤 소리를 내는 악기로 만들 수 있기 때문이었다. 그러나 그것이 전적으로 타고난 내 예술적 기질에 기인한 것만은 아니었다고 생각한다. 그것은 내가 연습을 무시하면서 피아노를 배운 것이 아니고 어머니가 감상적인 선율과 억양으로 부르던 그 묘한 노래들을 재현해보려고 애쓰면서 피아노를 배운 일과 다분히 관련이 있을 터였다.

어린 나이에도 나는 연주를 하면서 내가 느낀 바를 표현하기 위하여 어떤 몸동작을 곁들이는 습관이 있었는데 그런 습관은 나중에 위대한 연주가들에게서도 볼 수 있었다. 하지만 나는 그 동작을 흉내 내지는 않았다. 음악가의 그런 습관은 그저 어떤 효과를 위한 허식이라고 사람들이 말하는 것을 가끔 들었다. 어떤 경우에는 아마 그럴 것이다. 하지만 진정한 예술가라면 제비가 우아한 몸짓 없이는 날 수 없듯이 자신의 온몸을 자신이 표현코자 하는 정서와 일치시키지 않고는 피아노와 바이올린을 제대로 연주할 수 없을 것이다. 이따금 연주를 하면서 눈에 고인 눈물이 뺨을 타고 내려오는 것을 어찌할 수 없었다. 나는 다 큰 소년이 되어서도 때로 연주를 끝냈을 때나 심지어 연주 중에도 피아노에서 벌떡 일어나 흐느끼며 어머니의 팔에 몸을 내던졌다. 그럴 때 어머니는 나를 쓰다듬거나 때로는 눈물을 보임으로써 나의 이런 발작과도 같은 감정 표현을 오히려 부추겼다. 물론 이렇게 과도하게 감정을 내보이는 성향을 억제하기 위해서는 내 또래 아이들과 함께 어울려 공놀이나 수영 같은 것을 하는 편이 좋았을 것이다. 하지만 어머니는 그런 걸 몰랐다. 딱 한 번 어머니가 진정으로 엄하게, 자신이 최선이라 생각하는 일을 나에게 시킨 적이 있었다. 앞에서 이야기한 그 불행한 사건 이후로 나는 다시는 학교로 돌아가고 싶지 않았다. 하지만 어머니는 학교 문제에 대해서는 아주 확고했다.

세번째 학기가 시작되었고 세월은 이미 언급한 대로 그렇게 흘러갔다. 나는 두 번 승급을 하면서 그때마다 '빨강머리'를 나와 함께 승급시키는 데 성공했다. 나는 선생님들이 '빨강머리'가 학교를 마칠 수 있는 유일한 희망이 바로 나라고 생각하고 바람직한 결과를 가져오기 위하여 비밀리에 나와 공모를 했다고 믿는다. 어쨌든 계속되는 시험 때마다 '빨강머리'를 도와주는 것뿐 아니라 아예 그를 대행하는 일이 점점 더 쉬워졌다. 어떤 경우에 정직한 사람들이 어떻게 조금의 양심의 가책도 없이 그처럼 부정직해질 수 있을까를 생각하면 참으로 이상한 일이다. 아무것도 아닌 아주 조그만 거짓말 하나 못할 정도로 명예를 중히 여기면서도 시험 때 도움을 주거나 받고 싶은 유혹을 이겨

내지 못하는 아이들도 있다. 그래서 나는 오래전부터 사람의 정직성을 보여주는 가장 분명한 증거는 전차표를 받을 생각도 하지 않는 차장에게 표를 건네는 것이라고 생각하고 있다.

세번째 학기 중 방과 후의 어느 날 오후, 나는 저녁을 먹고 음악 선생님 댁에 가기 위해서 서둘러 집으로 돌아왔다. 물론 선생님 댁에 가는 걸 꺼린 적은 한 번도 없지만 그날따라 나는 몹시 들떠 있었다. 그 이유는 교회 청년회가 주최하는 연주회에서 바이올린 독주를 하는 젊은 숙녀의 피아노 반주를 부탁받고 바로 그날 오후에 함께 첫 리허설을 하기로 했기 때문이었다. 당시 내가 음악에서 즐기지 않는 유일한 것이 반주였는데 나중에 이 느낌은 혐오감으로까지 발전했다. 기실 음악 해석에 대한 나의 생각은 항상 개성이 너무 강해서 나는 결코 훌륭한 반주자가 되지 못했다. 독주자에게 나 자신의 점점 빨라지는 아첼레란도 기법이니 템포를 바꾸는 루바토 기법들을 줄곧 강요해서 이 중주를 완전히 혼란에 빠뜨린 경우도 자주 있었던 것이다.

아마도 독자 여러분은 그런 내가 왜 이 바이올린 독주자의 반주는 그처럼 기꺼이 그리고 열심히 하려고 했는지 이미 짐작했을 것이다. 만일 짐작하지 못했다면 다음 설명이 필요할 듯하다. 그 바이올린 연주자는 열일곱이나 열여덟쯤 된 아가씨였는데 어느 일요일 오후 무슨 특별 예배에서 그녀가 연주하는 것을 처음으로 잠깐 들은 적이 있었다. 그때 나는 어떻게 그럴 수 있었을까 싶을 정도로 진한 감동을 받았다. 물론 그녀가 상당한 수준의 연주자였음에 틀림없다고 판단되지만 지금 생각해보면 그때 그 감동은 그녀의 훌륭한 연주 솜씨 때문만은 아니었던 것 같다. 민감한 나이의 소년에게 그런 영향을 불러일으킬 만한 어떤 분위기가 작용했던 것이다. 예컨대 반쯤 어두운 교회, 청중들의 진지한 태도, 바이올린의 맑은 흐느낌 아래 깔리는 오르간의 굽이치는 떨림, 그녀의 반쯤 감은 눈, 창백한 얼굴을 가리는 마구 흐트러진 머리타래, 그녀가 불러일으키는 선율에 따라 흔들리는 가녀린 몸. 이 모든 것들이 함께 어우러져 아이답지만 강렬한 그리고 뭔가 지속적인 열정으로 나의 상상력과 가슴에 불을 댕긴 것이다. 나는 지금 그때 그 장면을 묘사해보려고 애쓰고 있다. 하지만 성공한다 해도 그것은 반쪽의 성공에 지나지 않을 것이다. 내가 전하고자 하는 바를 말로써는 도저히 다 표현할 수 없기 때문이다. 그 일요일 오후를 떠올리면 나도 모르게 언제나 옛 추억을 일깨우는 방향제처럼 내 모든 상상력을 가득 채우고 어떻게 표현할 수 없는 야릇한 몽환의 상태로 나를 이끄는 그런 여리면서도 분명한 어떤 향기를 의식하게 된다.

그녀는 나의 첫사랑이었다. 그러나 나는 그녀를 다만 소년이 사랑하는 식으로 사랑했다. 그녀를 꿈꾸고, 그녀를 위해 공중누각을 지었다. 그녀는 내가 아는 모든 아름다운 여주인공들의 화신이었다. 피아노를 연주할 때면 그것은 그녀에게 바치는 것이었다. 그러나 음악도 내 열정을 적절히 분출해주지는 못했다. 그래서 나는 공책을 사서 그녀를 칭송하기 위하여 처음이자 마지막으로 시 쓰기를 시도해보기도 했다. 어느 날 학교에서 일어났던 일이 생각난다. 무슨 연습 문제를 교정받기 위해 모두들 공책을 제출한 후에 선생님이 나를 자신의 책상으로 불렀다. "네 공책에는 누군가의 갈색 눈에 대한 광상시 같은 것 말고는 아무것도 적힌 게 없으니 연습 문제를 교정해줄 수가 없잖아." 다른 공책을 잘못 제출한 것이었다. 내 일생에 그 순간처럼 당황

했던 적은 없었다. 선생님이 내 발가벗은 가슴을 보았으리라는 것 때문만이 아니었다. 내게 그런 이성 문제가 있다는 것을 알아냈으리라는 점이 창피스러웠다. 그런 식의 시를 써서 창피하다는 생각은 그 당시에는 들지 않았다.

물론 독자들은 이 모든 사모의 정이 혼자만의 비밀이었음을 잘 알고 있을 것이다. 이 젊은 아가씨에 대한 나의 깊은 사랑 바로 곁에는 그녀가 어쩌다가 그 사실을 알아차리면 어떡하나 하는 두려움이 자리 잡고 있었다. 하지만 누군가의 사랑을 받으면서 그것을 눈치 채지 못하는 여자는 이 세상에 없다는 사실을 나는 알지 못했다. 영 알아차리지 못하는 남자들은 더러 있긴 하지만. 그 모든 것을 감추는 데 내가 얼마나 성공적이었을까를 생각하면 웃음이 난다. 우리가 이중주 연주를 한 후 얼마 안 되어 곧 내 사랑하는 이의 친구들은 모두 나를 그녀의 '귀여운 애인'이니 '귀여운 남자'라 불렀고 그녀 또한 웃으면서 그러도록 내버려두었다. 하지만 그런 상황이 만족스럽지만은 않았다. 나는 진지하게 대접받고 싶었던 것이다. 그래서 굳게 다짐했다. 나는 여자를 결코 사랑하지 않으리라. 그리고 만일 그녀가 나를 배신한다면 뭔가 극단적인 행동을 취하리라. 하지만 진짜로 극단적인 행동이란 어떤 것일까를 생각해내는 일은 아주 어려웠다. 냉혹한 나쁜 여자, 나를 이 지경으로 만들어놓고!

그래서 나는 그날 오후 이중주에서 바이올린 파트의 몇몇 소절을 흥얼거리며 집을 향해 발걸음을 재촉했다. 그녀와 가까이 있게 되고, 그녀의 관심을 독점하고, 그녀에게 도움을, 그것도 나 자신을 돋보이게 할 수 있는 그런 방식으로 도움을 줄 수 있게 되었다는 사실에 내

가슴은 즐거운 흥분으로 마구 뛰었다. 이런 돕는다는 생각은 물론 그녀에 대한 기꺼운 봉사의 마음에서 비롯된 것이었다. 그러나 이러한 기대감은 뭔가 기쁨과 두려움이 뒤섞인 그런 감정이었다. 나는 대문을 후딱 지나 한 걸음에 세 계단을 훌쩍 뛰어 현관문을 열어젖혔다. 그러고는 현관 모자걸이에 캡을 걸려는 순간 항상 캡을 거는 그 걸이 못에 까만 중산모자 하나가 걸려 있는 것을 발견했다. 나는 갑자기 멈칫 서서 그런 모양의 물건을 처음 보기라도 한 듯이 그 모자를 유심히 바라보았다. 그렇게 의아한 눈으로 모자를 계속 보고 있는데 어머니가 응접실에서 복도로 나오면서 나를 불렀다. 그러고는 나를 보고 싶어 하는 사람이 안에 와 있다고 말했다. 나는 알 수 없는 이상한 일에 연루되는 듯한 느낌으로 어머니와 함께 집 안으로 들어갔다. 내가 거실 안으로 들어서자 그 남자는 내 쪽으로 몸을 돌렸다. 서른댓쯤 되어 보이는, 키가 크고 옷을 잘 차려입은 아주 잘생긴 남자가 얼굴에 미소를 띠며 나에게로 한 걸음 다가왔다. 나는 걸음을 멈추고 중산모자를 바라볼 때와 같은, 그러나 그 정도는 훨씬 더 강한 느낌으로 그 남자를 쳐다보았다. 머리부터 발끝까지 찬찬히 살펴보았지만 전혀 기억이 나지 않는 얼굴이었다. 그러다가 나의 시선이 그의 날렵하고 우아한 윤기 나는 신발에 머무는 순간 뭔가 분명치 않은 반쯤 채워진 기억의 필름이 처음에는 서서히, 그러나 곧 재빨리 풀리며 이윽고 조지아에서의 어린 시절이 희미한 파노라마를 펼쳐 보이는 것이었다.

주술에 걸린 듯한 이런 몽환의 상태는 내 이름을 부르며 "아버지시다"라고 말하는 어머니의 목소리에 의해 깨졌다.

'아버지, 아버지.' 이 말은 그 문제에 대해서 어머니와 이야기를 나

눈 이후로 나에게는 줄곧 회의와 당혹감의 원천이 된 것이었다. 아버지에 대해서 얼마나 자주 궁금해했던가? 아버지가 누구이며, 어떻게 생겼는지, 살아 있는지 죽었는지, 무엇보다도 어머니는 왜 아버지에 대해서 아무 이야기도 하지 않으려 하는지. 나에게 한 약속을 지키라며 어머니에게 다그쳐 물어보려 한 적도 한두 번이 아니었다. 하지만 나는 어머니가 나에게 이야기하지 않음으로 해서 더 행복하고, 나는 이야기를 듣지 않음으로 해서 더 행복하다는 사실을 본능적으로 느꼈다. 그러면서 나는 아버지에 대해 아무것도 모르고 있었던 것이다. 그런데 지금 여기 아련히 그려왔던 바로 그런 모습으로 내 앞에 아버지가 서 있었다. 하지만 나는 아버지 쪽으로 다가가지 않고 어떻게 해야 할지 무슨 말을 해야 할지 몰라 어쩔 줄 모르는 바보 같은 모습으로 그 자리에 그대로 서 있었다. 아버지도 그런 느낌이 아니었을까 싶다. 어머니는 내 어깨 위에 한 손을 얹고 내 옆에 서서 나를 앞으로 밀다시피 했지만 그래도 나는 움직이지 않았다. 어머니 얼굴에 어리던 그 실망의, 아니 고통의 표정이 지금도 생생히 떠오른다. 지금 생각해보면 어머니가 오직 바랐던 것은 '아버지'라는 그 이름을 듣고 내가 아버지의 품에 몸을 내던지는 것이었으리라. 하지만 나는 그런 극적인, 아니 신파적인 클라이맥스에 이를 수가 없었다. 어쩐 일인지 아버지를 필요로 하는 그런 당연한 감정도 들지 않았다. 이 어색한 장면을 깬 것은 아버지의 말이었다. "얘야, 날 보고 반갑지도 않니?" 아버지는 그 말을 진정으로 친절을 담아 했을 것이 틀림없지만 나에게 그 말은 그보다 더 나쁜 효과를 가져올 수 없을 만큼 최악의 표현으로 들렸다. 하지만 평소의 예의바름이 나를 구해주었다. 나는 "반갑습니다" 하고 공손히 대답하고는 그에게 다가가며 손을 내밀었다. 그는 한 손으로 내 손을 잡고 다른 손으로 내 머리를 쓰다듬으며 아주 훌륭한 소년으로 자랐다고 말했다. 그러고는 나에게 몇 살이냐고 물었는데, 그저 무슨 말을 덧붙이려 그러기도 했겠고 혹은 내 지능을 시험해보려고 그랬는지도 모를 일이었다. 나는 "열두 살입니다"라고 공손히 대답했다. 그는 세월이 참 빠르다는 식의 상투적인 말을 했고 우리는 다시 어색한 침묵으로 빠져들었다.

그동안 어머니는 줄곧 미소를 짓고 있었다. 아마도 그 순간이 어머니의 일생에서 가장 행복한 순간이었을 것이다. 내 긴장을 풀어주려고 그랬는지 아니면 나를 자랑하고 싶었는지 어머니는 나더러 아버지에게 피아노 연주를 들려드리라고 했다. 어느 때 어느 상황에서나 음악을 어떤 일정한 수준까지 만들어낼 수 있는 악기는 이 세상에 하나밖에 없는데, 그것은 손풍금 혹은 그것의 변형된 악기이다. 나는 피아노로 가서 내키지 않는 마음으로 마지못해 무슨 곡인가를 연주했다. 실은 피아노를 치고 싶은 기분이 전혀 아니었다. 피아노를 치면서 나는 언제 어머니가 이제 그만 됐다며 가보라고 해줄까를 생각하고 있었다. 하지만 아버지의 칭찬이 어쩌나 열정적이었던지 나의 허영심—나는 그런 허영심이 강한 편이었다—을 자극했다. 아니 그 정도가 아니었다. 아버지는 예술가를 일깨워서 최선의 노력을 다하게 하고 또한 어쩔 수 없이 그에게 눈물을 흘리고 싶게 만드는 그런 진지한 감상의 태도를 보여준 것이었다. 나는 아버지를 위해 내 모든 감정을 다 쏟아부어 열정적으로 쇼팽의 왈츠 곡을 연주함으로써 나름의 고마움을 표시했다. 연주를 끝냈을 때 어머니의 눈은 눈물로 젖어 있었다. 아버지는 거실을 건너와서 나를 가슴에 꼭 껴안았다. 그 순간만은 나의 아버지라는 사실을 자랑스럽게 생각했음에 틀림없었을 것이다. 아버지는 자리에 앉아 선 자세로 무릎 사이에 나를 꼭 끼운 채 어머니에게 말을 건넸다. 그러는 동안 나는 예의를 갖추기보다는 호기심에 더 끌려 아버지의 모습을 찬찬히 들여다보았다. 그러다 갑자기 두 사람의 대화를 끊으며 물었다. "엄마, 이제 그럼 우리랑 함께 사시는 거예요?" '아버지'라는 말이 너무나 낯설어 도저히 나오지가 않았다. 그래서 어머니를 통해서 물어본 것이었다. 어머니가 말하기도 전에 아버지가 먼저 대답했다. "오후에 뉴욕으로 돌아가야 한단다. 하지만 널 보러 다시 올게." 나는 갑자기 몸을 돌려 어머니 쪽으로 갔다. 그러고는 거의 속삭이는 말로 어머니에게 오늘 꼭 지켜야 할 약속이 있음을 상기시켰다. 놀랍게도 어머니는 내가 곧 갈 수 있도록 금방 먹을 것을 챙겨주겠노라 말해서 참 잘됐다 싶었다. 어머니가 거실에서 나가자 나는 피아노 위에 놓여 있던 필요한 악보를 챙기기 시작했다. 악보를 다 챙기자 나를 지켜보던 아버지가 물었다. "나가는 거니?" "네, 연주회 준비 때문에 연습하러 가야 합니다." 나는 공손히 대답했다. 아버지는 착한 아이가 되라느니 나중에 자라면 어머니를 잘 돌보라느니 이런저런 충고의 말을 몇 마디 하고는 뉴욕에 가서 나에게 근사한 선물을 보내겠다고 덧붙였다. 어머니가 불러서 나는 아버지에게 작별 인사를 하고 밖으로 나왔다. 그 후로 아버지를 본 것은 딱 한 번뿐이었다.

어머니가 식탁 위에 차려놓은 음식을 삼키다시피 후딱 먹고 모자와 악보를 급히 챙겨 들고는 선생님 댁으로 발걸음을 재촉했다. 가는 동안 내 머릿속에는 불쑥 나타난 아버지에 대한 생각뿐이었다. 아버지의 고향은 어디고, 그동안 어디에 있었고, 왜 찾아왔고, 왜 같이 살면 안 되는지. 나는 마음속으로 책에서 읽은 모든 아버지들을 다 떠올려보았지만 아버지는 그중 어떤 유형에 속하는지 가늠할 수 없었다. 아버지가 나와는 다른 부류의 사람이라는 생각은 들지 않았다. 만일 그런 생각이 떠올랐다 해도 그 모든 미스터리가 다 설명되지는 않았을 것이다. 왜냐하면 대부분의 학교 친구들과의 관계가 예전과 달라졌음에도 불구하고, 나는 인종적인 편견에 대해 그저 막연히 느끼고 있었을 뿐 그런 편견이 우리 사회의 모든 유기적 조직체에 얼마나 널리 퍼져 영향을 미치는지에 대해서는 전혀 모르고 있었기 때문이다. 하지만 그 모든 일에 숨겨야 할 무언가가 있다는 사실은 느끼고 있었다.

내가 선생님 댁에 도착했을 때 갈색 눈의 그녀는 선생님과 연습을 끝내고 막 떠나려는 참이었다. 선생님은 약간 놀란 표정을 지으며 나에게 왜 늦었느냐고 물었고 나는 우물우물 대답을 했는데, 그것이 내가 기억하는 내 일생 최초의 거짓말이었다. 대답인즉 집에 도착해보니 어머니가 많이 아프셔서 어머니와 함께 시간을 좀 보내고 오느라 늦었다고 한 것이다. 그리고―아마도 내 말에 신빙성을 주기 위해서였겠지만―쓸데없이, 불필요하게 이렇게 덧붙였다. "어머니는 저랑 오래 함께하시기 힘들 것 같아요." 내가 이 말을 약간 희극조로 했음에 틀림없다. 선생님도 걱정이나 슬픔의 표정을 보이는 대신 얼굴에 미소를 반쯤 숨기고 있었으니까. 하지만 그 거짓말 속에 예언이 담겨 있었다는 사실을 그때 내가 어찌 알았으랴!

갈색 눈의 그녀는 바이올린을 다시 꺼냈고 우리는 여러 번 반복해서 이중주 연습을 했다. 나는 곧 다른 생각은 모두 다 잊고 음악과 사랑의 기쁨에 빠져들었다. 나는 숨김없는 진솔한 사랑의 희열을 느꼈다. 인생의 어느 시기에 사랑이 소년 시절만큼 그처럼 순수하고, 감미롭고, 시적이고, 낭만적일 수가 있겠는가. '개울과 강이 만나는 곳'*에 서 있는 소녀의 마음에 대해서는 많은 사람들이 읊은 바 있지만, 소녀가 느끼는 감정은 소극적인 것일 수밖에 없다. 그러나 우리에게 더 흥미로운 것은 남성이 막 움트는 시기에 눈을 크게 뜨고 눈앞에 열린 긴 미래를 조망하며 서 있는 소년의 마음이다. 소년이 자신의 내부에서 이상한 욕구와 알 수 없는 힘이 솟아오르며 활기를 띠는 것을 처음으로 의식하게 될 때, 그가 보고 느끼는 모든 것이 아직은 몽롱하고 신비스러워서 뭔가 잡힐 듯 잡히지 않고 그래서 더욱 아름답게 느껴질 때, 그의 상상력이 오손되지 않고 그의 믿음이 새롭고 순수할 때, 그때의 사랑은 달무리 같은 광휘를 두르게 된다. 열네 살이 되기 전에 사랑을 해본 경험이 없는 사람은 엘리시움**이 무엇인지 미리 그 맛을 볼 수 있는 기회를 영원히 상실한 사람일 것이다.

집에 돌아왔을 때 날은 이미 아주 어두워져 있었다. 내 어린 시절에 자주 그랬듯이 어머니는 불도 켜지 않은 채 흔들의자에 앉아 벽난로의 불을 응시하며 조용히 혼자서 노래를 부르고 있었다. 나는 어머니 곁으로 다가갔다. 그러자 어머니는 팔로 나를 감싸 안고는 아버지가 어떤 사람인지, 얼마나 훌륭하고 좋은 분인지, 나와 어머니를 얼마나

---

* 헨리 롱펠로의 시 「처녀시절」의 한 구절.
** 그리스 신화에서 착한 사람이 죽은 뒤에 사는 곳. 극락, 이상향, 낙원, 지고한 행복의 상태를 말한다.

사랑하는지 더듬더듬 이야기하며 아버지가 나를 꼭 훌륭한 사람으로 만들 거라고 했다. 그러나 어머니의 이야기에는 뭔가를 감춘 한계가 느껴졌고 또 어머니의 감정이 너무 짙게 배어 있어서 어디까지가 사실인지 분명치가 않았다. 그래서 나는 어머니의 이야기를 충분히 이해하지 못했던 것이다.

3

아무래도 이 이야기를 계속하기 전에 그 이중주 공연이 대성공이었음을, 앙코르 곡을 두 번이나 연주해야 할 정도로 대성공이었음을 먼저 언급해야 할 것 같다. 그녀의 손을 붙들고 무대 맨 앞줄로 내려가서 열광적인 청중들에게 인사를 하는 순간, 삶의 희열이 그 이상 더 클 수는 없을 것처럼 느껴졌다. 다른 출연자늘이 청중들만큼이나 열렬히 박수를 치고 있는 비좁은 탈의실에 들어가자 그녀는 갑자기 팔을 벌려 나를 안으며 키스를 했고 나는 그녀의 품에서 빠져나오려고 안간힘을 썼다.

아버지가 다녀간 지 2주쯤 되던 어느 날, 짐마차 한 대가 포장에 싸인 커다란 물건을 싣고 우리 집으로 올라왔다. 짐마차에 탄 사람들에게 집을 잘못 찾아온 것 같다고 막 말을 하려는데 어머니가 넌지시 그 사람들에게 짐을 안으로 들여놓으라고 했다. 어머니가 그들에게 포장을 벗기라고 하자 널빤지와 종이뭉치와 다른 포장재 더미 속에서 아름다운 새 피아노 한 대가 나타났다. 어머니는 아버지가 나에게 보낸 선물이라고 했다. 나는 당장 피아노 앞에 앉아 건반을 퉁겨보았다. 피아노의 풍부하고 부드러운 음향이 황홀했다. 나는 아버지와 어떤 모습으로 헤어졌던가를 생각하면서 양심의 가책 같은 것을 느꼈다. 그러면서도 순간 그랜드피아노가 아니라는 실망감이 언뜻 머리를 스쳤다. 하지만 새 피아노는 음악공부와 연습 시간의 즐거움을 배가시켜주었다.

그 후 얼마 안 되어 나는 맑고 강한 소프라노 목소리를 가졌다 해서 소년 합창단의 일원이 되었다. 나는 노래 부르기를 아주 즐겼다. 그러다가 1년쯤 후에는 파이프오르간과 음악 이론 공부를 시작했다. 중학교를 졸업하기 전에 이미 나는 오르간을 위한 간단한 서곡 여러 개를 작곡해서 선생님의 칭찬을 받았고 선생님은 그 곡들을 예배 시간에 연주할 수 있도록 내게 호의를 베풀어주었다.

나이가 들수록 나는 어머니와 나의 위치에 대해서, 그리고 일반 세상과 우리의 관계가 정확히 어떤 것인가에 대해서 점점 더 많은 생각을 하게 되었다. 하지만 그 모든 문제는 그저 막연할 뿐이었다. 미국사 공부는 지금까지는 교과서에 실린 '대륙 발견' '식민지' '혁명' '제헌'으로 구분된 시기들에 국한되었다. 이제 남북전쟁에 대해서 공부하기 시작했지만 이야기가 너무 간략하게 간추린 식이어서 역사 시간에 제대로 얻어들은 지식이 거의 없었다. 그런 종류의 책으로 아이들이 어떻게 제대로 역사를 배울 것인지 놀랍기만 했다. 그래서 나는 신문을 읽기 시작했다. 호기심을 불러일으키는 기사는 있었지만 어떤 깨달음을 주지는 못했다. 그러던 어느 날 순회도서관에서 그 모든 미스터리를 다 밝혀주는 책 한 권을 대출하게 되었고, 성경책 속 이야기들을 읽던 그런 강한 열정으로 나는 내 삶에 처음으로 어떤 조망을 가능하게 해준 책을 읽었다. 그 책은 바로 『톰 아저씨의 오두막』이었다.

해리엇 비처 스토가 쓴 이 작품은 많은 사람들에게 비판의 대상이 되었다. 지나친 상상력이 만들어낸 허구의 이야기일 뿐만 아니라 사실을 왜곡한 거짓 이야기라고 공격을 받아온 것이다. 최근에는 이 책을 북부 학교의 도서관에서 끌어내려는 여러 시도들이 성공하기도 했다. 이 책을 비판하는 이들은 톰 아저씨 같은 훌륭한 흑인은 있을 수 없으며 레그리처럼 나쁜 노예주도 존재하지 않았다는 주장을 내세워 이 책을 완전히 무시하려 들었다. 나로 말하면 톰 아저씨나 톰 아저씨처럼 선량한 그런 타입의 사람을 존경해본 적이 한 번도 없다. 하지만 톰 아저씨처럼 그렇게 어리석을 만큼 선량한 흑인 노인들은 아주 많았다고 생각한다. 남부의 농장이 자신들을 계속 노예 상태로 두려고 싸우는 군대를 위해서 흑인 노예의 병력 차출을 도운 사실을 알면서도 그런 농장들에 계속 머물며 농사짓고 살았다는 사실이 바로 그 증거인 셈이다. 그런 흑인들이 죽으면서 전 노예주의 자손에게 상당한 재산을 남긴 일이 꽤 많다는 사실은 최근 들어 알게 되었다. 또한 레그리 같은 인물로 정형화된 노예주들이 꽤 많았다는 사실을 믿기 위해서 대단한 상상력을 발휘할 필요까지는 없으리라 생각한다. 우리는 작가가 사악하지는 않다 해도 쓸모없는 흑인들도 많이 그렸으며, 노예주 중에서도 아주 신사적이고 기독교도다운 사람들도 그랬다는 점, '강 아래'로 팔려가는 아이를 보내며 울부짖는 어머니뿐만 아니라 건들건들 춤추며 노래하는 행복한 '깜둥이'도 등장시켰다는 점 또한 기억해야 할 것이다.

나는 『톰 아저씨의 오두막』을 노예제도의 공정하고 진실한 파노라마라고 말하는 것이 결코 지나친 주장이라 생각하지 않는다. 어찌 되었건 그 책은 내가 누구이며 내가 무엇인지, 우리나라는 나를 어떻게 생각하는지 등의 문제에 대해 눈을 뜨게 해주었다. 말하자면 나 자신의 위치를 확인시켜주었다. 하지만 충격 같은 것을 느끼지는 않았고 그 모든 계시를 담담히 냉정하게 받아들였다. 그 책을 읽음으로 해서 얻은 가장 큰 이득 중 하나는 그 후로는 막연히 나를 괴롭혀온 모든 문제들에 대해서 어머니와 솔직하게 이야기를 나눌 수 있게 되었다는 점이었다. 그 결과 어머니는 모든 걸 다 터놓고 이야기하게 되었고 때로는 그런 화제를 먼저 꺼내서 어머니와 나의 삶에 직접 관련된 문제들, '옛 어른들'을 통해서 알게 된 내용들에 대해 이야기하곤 했다. 어머니가 들려준 이야기들은 내 흥미를 북돋을 뿐만 아니라 때로 매혹적이기까지 했고, 이상하게 들릴는지 모르지만 남부를 찾아가보고 싶은 강한 욕구에 불을 댕기기도 했다. 어머니는 아주 솔직하게 자신과 아버지와 나에 대해 말해주었다. 어머니는 아버지의 어머니의 바느질 종이었고, 아버지는 대학을 마치고 귀향한 성미 급한 젊은이였으며, 나는 그 두 사람 사이의 금지된 사랑으로 태어난 아이라는 것이었다. 어머니는 우리가 북부로 오게 된 가장 중요한 이유까지 이야기했다. 아버지가 다른 큰 남부 가문의 젊은 규수와 곧 결혼하게 되었기 때문이었다. 그러면서 코네티컷 주에 온 또 다른 이유는 나를 제대로 교육시켜 훌륭한 사람으로 만들려는 아버지의 뜻이었음을 덧붙이는 것도 잊지 않았다. 이 모든 이야기를 하는 동안 어머니는 아버지에 대해서 단 한마디 불평의 말도 하지 않았다. 어머니는 아버지가 아주 좋은 분이었고 지금도 그러하다는, 그리고 법과 관습이 허락하는 한 모든 것을 우리에게 다 베풀어준다는 사실을 나에게 각인시키려고 늘 애썼다. 어머니는 아버지를 진정으로 사랑했다. 아니 숭배했다. 어머니는 죽는 순간까지 아버지가 이 세상 어떤 여자보다 자신을 더 사랑한다고 굳게 믿었다. 어쩌면 어머니 생각이 옳았는지도 모른다. 그 누가 알겠는가?

새로이 깨우친 이 모든 생각과 상념들은 중학교를 졸업하던 날 분명한 열망의 형태로 나타나게 되었다. 아, 얼마나 근사한 날이었던가! 흰 옷에 머리에는 새 리본을 단 여학생들, 새 옷에 어울리지 않는 낡은 신발을 신은 남학생들, 꽃다발, 상장과 상품, 축하의 말들, 이 모든 것이 그날을 아주 중요한 하루처럼 느껴지게 했다. 나는 졸업식 행사에서 피아노 독주를 했는데 청중들로부터 내 실력에 합당한 정도의 박수만을 받았다고 생각한다.

진짜 열광적인 반응을 불러일으킨 사람은 '빛나'였다. '빛나'는 졸업식의 대표 연사였는데 그 명예에 충분히 걸맞은 답사를 했다. 썩 잘 어울린다고는 볼 수 없는 옷차림을 한 마르고 조그만 흑인 아이가 연단 위로 올라갔다. 눈은 흥분의 열기로 불타고, 낭랑하고 날카로운 목소리와 강렬한 도전의 호소력으로 떨리는 그 모습은 아주 인상적인 한 폭의 그림이었다. 지성과 진지함으로 타오르는 그의 검은 얼굴은 그래서 진정 아름다웠다. 눈에 띄지도 않는 몇 안 되는 흑인을 제외하고는 온통 백인뿐인 청중 앞에 나서서 그들의 얼굴을 들여다보며 그는 무슨 생각을 했을까? 모르긴 해도 그가 느낀 것은 아마도 외로움이었을 것이다. 그 순간 그를 엄습한 것은 투기장에 내던져져 목숨을 부지하기 위해서 싸워야 하는 검투사가 느끼는 그런 절박감이었음에 틀림없으리라. 거기 그렇게 외롭게 홀로 서서 그 조그만 흑인 소년은 아마도 그 특별한 시간과 장소를 위해 자신의 인종을 대표해서 자신이 모든 의무와 짐을 지고 있다고, 자신이 실패하는 것은 인종 전체가 패배하는 것이라고 느꼈을 터였다. 하지만 그는 승리했다. 그것도 아주 우아하게. 그의 연설은 이제는 수사적 연설, 심지어 과장된 연설로 분류되는 웬델 필립스의 '투생 루베르튀르'*였다. 하지만 그 말들이 '빛나'의 입을 통해서 나오자 효과는 가히 마력과도 같았다. 그처럼 어린 웅변가가 어떻게 그런 열광적인 반응을 불러일으킬 수 있는지 정말 놀라운 일이었다. 그 유명한 결론부에서 그의 목소리가 감정을 억누르며 떨리다가 차츰 높아져 '투생 루베르튀르'라는 이름에서 절정에 이르렀을 때, 그 목소리는 마치 청중들의 갇혀 있던 감정을 분출시키는 전기 버튼을 누른 것 같았다. 실제로 청중들은 모두 일어서서 그에게 기립박수를 보냈다.

그 후로 나는 유수한 대학에서 대표 연사로 선정된 유색인들, 대학에서 축구나 야구선수로 활약한 유색인들, 또 수많은 백인 청중들 앞에서 연설한 흑인 연설가들에 대해 알게 되었는데, 이 모든 경우 사람

---

* 유명한 반노예제 웅변가인 웬델 필립스는 1790년대 아이티 노예해방운동 지도자인 투생 루베르튀르를 칭송하는 이 연설을 남북전쟁 기간 동안 천 회 이상 했다고 한다.

들의 마음을 움직인 것은 졸업식 날 '빛나'를 작동시킨 바로 그런 감정이었으리라고 생각한다. 또한 그런 노력이 아주 높은 경지나 훌륭한 수준에 이를 경우, 언제나 그날 같은 열광적인 반응이 뒤따르게 되는 것이다. 나는 이 열광적인 반응에 대한 설명을, 가끔 잠들긴 하지만 기본적으로 앵글로색슨족의 가슴에 담겨 있는 원칙, 즉 페어플레이를 사랑하는 정신에서 찾을 수 있다고 생각한다. '빛나'에게 흑인 특유의 타고난 웅변가 소질이 있는 것은 사실이지만 같은 정도의 재능을 가진 백인 소년이 그와 같은 효과를 불러일으킬지는 의문이다. 그 조그만 까만 팔로 도저히 상대가 되지 않는 싸움을 용감히 벌이고 있는 소년의 모습은 청중들의 가슴 깊은 곳을 건드렸을 것이고 그래서 그들은 동정과 존경의 감정에 휩쓸리지 않을 수 없었을 것이다.

하지만 '빛나'의 연설이 나에게 미친 영향은 이중의 것이었다. 나는 청중들의 열광적인 흥분을 나눠 가졌을 뿐 아니라 그 자신의 열광적인 흥분도 함께 나눠 가졌다. 내 마음속에서 유색인이라는 자부심이 솟구치는 것을 느꼈다. 그래서 흑인종에게 명예와 영광을 가져올 허황한 꿈들을 그려보기 시작했다. 그 후 며칠 동안 어머니와 나눈 이야기는 커서 훌륭한 사람, 아니 훌륭한 흑인이 되고, 흑인종에게 영예로운 일을 하고, 자신을 위해 명성을 얻겠다는 나의 야망에 관한 것들뿐이었다. 내 꿈을 실현하기 위한 분명하고도 실행 가능한 계획을 세우게 된 것은 그로부터 여러 해가 지난 뒤였다.

나는 우리 반 아이들과 함께 고등학교로 진학했고 여전히 피아노와 파이프오르간, 음악 이론 공부를 계속했다. 소년 합창단은 목소리가 변해서 그만둬야 했는데 무척 아쉬웠다. 나이가 들면서 독서열은 더욱 왕성해졌다. 성공한 유색인에 관한 글이면 무엇이든지 열심히 찾아 읽었다. 나의 영웅은 다윗 왕이었다가 로버트 더 브루스로 바뀌었고 이제는 프레더릭 더글라스*가 그 명예의 전당에 모셔졌다. 알렉상드르 뒤마가 유색인이라는 사실을 알고는 『몽테크리스토 백작』과 『삼총사』를 다시 읽으며 더 큰 즐거움을 느꼈다. 그러니까 나는 음악과 책 속에서 산 셈인데 전체적으로 보면 소년으로서는 뭔가 건강하지 못한 삶이었다. 나는 상상과 꿈과 공중누각의 세계에서 살았다. 그것은 때로 천재를 길러내기도 하지만 현실적인 생존경쟁에는 부적합한 인간을 만들어내기 십상인 세계였다. 나는 공놀이는 아예 하지 않고 고기를 잡으러 가거나 수영을 배우지도 않았다. 조금이나마 흥미를 보인 야외운동이라면 스케이팅이 유일했다. 하지만 좀 마르기는 했어도 체격은 훌륭했고 건강도 아주 좋았다. 고등학교에 입학한 후 나는 어머니의 건강 상태가 달라지는 것을 느끼기 시작했다. 그렇게 한 몇 년이 지난 듯하다. 어머니는 조금씩 고통을 호소하기 시작했고 기침을 점점 많이 했다. 이런저런 약을 써보다가 어머니는 결국 병원을 찾았다. 건강이 나빠지고 있었지만 어머니는 정신력으로 버텨냈다. 바느질 일도 여전히 많이 하면서 바쁜 철이면 보조로 두 명의 여자를 고용해 쓰기도 했다. 아들이 돈 걱정하지 않고 대학 공부를 마칠 수 있도록 어머니는 일할 만한 몸상태가 아닌 데도 계속 일을 한 것이었다. 나는 다행히 여덟 내지 열 명의 초심자들로 피아노 교습반 하나를 만들 수 있었고 내 돈을 따로 조금씩 모으기 시작했다. 고등학교

---

* 흑인 도망노예로 반노예제 작가, 웅변가, 민권운동가. 1845년에 발표된 자서전 『프레더릭 더글라스 일생기』는 노예 수기를 하나의 문학 장르로 자리매김하게 한 작품이다.

졸업 날짜가 가까워오자 대학 진학 계획이 우리 이야기의 주된 화제가 되었다. 나는 동부에 있는 모든 유수한 대학들의 카탈로그를 보내달라고 해서 여러 출처로부터 그들에 관하여 얻을 수 있는 정보를 열심히 수집했다. 어머니는 나에게 아버지는 내가 하버드나 예일 대학에 가기를 원한다고 말했다. 어머니 자신은 내가 애틀랜타 대학에 가기를 은근히 바라서 나에게 그 대학의 카탈로그를 신청하라고 이르기까지 했다. 하지만 어머니가 아버지의 선택 쪽으로 더 기울게 된 데는 두 가지 이유가 있었다. 첫째는 하버드나 예일이면 내가 어머니 가까이에 머무를 수 있기 때문이고, 둘째는 하버드나 예일의 경우 아버지가 내 대학 교육비의 일부를 지원해주겠다고 약속했기 때문이었다.

'빛나'와 '빨강머리' 둘 다 저녁이면 집에 자주 놀러 와서 우리는 미래에 대한 전망이나 계획에 대해서 이야기를 나누곤 했다. 때때로 그들을 위해 피아노 연주를 해주면 아주 즐거워했다. 또한 어머니가 여러 가지 남부 음식을 만들어주면 모르긴 해도 더욱 즐거워하는 듯했다. '빛나'는 매사추세츠 주 앰허스트에 아저씨 한 분이 있는데 거기 가서 아저씨랑 함께 살면서 고학으로 앰허스트 대학을 다닐 생각을 하고 있었다. '빨강머리'는 자기는 학교 공부는 할 만큼 충분히 했다고, 그래서 고등학교 졸업장을 받으면 은행에 취직하겠노라고 선언했다. 은행가가 되는 것이 그의 꿈인데 친척을 통해서 기회를 얻을 수 있을 것이라 확신하고 있었다.

어머니는 내가 고등학교를 졸업하는 날 간신히 졸업식에 참석했고 그 후로는 거의 병상을 벗어나지 못했다. 어머니는 더 이상 일을 계속해나갈 수가 없었고 약값에 병원비에 간병인 비용에, 나의 대학 학자금은 급격히 줄어들기 시작했다. 어머니의 많은 단골손님들과 몇몇 이웃들은 고맙게도 몸에 좋다는 이런저런 음식을 자주 가져다주었다. 어머니는 내가 알지 못하는 것을 알고 있었다. 그것은 자신이 죽을병에 걸렸다는 사실이었다. 그래서 아버지에게 긴 편지를 쓰게 했다. 과거 얼마 동안 어머니는 비록 불규칙적이긴 했지만 아버지로부터 간혹 소식을 들었다. 그러나 그 편지에는 끝내 답장이 오지 않았다. 마지막 며칠 동안 나는 자주 어머니 침대 옆에 앉아 어머니가 잠들 때까지 책을 읽어드렸다. 때로는 거실 문을 열어놓고 어머니의 귀에 들릴 정도의 크기로 피아노를 연주하기도 했다. 그럴 때면 어머니는 늘 즐거워했다.

7월 말이 가까운 어느 날 밤, 나는 어머니 곁에서 몇 시간을 지켜보다가 거실로 나와 큰 팔걸이의자에 몸을 던지고는 자는 둥 마는 둥 졸고 있었다. 그러던 중에 그날 밤 어머니 곁을 지키려고 와 있던 이웃 사람이 갑자기 나를 깨우며 "얼른 엄마한테 가봐라" 하고 일렀다. 나는 급히 2층으로 올라갔다. 침실문 앞에서 어머니를 간호하던 여자와 마주쳤는데 그녀의 얼굴에 어린 이상한 두려움의 표정을 보고는 가슴이 철렁 내려앉았다. 어머니 얼굴을 보는 순간 곧 죽음의 빛을 간파할 수 있었다. 나는 침대 옆에 털썩 주저앉아 시트에 얼굴을 묻고는 마구 흐느꼈다. 왼손 손가락으로 내 머리카락을 휘감은 채 어머니는 숨을 거두었다.

내 일생에서 두 번의 성스러운 슬픔 중 하나인 어머니의 죽음에 대해 더 상세히 이야기하고 싶지는 않다. 또한 나에게 닥쳐든 형언할 수 없는 그 고독의 느낌을 어떻게 묘사할 수도 없다. 장례식이 끝난 후 나는 음악 선생님 집으로 갔다. 선생님은 언제까지라도 내가 괜찮아질 때까지 자기 집에 묵으라고 친절하게 말해주었다. 며칠 후 나는 트렁크와 피아노, 악보들, 대부분의 책을 선생님 집으로 옮겼다. 나머지 책들은 '빛나'와 '빨강머리'에게, 그리고 몇몇 가재도구들은 '빛나'의 어머니와 어머니의 병환 중에 우리에게 친절히 대해주었던 이웃 두세 사람에게 나눠주었다. 나머지 물건은 다 팔아버렸다. 얼마 안 되는 재산을 다 정리하고 보니 상당한 양의 옷, 피아노, 책, 자질구레한 장신구들 외에 약 200달러 정도의 현금이 남았다.

이제 어떻게 해야 하는지가 당면과제였다. 선생님은 연주 여행을 하는 게 어떠냐고 했다. 하지만 신동으로 이용되기에는 나이가 너무 들었고 성숙한 예술가로 대중 앞에 서기에는 너무 어리고 경험이 부족하다는 것을 선생님이나 나나 잘 알고 있었다. 그러나 선생님은 시민들이 자선연주회를 관대히 후원해줄 것이라고 주장했다. 그래서 그 일을 직접 맡아 그런 성격의 연주회를 위한 여러 가지 계획을 세웠다. 필요한 인원보다 더 많은 음악적 재능과 발성 재능을 가진 자원봉사자들이 프로그램을 돕겠다고 나섰다. 그 사람들 중에는 나의 갈색 바이올리니스트도 있었다. 하지만 우리의 관계는 우리가 처음 이중주 연주를 했을 때의 그런 것이 아니었다. 그로부터 1년 남짓 후 그녀는 결혼으로 나에게 결정타를 가했다. 그러나 나는 얼마만큼은 복수를 한 셈이었다. 그녀는 더 아름다워지긴 했지만 바이올린 연주 솜씨는 잃어가고 있었기 때문이었다.

나는 프로그램에 한 곡을 연주하기로 되어 있었다. 내가 선정한 곡은 그 특별한 계제에는 약간 태를 부리는 것처럼 보였을지 모르지만 나는 아주 적절한 선곡이라고 생각했다. 내가 연주한 곡은 베토벤의 〈비창 소나타〉였다. 피아노 앞에 앉아 오로지 나에 대한 사랑과 동정심 때문에 그곳에 와 있는 수백 명이나 되는 청중의 얼굴을 보자 가슴속에서 벅찬 감정이 일었고 그 벅찬 감정은 나로 하여금 다시는 그렇게 할 수 없을 만큼 열정적으로 〈비창 소나타〉를 연주할 수 있게 해주었다. 마지막 음 가락이 차츰 약해지며 사라져가자 박수를 치기 시작하던 몇몇 사람들이 다른 청중들의 침묵에 잠잠해졌다. 연주에서 앙코르를 받지 않기는 처음이었다.

자선 모금액은 200달러가 조금 넘어서 현금 재산은 이제 400달러 정도로 늘어났다. 나는 여전히 대학에 진학할 결심을 고수하고 있었다. 그래서 이제 하버드에 가서 1년을 어떻게 버텨보느냐, 아니면 내가 가진 돈으로 적어도 2년은 생활비를 충당할 수 있는 애틀랜타로 가느냐 하는 것이 문제였다. 그리고 내 상상력에 드리운 남부의 미묘한 매력과 제한된 자금이 결국 애틀랜타 대학을 선택하게 만들었다. 9월 말께 나는 친구들과 내 소년 시절의 무대에 작별을 고하고 남부행 열차에 몸을 실었다.

4

위싱턴 아래로 내려가면 갈수록 나는 주위의 시골 풍경에 점점 더 실망을 느꼈다. 차창 밖으로 눈길을 주면서 애써 마음속으로 그려보았던 풍요로운 아열대의 풍경을 찾았지만 허사였다. 풀도 숲도 꽃도 코네티컷처럼 그렇게 푸르고 아름답고 풍요롭지 않았다. 거칠고 앙상한 풀이 드문드문 넓인 황토 흙, 실척하고 불규칙적으로 뻗은 길, 질이 안 된 소나무 판자로 지은 농가, 진흙을 칠한 오두막집. 이들이 전하는 인상은 '소잔(燒殘)함'이었다. 간혹 사막의 오아시스 같은 하얗고 푸른 빛깔의 조그만 마을을 통과하기도 했다.

애틀랜타에 도착해서도 계속 짙어져가기만 한 실망감은 줄어들지 않았다. 애틀랜타는 크고 밋밋하고 붉은 인상을 주는 도시였다. 그때 내 눈에 보이던 남부 지역의 밋밋하고 붉은 빛깔은 극도의 좌절감에 빠져 있던 당시 나의 정신 상태와 많은 연관이 있었으리라 생각한다. 사람들이 모여드는 광장이나 분수 같은 것은 보이지 않았고, 거리의 전차들은 우중충했고, 서너 개의 간선도로를 제외하고는 길은 모두 비포장도로였다. 내가 도착했을 때는 비가 내리고 있었는데 어떤 도로는 도저히 지나갈 수 없을 정도였다. 나는 실제로 한 시간 동안 기다리면서 바퀴통까지 황토 진창에 빠져 네댓 사람이 깊은 수렁에 빠져버린 노새가 익사하는 것을, 아니 진창에서 질식사하는 것을 구해내려고 애쓰는 모습을 지켜보았다.

기차 안에서 나는 풀먼카*의 짐꾼 한 사람과 이야기를 나누었는데 그 자신도 학생인 아주 쾌활한 청년이었다. 나는 그에게 학교에 다니려고 애틀랜타에 가는 길이라고 이야기하고 입학할 때까지 하루 이틀쯤 묵을 만한 곳이 있으면 소개해달라고 부탁했다. 그는 자신이 애틀랜타에서 '도중하차근무'를 하는 동안에 묵는 집에 같이 가면 어떻겠느냐고 했다. 나는 기꺼이 그의 제안을 받아들여 그와 함께 예의 그 진창길을 따라 걸었다. 쓰러질 듯 허술해 보이는 한 목조건물에 이르러 우리는 집 안으로 들어갔다. 집주인은 몸집이 크고 뚱뚱한, 기름이 번드르르해 보이는 갈색 피부의 사내였다. 숙소를 얻을 수 있느냐고 묻자 그는 얼마 동안 묵을 예정이냐고 물었다. 나는 이틀 정도, 길어야 사흘 정도라고 말했다. 그는 "좋수다"라고 대답하면서 삐걱거리는 계단 위로 앞장서서 걸어 올라갔다. 집주인과 짐꾼을 따라 어느 방 앞에 이르자 그는 방문을 열면서 "좋수다"라는 말에 덧붙여 "저쪽 구석

---

* 침대차 또는 칸막이가 없는 특별객차.

에 있는 간이침대에서 주무슈. 오십 센트 내슈" 하고 말했다. 그러자 짐꾼 친구가 옆에서 거들었다. "지금 미리 돈 받을 필요 없어요. 트렁크를 가지고 있잖아요." 이 말에 만족한 듯 그는 우리를 방에 놔둔 채 계단을 내려갔다. 나는 방 안을 둘러보았다. 더블베드가 하나, 간이침대가 둘, 세면대 둘, 의자 세 개 그리고 아도니스도 흉측하게 보이게 만들었을 칙칙한 거울이 달린 아주 낡은 화장대 하나. 내가 자기로 되어 있는 간이침대를 바라보면서, 확실한 근거는 없지만 침대시트와 베갯잇이 세탁통에서 나온 후 그것을 처음 사용하는 사람이 내가 아닐 것이라는 의심이 들었다. 내가 자라온 깨끗하고 말쑥하고 안락한 환경이 생각나자 향수가 엄습해옴과 동시에 온몸에서 기운이 빠지는 느낌이었다. 짐꾼 친구가 그 자리에 없었더라면—더욱이 그에 관해서 여러 가지 사실들, 예컨대 나보다 세 살 위이긴 하지만 아직 스무 살도 채 안 된 어린 나이이고, 열네 살 이후 혼자서 고생하며 돈 벌어 생계도 꾸리고 학자금도 마련해왔다는 사실을 알게 되어서—눈에 가득 고여오는 눈물을 참을 수 없었을 것이다.

나는 집주인이 왜 내가 이삼 일 이상 묵는 것을 꺼려한 듯했는지 짐꾼 친구에게 물어보았다. 그는 집주인이 주로 풀먼가 짐꾼들을 상대로 숙박업을 하는데 짐꾼들이 시내에 머무는 시간이 보통 하루 이틀을 넘기지 않기 때문에 그 이상 더 오래 묵는 손님을 받으면 이런저런 관리에 차질이 생길 수 있어서 그럴 거라고 설명해주었다. 그러고는 계속해서 말했다. "보면 알겠지만 이 방에는 동시에 네 사람이 묵을 수 있어요. 손님들이 들고 나는 여행 근무 예정표 같은 걸 작성해놓고 장기판처럼 활용해서 일주일에 십오륙 명의 손님을 받고, 그래서 대체로 빈 침대를 안 만드는 거예요. 댁의 경우는 이틀 정도 비는 침대를 우연히 잡게 된 거고요." 나는 그에게 어디서 잘 거냐고 물었다. 그는 "오늘밤은 저쪽 간이침대에서 자고 내일 밤에 나갈 겁니다"라고 대답하며 이 집에서는 식사 제공은 하지 않는다고, 그러니 만일 배가 고프면 함께 나가 뭘 사 먹을 수 있다고 덧붙였다.

우리는 거리로 나섰다. 기차역을 지날 때 나는 내 트렁크를 숙소로 옮기기 위해서 마차를 잡았다. 그렇게 한참을 가다가 우리는 큰길로 접어들었는데 그 길은 언덕을 오르내리며 이삼 킬로미터 정도 뻗어 있었다. 이곳에서 나는 처음으로 수많은 유색인들이 떼 지어 있는 모습을 보았다. 남부로 오는 도중 기차역 주변에 몇몇이 모여 있는 것을 보긴 했지만 여기서는 큰 거리가 온통 유색인들로 붐비고 있었다. 그들은 가게 안에도 보도 위에도 길가 연석에도 떼 지어 몰려 있었다. 나는 짐꾼 친구에게 애틀랜타에 사는 모든 유색인들이 이 거리에 사느냐고 물었다. 그는 아니라고 하면서 내가 본 사람들은 하층민에 속하는 사람들이라고 나를 안심시키듯 말했다. 하층민들이 이렇게 많은가 놀라긴 했지만 그래도 그 말을 들으니 한결 마음이 가벼워진 느낌이었다. 이들의 단정치 못한 모습, 비틀거리고 구부정한 걸음걸이, 시끄러운 말소리와 웃음소리는 거의 혐오감이 일 정도였다. 그러나 오직 한 가지 사실만은 나의 흥미를 끌었는데 그것은 그들의 방언이었다. 나는 책을 통해 몇몇 흑인 방언을 알고 있었고 워싱턴 아래쪽으로 오면서 간간이 그런 방언을 들을 수 있었다. 그런데 여기서는 흑인 방언이 너무도 풍부하고 자유롭게 쓰이고 있었다. 특히 말끝마다 '맵소사'니 '바보 같은 소리'니 '이런 제기랄'이니 '이런이런'이니 하는 감탄의 표현을 붙여 쓰는 말투가 아주 인상적이었다. 이 사람들은 아무 거리낌 없이 말하고 아무 거리낌 없이 웃었다. 정말이지 그들의 말은 폐에서 직접 튀어나오고 그들의 웃음은 명치에서 직접 터져 나오는 것이었다. 그리고 마음껏 터뜨리는 그런 웃음은 종종 아주 재미있는 농담으로 정당화되고 있었다. 나는 이들이 주고받는 이야기를 차분히 다 들어보았다. 한 사람이 다른 사람에게 "니하고 니 친구 쌤, 우찌 된 기가?" 하고 묻자 상대방은 전광석화같이 이렇게 되받아쳤다. "내 친구라캤나? 가가 내 친구라꼬? 보소. 그눔아 장례식에 민스트럴쇼* 보러 갈 때 맹끼로 펄펄 날아갈꾸마." 그 후로 나는 이처럼 마음껏 웃을 수 있는 능력이 미국의 흑인들을 구원하는 데 중요한 몫을 했다는 사실을 알게 되었다. 그런 능력이 미국 흑인이 인디언의 운명을 따르지 않게 하는 데 큰 역할을 한 것이었다.

우리가 지나가는 길가의 상가지역에는 싸구려 술집과 포목점, 잡화점, 이발소, 생선튀김 식당 들이 자리 잡고 있었다. 우리는 드디어 지하실로 연결된 계단을 돌아 내려가서 한 식당으로 들어갔다. 그곳은 지나오면서 본 다른 식당들보다는 뭔가 나아 보이긴 했지만 그렇다고 해서 근사하다고 할 정도는 아니었다. 실내는 연기가 사욱했고, 식닥은 기름을 먹인 무명천이 덮여 있었고, 바닥에는 톱밥이 깔려 있었으며, 주방에서 퍼져 나오는 여러 번 튀긴 느끼한 생선 냄새는 역겨울 정도였다. 내 짐꾼 친구에게 여기서 식사를 하느냐고 묻자 그는 이곳이 그래도 시내에서 유색인들이 식사를 할 수 있는 가장 좋은 식당이

---

* 보통 흑인 분장을 한 백인이 밴조 등에 맞춰 노래하는 어릿광대 악극.

라고 일러주었다. 그래서 나는 누군가 돈 많은 점잖은 유색인들이 다
닐 수 있는 식당을 왜 열지 않느냐고 물었다. 그의 답변은 이랬다. "아
마 장사가 안 되겠죠. 점잖은 유색인들이야 모두들 집에서 식사를 하
고, 여행하며 돌아다니는 얼마 안 되는 사람들은 대체로 시내에 아는
사람이 있어서 거기서 식사 대접을 받을 테니까요." 그러고는 이렇게
덧붙였다. "하기야 댁 같은 사람은 시내 어디나 갈 수 있을 거요. 다른
백인들과 구분을 못할 테니 말이죠."

　나는 짐꾼 친구와 함께 한쪽 식탁에 자리 잡고 앉았으나 내 앞에 놓
인 음식을 맛있게 먹을 만큼 시장기를 느끼진 못했다. 음식은 그런대
로 괜찮아 보였지만 나이프와 포크는 그닥 깨끗하지 않았고 접시와
유리잔은 좀 더 깨끗하게 닦아서 잘 말렸더라면 싶었다. 짐꾼 친구가
열심히 먹는 동안 나는 내 접시에 덜어 담은 음식을 조금씩 천천히 먹
었다. 식사가 끝나자 우리는 웨이터에게 각각 20센트씩 지불하고 식
당을 나왔다. 도시의 등불들이 켜지기 시작할 때까지 우리는 그렇게
좀 더 걸었다. 그러다가 짐꾼 친구는 저지시티를 떠난 이후 여섯 시간
밖에 잠을 자지 못했기 때문에 이제 그만 잠자리에 들어 쉬어야겠다
고 말했다. 그래서 나도 그와 함께 숙소로 돌아왔다.

　아침에 눈을 뜨자 새로 사귄 친구 말고도 두 사람이 더 더블베드에
서 자고 있었다. 그들을 깨우지 않으려고 나는 아주 조용히 일어나서
옷을 입었다. 그러고는 베개 밑에서 내 귀중한 돈다발을 빼내 10달러
짜리 지폐 한 장을 꺼낸 후 아주 조용히 트렁크를 열고 나머지 약 300
달러를 트렁크 바닥 가까이 있는 옷의 안주머니에 넣었다. 아무도 안
보는 사이에 안전한 곳에 돈을 보관할 기회를 얻게 된 것을 다행으로

여기며. 트렁크를 조심스럽게 다시 잠근 후 먹을 만한 음식을 사 먹을 수 있는 좀 그럴듯한 식당을 찾아보려는 생각으로 나는 발끝걸음으로 살금살금 문께로 다가갔다. 조용히 문을 여는데 내 짐꾼 친구가 하품을 하며 말을 걸었다. "안녕! 아니 나가려고요?" 나는 "네"라고 대답했다. 그러자 그는 다시 한 번 하품을 하더니 "아, 충분히 잔 것 같은데. 잠깐 기다려요, 같이 갑시다." 그 순간은 그의 우정이 지겹고 당혹스럽게 느껴졌다. 전날 그 느끼한 식당에서 하는 또 한 번의 식사 광경이 떠올랐다. 그는 나의 그런 생각을 짐작하고 있었음에 틀림없다. 이렇게 말을 이은 것을 보면. "시내 건너편에 아는 여자가 하숙을 몇 사람 치는데 거기 가면 아침을 제대로 먹을 수 있을 거요." 아침식사가 어떨까에 대해서 두려움 반 의심 반의 심정으로 나는 그가 옷을 다 입을 때까지 기다렸다.

우리가 들어간 집의 깨끗한 외양을 보자 나의 두려움은 사라졌고 그 집 여주인을 보자 의심 또한 그 뒤를 따라 사라졌다. 티 없이 하얀 앞치마와 밝은 색깔의 머릿수건을 두른 모습은 깔끔했고 둥그스름한 얼굴에서 어머니다운 상냥함이 퍼져 나오는 그녀의 모습은 그림처럼 아름다웠다. 그녀가 나에게 준 인상은 행복함과 선량함의 광활한 공간 같은 것이었다. 그녀는 곧 나를 '아기'니 '허니'라고 부르기 시작했다. 그녀는 내가 그녀의 넓은 가슴에 머리를 묻고 잠들고 싶은 기분이 들게 했다.

그리고 아침식사는 간단하긴 했지만 애틀랜타의 어느 식당에서 얼마를 지불하고 먹어도 그처럼 맛있을 수는 없을 것 같았다. 남부만의 특별한 방식으로 튀긴 닭튀김, 포크로 먹어도 될 정도로 적당히 삶은 옥수수, 아주 가볍고 얇아서 식욕이 조금만 남아 있어도 여덟 개나 열 개 정도는 거뜬히 해치울 수 있을 것 같은 비스킷. 아침식사를 다 끝내자 남부 생활에 대한 나의 꿈, 적어도 그 꿈들 중 하나는 실현한 듯한, 그 꿈의 실현을 경험한 듯한 느낌이 들었다.

아침을 먹는 중에 학교를 다니는 두 아이를 둔 그 여주인으로부터 바로 그날이 애틀랜타 대학의 개학일이라는 사실을 알게 되었다. 어찌된 일인지 나는 날짜를 혼동하고 있었던 것이다. 내 짐꾼 친구는 나더러 즉시 대학에 가보라고, 같이 나가서 학교 가는 길을 가르쳐주겠노라고 했다. 애틀랜타 대학은 시내 중심부에서 20분 정도밖에 안 걸리는 곳에 있지만 그 방향으로 가는 전차가 없어서 우리는 걸어가야 했다. 학교 운동장을 처음 보았을 때 나는 마치 내 집 같은 익숙함을 느꼈다. 붉은 언덕은 초록빛 잔디 계단이 되어 있고, 짙게 그늘을 드리운 깨끗한 자갈길이 건물로 연결되어 있었다. 정말이지 뉴잉글랜드 지방의 한 부분을 떼어다 옮겨놓은 듯했다. 교문 옆에서 내 친구는 자신이 근무하는 열차가 떠나기 전에 다시 보기는 어려울 것 같으니 나에게 작별 인사를 해야겠다고 했다. 그러고는 애틀랜타에 두 번 더 올 예정인데 그때 와서 만나자고, 그리고 두번째 근무 후에는 겨울 동안 풀먼 일을 쉬고 내슈빌의 학교로 돌아갈 것이라고 말했다. 우리는 악수를 했고 나는 그가 베푼 모든 친절에 고마움을 표했다. 그리고 우리는 헤어졌다.

나는 한 무리의 학생들에게 다가가서 이런저런 일에 대해 물어봤다. 그들은 본 건물의 총장실로 가는 길을 가르쳐주었다. 총장은 나를 따뜻하게 맞아주었다. 아니 따뜻한 정도가 아니었다. 대학의 공식적인 수장으로서가 아니라, 나의 교육은 물론 나의 모든 복지 문제를 직접 돌봐주기 위해서 자신의 큰 가정에 나를 입양이라도 하려는 듯한 태도로 말했다. 그는 내가 멀리 북부에서 이곳까지 왔다는 사실에 특히 만족해하는 것 같았다. 그는 애틀랜타에 도착한 즉시 학교로 곧장 올 수도 있었는데 왜 그러지 않았냐며, 당장 트렁크를 옮겨 오는 것이 좋겠다고 말했다. 나는 그렇게 하겠다고 기꺼이 약속했다. 그러자 그는 한 소년을 부르더니 나를 사감에게 안내하라고, 그리고 나중에 학교 구경을 시켜주라고 지시했다. 사감은 어머니 같은 분으로, 총장이 아버지 같은 것보다 그 정도가 더 심했다. 그녀는 내가 등록을 하도록 해줬는데 사실상 이 학교에서 학생 신분으로 있는 동안 술 안 마시고 담배 안 피우고 불경스러운 언어를 사용하지 않겠다는 서약에 서명을 하는 것이었다. 그때까지 나는 이 세 가지 습관으로부터 자유로웠기 때문에 그 서약은 나에게 아무런 희생도 요구하지 않았다. 나를 안내한 소년은 학교 캠퍼스의 이곳저곳을 보여주었다. 내게는 산업교육관이 특히 흥미로웠다.

소년은 종 울리는 소리가 학생들에게 강당에 모이라는 신호라고 설명하면서 나에게 강당에 가보겠느냐고 물었다. 나는 물론 가겠다고 대답했다. 강당에는 삼사백 명의 학생과 아마도 모든 선생님들이 다 모여 있는 것 같았다. 선생님 몇 명은 유색인이었다. 총장의 훈화는 특별히 신입생들을 위한 것이었는데 주위 사람들을 둘러보는 데 정신을 쏟느라 총장이 무슨 말을 했는지는 잘 듣지 못했다. 여러 색깔의 여러 타입의 사람들이 있었지만 대체로 지적인 모습이었다. 피부가 아주 새까만 사람들부터 머리카락과 눈 색깔이 밝은 새하얀 사람들까지 가지각색이었다. 특히 여학생 중에는 피부가 너무 하얘서 도저히 흑인의 피가 섞였다고 믿기 어려운 사람들이 많았다. 또한 많은 여학생들, 특히 검은 눈과 곱슬거리는 검은 머리에 아주 연한 갈색 피부의 여학생들은 정말로 예뻤다. 남학생들 중에는 아주 새까만 사람들이 많았는데 그들은 키가 크고 몸이 쭉 뻗고 큰 머리에 근육이 잘 발달한 훌륭한 젊은이의 표본 같았다. 이런 젊은이들도 나중에 나이가 들면 결국 옛날 노예제도 시절의 그 존경할 만한 원로 '아저씨' 같은 사람이 될 것이다.

학교를 떠나면서 나는 밤이 되기 전에 트렁크를 가지고 다시 학교로 돌아오기로 마음을 먹었다. 나는 가벼운 발걸음으로 그리고 가벼운 마음으로 발길을 돌렸다. 어머니가 돌아가신 후 처음으로 삶에 완전한 만족감을 느꼈다. 철도역을 지나면서 나는 마차를 불러 마부와 함께 숙소까지 마차를 타고 왔다. 집주인과 계산을 끝낸 다음 남겨놓은 물건들을 챙기려고 2층으로 올라갔다. 트렁크를 여는 순간 퍼뜩 의심이 스쳤다. 물건들의 배열이 뭔가 낯설어 보였던 것이다. 나는 급히 트렁크 바닥으로 손을 집어넣어 돈을 숨겨놓은 코트를 만졌다. 돈이 흔적도 없이 사라져버렸다! 일전 한 푼 남기지 않고 몽땅. 소용없는 일이란 것을 뻔히 알면서도 나는 다른 코트와 바지, 조끼, 심지어 양말짝까지 샅샅이 뒤졌다. 성과 없는 수색이 끝나자 나는 망연자실 비통한 마음으로 주저앉았다. 나는 집주인을 불러 도난 사실을 알렸다. 그는 나를 위로하며 어떻게 트렁크 안에 돈을 넣어둘 수 있느냐고, 손님들의 개인 소지품 분실에 대해서까지 자신이 책임질 수는 없지 않느냐고 말했다. 그의 차분한 말에 정신이 든 나는 혹시 다른 물

건이 없어지지는 않았는지 살펴보았다. 몇몇 조그만 물건들이 없어졌
는데 그중에는 내가 아주 마음에 들어 하는 기묘한 디자인의 흑회색
넥타이도 포함되어 있었다. 그 넥타이를 잃어버린 상실감은 돈을 잃
은 상실감 못지않았다.

　한참을 차분히 생각해본 후 나는 즉시 대학에 돌아가서 총장에게
내 난감한 처지를 다 털어놓기로 결심했다. 그래서 나는 서둘러 학교
로 되돌아갔다. 그러나 캠퍼스 가까이 이르렀을 때 이런 생각이 머리
를 스쳤다. 내 이야기가 거짓말처럼 들리지는 않을까? 내가 사기꾼이
나 거지처럼 보이지는 않을까? 내 부주의의 결과로 이 바쁜 사람들에
게 부담을 줄 권리가 나에게 있는가? 만일 돈을 되찾을 수 없다면—
그럴 거라 생각하는데—그들에게 돈에 관해 말해봐야 무슨 소용이
있겠는가? 이 모든 상황이 불러일으키는 수치심과 당혹감이 학교 정
문 앞에서 내 발걸음을 멈추게 했다. 나는 잠시 마음을 정하지 못하고
그 자리에 서 있었다. 그러다가 방향을 바꿔 천천히 발길을 되돌렸다.
그렇게 해서 내 인생의 모든 여정이 완전히 바뀌어버린 것이다.

　만일 독자들이 돈도 없이 친구도 없이 낯선 도시에 홀로 머물러본
경험이 없다면 그때 내 기분이 어떠했는가를 묘사하려고 해봐야 소용
이 없을 것이다. 그 기분은 절대 이해할 수 없을 테니까. 한편 그런 경
험이 있다고 해도 마찬가지로 소용없는 일이 될 것이다. 독자들이 이
해할 수 있을 만큼 말로써는 표현할 수 없을 테니까. 숙소에 돌아와보
니 전날 밤에 같이 잤던 짐꾼 한 사람이 방 안에 있었다. 그는 나에게
닥친 불행에 대해 듣고는 여러 가지 동정과 조언의 말을 해주었다. 그
는 나에게 돈이 얼마나 남았느냐고 물었다. 호주머니에 10달러 남짓

있다고 하자 그는 "그 돈으로 여기서 오래 버티기는 힘들 거요. 더구나 애틀랜타에서 일자리 구하기도 쉽지 않을 거고. 내 일러드리지. 잭슨빌에 내려가면 거기엔 큰 호텔들이 많이 있고 안 되면 세인트오거스틴에 가면 일할 만한 데가 좀 있을 거요"라고 말했다. 나는 그에게 고마움을 표시한 뒤, 그런데 내가 가진 돈으로 잭슨빌까지 갈 수 있겠느냐고 물었다. 그는 나를 안심시키며 말했다. "그런 걱정은 안 해도 돼요. 트렁크만 운송 편으로 보내고 댁은 내 골방을 이용하면 되니까." 나는 그에게 다시 고맙다고 말했다. 그때까지만 해도 풀먼카 짐꾼의 골방에서 여행하는 일이 어떤 것인지 나는 전혀 몰랐다. 그는 나중에 일자리를 구한 후 갚으면 된다며 나에게 15달러를 빌려주기까지 해서 나는 그에게 더 큰 신세를 지게 되었다. 그 관대함에 눈물을 글썽이며 나는 정말이지 이 세상에는 진정으로 친절한 사람들이 있다고 결론을 지었다.

나는 일곱 시에 떠나는 기차 시간에 맞추어 트렁크를 옮기려고 서두르고 부산을 떠느라 나의 불행도 잊어버렸고 심지어 아침식사 이후 아무것도 먹지 않았다는 사실조차 잊어버리고 있었다. 우리는 마차를 타고—짐꾼은 나와 함께 갔다—트렁크를 운송사무실로 옮겼다. 그러고 나서 내 새 친구는 일곱 시 십오 분 전쯤 역에 도착해서 겁먹지 말고 자기가 서 있는 객차 쪽으로 곧장 걸어오라고 나에게 일러주었다. 내가 할 일은 생각처럼 그렇게 어렵지는 않았다. 기차는 중앙역에서 떠나는 것이 아니라 통과해야 할 개찰구나 검표원이 없는 더 작은 역에서 떠나기 때문이었다. 나는 지시대로 따랐고 짐꾼은 나를 자신의 객차로 데리고 가서 골방에 가두었다. 잠시 후 기차는 잭슨빌을 향해 떠났다.

백 살까지 산다고 해도 그날 밤 겪었던 고통을 결코 잊지 못할 것이다. 나는 머리 바로 위쪽에 깨끗한 아마포를 보관하는 선반이 있어 몸을 펴지도 못하고, 더러워진 아마포를 보관하는 광주리 안에 몸을 웅크린 채 열두 시간을 보내야 했다. 실내 공기는 더워서 숨이 콱콱 막혔고 젖은 타월과 아마포에서 나는 냄새는 역겨웠다. 선로가 곧지 않아 기차가 비틀거릴 때마다 좁은 벽면에 이리저리 부딪쳐 온몸에 멍이 들었다. 여러 시간 아무것도 먹지 않았다는 사실이 절실히 자각되기도 했다. 그러다가 구토증이 하도 심해져서 살아 있는 상태로 목적지에 도달할 수 있을지 진정으로 의문스러워질 때도 있었다. 다시 그런 여행을 해야 한다면 나는 차라리 도보여행을 택할 것이다.

$$5$$

다음 날 아침 나는 온통 아프고 뻣뻣해진 몸으로 잭슨빌에 내렸다. 이제는 어떤 짐꾼에게도, 심지어 나를 도와준 그 짐꾼에게조차 내가 묵을 곳에 대해서 물어보지 않기로 마음을 먹었다. 그래서 어디로 갈지도 딱히 정하지 않은 채 길거리로 나섰다. 그렇게 방황하듯 걷다가 전도사처럼 보이는 한 유색인을 만났다. 나는 그에게 유색인을 위한 좀 괜찮은 하숙집을 소개해줄 수 있느냐고 물었다. 그는 자신이 가는 방향으로 따라오면 그런 곳 하나를 가르쳐주마고 했다. 나는 방향을 바꾸어 그와 함께 걸었다. 알고 보니 그 사람은 목사였는데 나에 관해서 여러 가지 직접적인 질문을 했다. 나는 적절하다고 생각되는 질문에는 다 대답을 했지만 그렇지 않은 질문은 피하거나 무시해버렸다. 드디어 우리는 한 목조건물 앞에 멈추어 섰고 그는 바로 그곳이 자기가 말한 하숙집이라 했다. 한 여자가 문간에 서 있었는데 그는 여자를 부르더니 새로 하숙할 사람 하나를 데리고 왔다고 말했다. 나는 그에게 도와줘서 고맙다고 인사를 했고 그는 시내에 머무는 동안 자기 교회에 꼭 오라고 강력히 권하고는 자리를 떴다.

안으로 들어가보니 집은 깨끗하고 그런대로 아늑해 보였다. 응접실에는 하얀 크로셰 뜨개 덮개를 씌운 등나무 의자들이 놓여 있었고 벽난로 앞 장식에도 하얀 크로셰 덮개가 씌워져 있었다. 거실 중앙의 대리석 상단 탁자 위에는 램프와 사진 앨범, 그리고 하얀 크로셰 깔개 위에 여러 가지 장신구들이 널려 있었다. 방의 한쪽 구석에는 소형 오르간이 있었는데 오르간 위의 램프대도 하얀 크로셰 매트로 덮여 있는 게 보였다. 마루에는 매트가 깔려 있었지만 하얀 크로셰 카펫을 깔았어도 그런대로 어울렸을 것 같았다. 나는 여주인과 숙식 문제를 협의했다. 숙식비가 일주일에 3달러 50센트였던 것으로 기억한다. 그녀는 제법 잘생기고 건장한, 마흔쯤 되어 보이는 갈색 피부의 여자였다. 남편은 여자 몸집의 반밖에 안 되는 좀 더 옅은 피부 색깔을 가진 쿠바인이었는데, 외관으로 봐서는 나이 짐작이 잘 되지 않는 타입이었다. 그는 체구는 작았지만 멋있는 검은 콧수염에 전형적인 에스파냐인의 눈을 하고 있어서 결코 하찮은 사람처럼 보이지는 않았다.

마침 아침식사 시간에 딱 맞춰 도착해서 나는 식탁에서 동료 하숙인들을 만날 기회를 얻게 되었다. 전부 열 명쯤이었는데 나중에 알게 되었지만 그중 두 사람은 미국 유색인이었다. 그들은 모두 시가 제조공으로 같은 담배공장에서 일하고 있었다—시가 제조업에서는 피부색의 차별이 없었던 것이다. 식탁에서의 대화는 완전히 스페인어로 이루어지고 있었는데 스페인어를 전혀 모르는 나로서는 당혹스럽다기보다는 경악에 가까운 감정이었다. 나는 일찍이 그처럼 소란스러운 대화를 들어본 적이 없었다. 모두들 동시에 큰 소리로 외치듯 감탄사를 발하며, 나이프니 포크니 스푼들을 위협적인 동작으로 휘두르며 마구 떠들어대는 것이었다. 금방이라도 쨍 하고 부딪히는 소리가 날까봐 불안했다. 한 사람은 손에 쥔 잔을 휘두르면서 자신의 이야기를 강조하고 있었는데 그 잔이 뜨거운 커피로 가득 차 있다는 사실을 잊어버린 것 같았다. 그의 이야기는 나를 빼고는 식탁에 앉은 사람들 중 유일하게 말수가 적은—그것도 비교적—사람에게 커피를 쏟으면서 끝이 났고, 그 사람의 입에서 폭발적으로 쏟아져 나온 말들은 다른 사람들을 상대적으로 벙어리인 양 보이게 만들었다. 나는 곧 이 모든 요란스러운 목소리와 식탁 집기물들의 달그락거리는 소음을 통하여 그들은 아주 일상적인 일들에 관해 이야기를 나누고 아주 사소한 문제들에 대해 자기 의견을 주장하고 있다는 것, 그리고 서로 악감이나 불쾌감 같은 것은 전혀 느끼지 않는다는 사실을 알게 되었다. 그래서 오래지 않아 나도 식탁에서의 이러한 활발한 잡담과 농담을 음식 못지않게—음식도 먹을 만했다—즐기게 되었다.

나는 오후 시간에는 시내를 구경하며 보냈다. 길은 모래흙이 깔려 있었지만 울창한 참나무 그늘이 잘 드리워져 있었고 애틀랜타의 진흙길보다 훨씬 좋았다. 또한 푸른 잔디가 덮여 있고 푸른 나무들로 에워싸인 두어 개의 공원 광장은 도시에 생기를 불어넣고 있었다. 그날 밤 저녁을 먹은 후 나는 집주인 부부에게 내 계획을 말했다. 그들은 큰 겨울 호텔들은 두 달 내에는 문을 열지 않을 거라고 했다. 그 말이 나에게 어떤 영향을 주었을지 상상하기는 어렵지 않을 것이다. 나는 그들에게 나의 재정 상태에 대해서 솔직하게 이야기하고 애틀랜타에서 당한 불행의 내용을 간단히 전했다. 나는 음악을 가르칠 능력이 있음을 겸손히 이야기하고 학생들을 구할 가능성이 있을지 물었다. 여주인은 나에게 자기 집을 소개해준 그 전도사에게 한번 얘기해보라고, 그의 영향력이라면 분명 피아노 교습반 하나쯤은 만들 수 있을 거라고 말했다. 하지만 유색인들은 가난하고 또 레슨비도 일반적으로 25센트밖에 되지 않는다고 덧붙였다. 내가 백인 학생들을 가르칠 수도 있다는 생각은 그녀의 머릿속에 전혀 떠오르지 않는 것 같았다. 결국 그녀가 제공한 어떤 정보도 나의 전망을 더 밝게 해주지는 못했다.

그때까지 주로 나와 아내가 이야기하는 모습을 묵묵히 지켜보고 있던 남편이 처음으로 구체적인 어떤 희망의 가능성을 제시했다. 그 내용인즉슨 자기가 일하는 공장에서 담뱃잎 껍질을 벗기는 '스트리퍼' 일자리를 구해줄 수 있다는 것이었다. 그리고 만일 음악 교습 학생을 구하게 되면 더 좋은 일자리가 나올 때까지 매일 밤 두어 학생을 가르치면서 그런대로 먹고 살 수는 있지 않겠느냐는 것이었다. 그는 또한 공장에 계속 머물면서 시가 제조공으로서 전문 기술을 배우는 일이 나에게 나쁠 것은 없지 않겠느냐고, 여기저기 돌아다니는 젊은이에게 전문 직업이 있다면 아주 유익할 것이라고 힘주어 말했다. 나는 그의 제안을 받아들이기로 결심하고 그에게 진심으로 고맙다고 말했다. 기실 나는 재정적 어려움에서 벗어날 수 있는 길을 찾을 수 있어서만이 아니라 내 앞에 막 열리려는 새로운 세계에 대한 깊은 관심과 호기심 때문에 기분이 아주 들떠 있었다. 나는 시가 제조업에 대한 모든 것을 알고 싶었다. 그래서 대화는 여주인의 남편과 나 사이에서만 오가게 되었고 결국 여주인은 우리 둘이 이야기를 나누도록 남겨두고 방 안으로 들어가버렸다.

그는 이른바 '귀족' 노동자로 주급이 35달러에서 40달러에 이른다고 했다. 그는 보통 '60달러 일'을 하는데, 60달러 일이란 시가 천 개비를 만드는 데 60달러를 받는 보수 기준의 일을 말했다. 하지만 그는 아주 꼼꼼히 그리고 천천히 일해야 하기 때문에 일주일에 천 개를 만드는 것은 불가능했다. 시가 만드는 일은 하나하나 완전히 수작업으로 이루어지는 데다가 담배 속과 껍질에 쓰일 담뱃잎들을 일일이 꼼꼼하게 골라야 했기 때문이다. 그가 하루에 만들 수 있는 시가의 양은 백 개 묶음 한 다발인데 크기나 모양에서 무엇 하나도 다른 것과 차이가 나지 않고 심지어 무게까지 전혀 차이가 느껴지지 않을 정도로 똑같이 만들 수 있었다. 그런 능력은 시가 제조에서 예술적 기술의 극치라 할 만한 것이었다. 이런 수준의 노동자는 한 공장에 고작 서너 명으로 아주 드문 편이어서 일자리를 잃을 걱정은 전혀 할 필요가 없었다. 좀 더 싼 등급의 시가를 하루에 이백, 삼백, 사백 개까지 만드는 사람도 없는 것은 아니지만 그런 사람들은 푸짐한 주급을 받기 위해서 동작이 아주 빨라야 했다. 시가 제조는 비교적 독립적인 업종이어서 일하고 싶을 때 일하고 놀고 싶을 때 놀 수 있었다. 시가 제조공들은 하나의 계층으로 놓고 볼 때 생각이 깊지 않고 앞일을 생각하지 않는 부류의 사람들이었다. 손놀림이 아주 빠른 제조공들 중에도 일주일에 삼사 일 이상은 일을 하지 않으려는 사람이 있는가 하면 월요일에는 절대로 공장에 나타나지 않는 사람들도 있었다. 담뱃잎에서 긴

줄기를 뽑아내는 '스트리퍼' 일은 소년들 몫이었다. 일정 기간 그 일을 한 후에 그들은 견습공으로 테이블을 배정받았다.

이 모든 이야기가 나에겐 흥미로웠다. 한참 동안 이런저런 이야기를 나누다가 그는 자신의 가슴 가장 가까운 곳에 자리 잡고 있는 문제, 즉 쿠바의 독립 문제를 화제로 꺼냈다. 그는 쿠바 망명객으로 잭슨빌 지부의 요직당원이라 했다. 매주 전국 곳곳에 있는 지부에서 돈이 모이고 이 돈은 반군을 위한 무기와 탄약 구입 자금으로 나간다는 것이었다. 긴 '녹색' 시가를 성마르게 피우며 두 고메스*에 대해 또 마세오와 반데라**에 대해 이야기하며 그는 점점 더 활기 있게 열변을 토했다. 그는 또한 자신이 상당한 교육을 받았고 책도 많이 읽은 사람임을 보여주었다. 그의 영어는 아주 유창했고 외국인에게서 기대하기 어려운 그런 단어를 구사하여 나를 깜짝깜짝 놀라게 했다. 그가 맨 처음으로 구사한 이런 수준의 단어는 나에게 거의 충격적으로 들려서 지금도 잊지 않고 있다. 그것은 '가지 치다(ramify)'라는 단어였다. 우리는 열 시가 넘도록 베란다에 앉아 있었다. 잠자리에 들기 위해 일어섰을 때는 다음 날 아침부터 담배공장에서 일을 시작하기로 이미 합의가 되어 있었다.

다음 날 아침 나는 나무통 옆에 자리 잡고 앉아 다른 소년과 함께 작업을 시작했다. 그는 나에게 잎에서 줄기를 벗겨 잎 반쪽을 쭉 펴

---

* 호세 미겔 고메스와 막시모 고메스를 말한다. 두 사람 모두 쿠바 독립운동에 가담해 스페인으로부터 쿠바 독립을 이끌어냈다.
** 안토니오 마세오와 그의 부관 킨틴 반데라는 둘 다 유색인으로서 쿠바 혁명군의 장교였다.

고, 오른쪽 잎은 나무통 끝에 있는 한쪽 무더기 위에 함께 놓고 왼쪽 잎은 다른 한쪽 무더기 위에 함께 놓는 등의 방법을 가르쳐주었다. 오랜 피아노 훈련으로 강하고 민감한 내 손가락은 이런 종류의 일에 곧 익숙해져서 2주도 안 되어 나는 공장에서 제일 빠른 '스트리퍼'로 평판이 났다. 처음에는 담배의 진한 냄새가 역겨울 정도였지만 냄새에 익숙해지자 오히려 그 냄새가 좋아지기 시작했다. 나는 이제 일주일에 4달러를 벌게 되었고, 밤에는 잭슨빌에 도착한 첫날 아침에 만났던 전도사의 알선으로 확보하게 된 몇몇 학생들을 가르쳐서 곧 2달러를 더 벌 수 있게 되었다.

석 달가량 지나자 '스트리퍼'로서 나의 능력과 하숙집 주인의 영향력으로 나는 테이블로 옮겨 가서 본격적으로 담배 제조 일을 배우기 시작했다. 아니 그 이상이었다. 담배 만드는 것만이 아니라 담배 피우는 것도 배우고 욕하는 것도 배우고 스페인 말도 배우기 시작했으니까 말이다. 나는 음악뿐만 아니라 언어에도 재능이 있다는 사실을 발견했다. 주위 동료들은 내가 아주 수월하게 빠른 진도로 스페인어를 습득하는 것을 보고는 놀라워했다. 아주 짧은 시간에 나는 식사 중에 식탁에서 하는 말들을 대부분 알아들었을 뿐만 아니라 대화에도 끼어들 수 있게 되었다. 나는 스페인어 교재를 사서 하숙집 주인을 선생 삼아 그의 도움을 받으며 동료 일꾼들과 회화 실습을 계속했고, 정기적으로 쿠바 신문을 읽고 나중에는 집에 있는 본격 스페인 문학 서적들을 독파함으로써 1년도 되지 않아 원어민처럼 스페인 말을 할 수 있게 되었다. 사실 공장에서 일하는 많은 쿠바 노동자들보다 내가 스페인 말을 더 잘한다는 것은 자랑스러운 일이 아닐 수 없었다.

나는 공장에서 일한 지 1년이 조금 지나 '조교'로 선임되었고 이로써 스페인어 공부에 쏟은 나의 모든 노력은 보상을 받은 셈이었다. '조교'는 스페인어를 사용하는 노동자들을 고용하는 모든 담배공장에서 아주 독특한 위치를 차지하는 자리였다. 조교는 시가 제조공들이 일하는 큰 방의 한가운데에 앉아서 매일 일정 시간 그들에게 신문에 실린 모든 주요 뉴스들과 흥미 있으리라고 생각되는 갖가지 글들을 읽어주는 일을 했다. 종종 아주 재미있는 소설을 선정해서 하루에 조금씩 나누어 읽어주기도 했다. '조교'는 목소리도 물론 좋아야 하지만 사람들 사이에서 지적이고, 최신의 소식을 잘 알고 있고, 머릿속에 다양한 지식이 들어 있는 사람으로 평판이 나 있어야 했다. 담배공장에서는 여러 가지 논쟁, 예컨대 라이벌 야구클럽의 개별적, 상대적 장점 등에서부터 태양빛과 에너지의 지속 기간에 이르기까지 많은 논쟁들이 자주 벌어지는데―시가 제조업은 말이 일을 방해하지 않는 업종이니까―'조교'는 대체로 이런 모든 논쟁에 대하여 최종 판단을 내리는 권위자이기도 했다. '조교'로서 나의 지위는 담배를 마는 다소 단조로운 작업으로부터 나를 해방시켜주었을 뿐 아니라 내 취향에 더 어울리는 무엇인가를 나에게 제공했고 더욱이 수입도 상당히 늘려주었다. 나는 이제 일주일에 25달러 정도를 받아서 보따리장수식 음악 교습을 그만둘 수 있게 되었다. 나는 피아노 한 대를 세내어 숙소에 와서 교습을 받을 수 있는 학생들만 가르치다가 결국에는 교습 자체를 완전히 그만두고 말았다. 그렇게 버는 돈이 내 시간을 할애하는 것과 수고비 정도도 되지 않았기 때문이었다. 하지만 스스로 공부를 계속하기 위해 피아노는 계속 가지고 있었고 이따금 교회 음악회나 다른 자선행사에서 피아노 연주를 하기도 했다.

피아노를 가르치고 교회에 나가기도 하면서 나는 잭슨빌에 사는 최상층의 유색인들과 친교를 맺게 되었다. 그렇게 해서 나는 유색인 세계에 정식으로 발을 들여놓게 되었다. 내가 명명한 바 소위 '유색인종의 암묵적 동지애'에 입문한 것이다. 유색인이 된다는 것이 어떤 의미인가에 대한 나 나름의 이론은 이미 세워놓았지만 이제는 그 이론을 실천에 옮기고 있었다. 이러한 새로운 입장은 나로 하여금 내가 사귀고 있는 젊은이들은 전혀 의식하지 않는 것 같은, 아니면 그들에게는 너무 상식적이어서 그들의 주의를 끌지 않는 것 같은 그런 무엇들을 자세히 관찰하고 그런 것들에 대해서 깊이 생각하게끔 만들었다. 그때 내가 받은 많은 인상들에 대해서 그 중요한 의미를 완전히 깨달은 것은 지난 일이 년 이래 최근에 이르러서야, 즉 인간과 역사에 대한 더 폭넓은 지식을 얻고 남부에서 인종들 사이에 일어나고 있는 엄청난 투쟁에 대하여 더 깊이 이해할 수 있게 된 후에야 가능했다.

그것은 투쟁이다. 흑인들은 소극적이기는 해도 분명 싸우고 있으니까. 그리고 그들의 수동적 저항은 현재로서는 적극적 저항보다 아마도 더 효과적일 것이다. 그들은 성난 폭풍우에 마치 버드나무가 그러듯이 힘겹게 버티고 있다.

그것은 투쟁이다. 남부의 백인들은 너무 자부심이 강해서 그 사실을 인정할 수 없겠지만, 하지만 그들도 그 싸움에 온 힘을 다 쏟고 있으니까. 그 싸움에 몰두하고 많은 노력을 기울이고 있으니까. 오늘날 남부는 힘에 부쳐 숨 가쁘게 헐떡이고 있지 않은가.

그리고 그 투쟁의 장은 어떻게 바뀌어왔는가! 그 싸움은 처음에는 영혼을 지닌 인간으로 인정받을 수 있는 흑인의 권리를 위해서, 그 후에는 흑인이 학습의 기초원리라도 터득할 수 있는 지능을 갖추고 있느냐 그렇지 않느냐의 문제로, 오늘날에는 흑인에 대한 사회적 인정의 문제를 쟁점으로 진행되어왔다.

이 이야기의 앞부분 어디에선가 나는 유색인들은 모든 것을 유색인으로서의 자신과 사회와의 관계라는 프리즘을 통해서 보기 때문에 그들이 그처럼 넓은 분야에서 발전을 이룩한 것은 실로 놀랄 만한 일이 아닐 수 없다고 언급한 바 있다. 아마도 같은 이야기를 남부의 백인들에 대해서도 할 수 있지 않을까 싶다. 그들 대부분의 정신적 노력 역시 하나의 좁은 채널을 통해 걸러진다. 한 인간으로서, 한 시민으로서 그들의 삶, 그들의 많은 경제활동, 그들의 모든 정치활동은 상존하는 '흑인 문제'에 의하여 어쩔 수 없이 제약을 받고 있다. 분명히 장담하건대 어떤 남부 백인들의 집단도 함께 모여 '인종 문제'를 거론하지 않고는 한 시간 동안 이야기를 나눌 수 없을 것이다. 만일 그 집단에 우연히 북부의 백인 한 사람만 끼어 있어도 그 시간은 별 탈 없이 30분으로 줄어들 수 있을 것이다. 이 점에서는 백인들의 상황이 흑인들의 그것보다 더 개탄할 만하지 않은가 생각한다. 이렇게 해서 진실로 위대한 한 민족이, 워싱턴에서 링컨에 이르기까지 대다수의 위대한 미국의 역사적 인물을 배출한 한 민족이 지금 개탄할 만한 폭력적 갈등 속에서 자신의 힘을 소진하도록 강요당하고 있다.

나는 잭슨빌에서 관찰한 것들을 훗날의 관점에서 기술해보려고 하는데 그것들은 다른 모든 남부 사회에도 대체로 적용될 수 있다. 그들 자신보다는 그들과 백인과의 관계라는 관점에서 볼 때 유색인은 대략

세 부류로 나누어질 수 있다. 먼저 이른바 절망적 계층을 이루고 있는 사람들로 목재나 테레빈유 채취 부락에서 일하는 노동자들, 전과자들, 술집 주위를 배회하는 부랑자들 모두가 이 계층에 속한다. 이들은 마치 훈련받은 사자가 낮은 소리로 투덜대듯 으르렁거리며 조련사의 채찍 소리 아래서 곡예를 부리듯이 문명의 요구에 순응하는 사람들이다. 그들은 모든 백인들에 대해 강한 증오심을 품고 있고 삶을 귀히 여기지 않는다. 그런 사람들이 이렇게 말하는 것을 들은 게 한두 번이 아니다. "날 괴롭히는 첫번째 백인 놈을 해치우고 뒈지겠어." 그런 감정을 그렇게 표현한 많은 사람들은 실제로 약속을 지켰고 바로 그런 사실 때문에 이 부류의 흑인들이 그처럼 두드러져 보이는 것이다. 수적으로 보면 이들은 유색인종 중에서 아주 소수에 불과하지만 이들이 유색인종 전체에 대한 일반적인 견해를 지배하는 경우가 종종 있다. 다행히 이들이 대표하는 물리적, 도덕적 상태는 남부 흑인들의 평균 수준보다 훨씬 더 낮지만 이런 계층이 증가하는 데 심각한 위험 가능성이 있다. 백인이 주도하는 남부 사회에서 현재의 행복을 위해서만이 아니라 미래의 안전을 위해서라도 이런 흑인 계층의 수를 줄이는 것보다 더 시급한 문제는 없다고 확신한다. 그렇다고 해서 이들이 전혀 가망 없는 사람들이라는 얘기는 아니다. 이 세상 모든 대도시에 있는 빈민가와 범죄요소가 상황과 환경의 산물이듯이 이들 또한 상황과 환경의 산물일 따름이기 때문이다. 총으로 쏴 죽이고 불에 태워 죽여서 그 수를 줄이는 방법으로는 결코 성공할 수 없다. 왜냐하면 이들은 정말로 자포자기하고 있어서 죽음에 대한 생각이 아무리 끔찍한 것이라 해도 그것이 이들로 하여금 증오와 타락의 결과로 빚어지는 행동을 주저케 하는 데 별다른 영향을 주지 못하기 때문이다. 이 계층의 흑인들은 하얀 피부로 덮인 것이면 무엇이든지 증오하고 그 대가로 백인들의 혐오의 대상이 된다. 백인들은 그들을 마음대로 부리고, 몰고, 때리고, 발길질을 하면 죽일 수 있는 사악한 노새 정도로 생각한다.

두번째 계층의 흑인들은 흑인과 백인의 관계에서 볼 때 하인이나 세탁부, 웨이터, 요리사, 마부 등 집안 일로 백인들과 관계를 맺고 있는 사람들이다. 이들은 대체로 단순하고 마음씨 좋고 성실한 부류로 성격 지어질 수 있다. 도덕적으로 아주 사려 깊지는 않지만 매우 종교적이고, 다른 사회 계층 구성원들과 마찬가지로 비교적 — 이런 문제에 대해서는 상대적으로 판단할 수밖에 없으니까 — 정직하고 건강하게 살아가는 사람들이다. 그들에게 친절하게 대하는 백인이면 누구나 '좋고' 그 친절함 때문에 그들은 그런 백인을 사랑한다. 그 대가로 그들과 관계를 맺은 백인들은 그들을 관대한 애정으로 대한다. 그들은 매일 백인들과 가까이 접촉하며 지내게 되고 그래서 백인과 흑인 사이의 연결고리라 불릴 수 있는 사람들이다. 사실상 백인들이 다른 유색인 이웃들을 알게 되는 것은 이들을 통해서이다. 이 계층의 흑인들과 백인들 사이에는 불화가 없거나 있어도 아주 미비하다.

세번째 계층은 독립적인 노동자와 숙련공, 그리고 경제력 있고 제대로 교육받은 유색인들로 이루어져 있다. 이상한 이야기 같지만 이들은 정반대의 이유로 위에서 언급한 첫번째 계층의 흑인들과 마찬가지로 백인들과 아주 거리가 멀다. 이들은 그들 자신만의 좁은 세계에서 산다. 사실 말이지 만일 유색인이 백인 이웃들과 떨어져 살기를 원한다면 약간의 재산과 교육과 교양을 확보하고 그 기준에 따라 살아

가기만 하면 된다고 나는 결론을 지었다. 예컨대 남부의 가장 자존심 강하고 가장 아름다운 귀부인도 만일 자신의 찬모인 메리 아줌마가 몸이 아프면 정중하게—진정 그렇게 하고 싶으니까—그녀의 오두막집으로 찾아가 손수 그녀를 위로해줄 수 있을 것이다. 그러나 어릴 때 자기 집 부엌에서 돌아다니던, 그러나 나중에 학교에서 교육을 받고 아주 부유한 젊은 유색인과 결혼을 한 메리의 딸 엘리자가 죽게 되었을 때 우리 귀부인은 엘리자의 집에 결코 발을 들여놓지 않을 것이다. 결코 술 한잔하려고 술집에 들어가는 일은 없을 것처럼.

잭슨빌에서 태어났지만 전문직을 얻기 위한 준비로 고향을 오래 떠나 있었던 한 젊은이와 어느 날 함께 시내를 걸은 적이 있었다. 한 젊은 백인이 우리 곁을 지나쳤을 때 그 친구가 이렇게 말했다. "저 청년 보셨죠? 우린 함께 자랐어요. 같이 놀고 같이 사냥 다니고 같이 낚시질도 다녔지요. 심지어 같이 먹고 같이 자기까지 했다고요. 그런데 내가 이렇게 돌아온 후로는 나한테 말도 안 걸어요." 남부의 백인들이 절망적인 계층의 흑인들을 멸시하고 학대한다는 사실은 오래된 인간 본성의 법칙에 따라 설명이 가능할 뿐 아니라, 진보적인 유색인들이 늘어나면서 그들 자신과 그들의 백인 이웃 사이의 간극이 계속 더 벌어진다는 사실만큼 그렇게 중요하고 심각한 것도 아니다. 내 생각에 백인들은 어쩐지 교육도 받고 돈도 좀 있는, 좋은 옷을 입고 괜찮은 집에서 사는 유색인들은 '거만을 떤다'고, 백인들에게 오직 앙갚음하려는 목적으로 그러는 거라고, '좋게 보아야 원숭이처럼 열심히' 흉내내기를 하는 것이라고 느끼는 듯하다. 그런 감정은 적개심을 일으키거나 키우기 마련이다. 재정적, 지적 성장에 걸맞게 자신들의 물리적,

사회적 환경을 개선해보려고 애쓰는 이런 유색인들의 노력은 세계 어디에서나 공통된 인간 본성의 한 충동을 자연스레 따르는 것이라는 사실을 백인들은 아직 인식하지 못하고 있으며 그래서 이해할 수 없는 것이 아닌가 한다. 남부에서 일어나는 흑인과 백인 사이의 알력은 대부분 하나의 인종으로서 흑인에 대한 백인의 자연스러운 본능적 반감에 기인한 것인지 아니면 흑인들 간의 어떤 관계를 통해서 생긴 후천적 반감 때문인지는 잘 알 수 없다. 어찌되었건 이 복합적인 문제에서 동정의 협조를 누구보다도 더 필요로 하고 그런 협조를 누구보다도 더 고맙게 여길 바로 그런 유색인들이 처할 수밖에 없는 고립 상황만큼 안타까운 일이 없다는 생각이 든다. 더욱이 이들을 위에서 언급한 첫째 계층의 흑인들과 어떻게든 결부시키려 들 때 이들의 처지는 비극적이기만 하다.

이 계층의 유색인들은 항상 백인들에 대해서 호의적이고 백인들에게 약간 양보하더라도 그들과 타협할 준비가 되어 있는 사람들이다. 그러나 이들은 어떤 불공평한 대우나 무례한 차별도 예민하게 느끼며 대체로 자신들의 분노를 표현한다. 더 나은 계층의 유색인들이 '흑인 전용차'를 타야 하는 것에 반대해서 투생하는 일을 그들이 백인과 함께 타기를 원하거나 더 미천한 자기 종족 사람들과 함께 타는 것에 반대하기 때문이라는 인상을 주려고 애쓰는 사람들이 간혹 있다. 하지만 사실을 말하자면 흑인 전용차가 아주 열악하면서도 일등석 요금을 내야 한다는 사실은 별 문제로 치더라도 그들은 특정 차에 타도록 강요받는 굴욕 자체를 반대하는 것이다. 백인들이 더 좋은 차에 타도록 강요받는다고 말하는 것은 농담도 되지 못한다. 또한 이상하게 들릴는지 모르지만 세련된 유색인 또한 비위에 거슬리는 흑인들과 함께 타는 것을 좋아할 리가 없다.

진보적 유색인종 계층이 설 자리는 종종 아주 고통스럽다는 사실을 나는 몇 년 전보다 더 충분히 깨닫고 있다. 흑인들 중에서 인종 문제의 모든 짐을 지고 있는 사람들은 바로 그들이다. 다른 흑인들은 인종 문제에 대해서 거의 신경을 쓰지 않는다. 때로 그들을 버티게 해주는 유일한 힘은 자신들이 옳다는 사실을 알고 있다는 것이라고 나는 믿는다. 다른 한편 이 계층의 유색인들은 삶으로부터 많은 즐거움을 추구하며 살아가는 사람들이다. 그들의 삶은 자신들의 처지에 대한 긴 신음이 결코 아니다. 그들은 무지와 가난의 혼돈으로부터 부끄러워해야 할 필요가 없는 그런 사회생활을 이끌어냈다. 전문직 종사자와 부유층이 두터운 도시에서는 그들은 그들만의 사회, 실제 조건이 그렇게 허락하는 정도의 차별적인 사회, 말하자면 실제 조건이 허락하는 대로 곧 사회적 규범이 되는 그런 차별적 성향을 가진 사회를 형성하고 있다. 이 말이 어떤 사람들에게는 아주 비상식적이고 심지어 터무니없는 소리로 들리리라는 것을 나도 알고 있다. 하지만 이 계층의 유색인들은 유색인종 중에서 가장 덜 알려져서 그럴 뿐이지 그 말이 그렇게 놀라운 것은 아니다. 이런 사회 집단들은 전국적으로 연결되어 있어서 한 도시에서 명망 있는 사람은 다른 도시에서도 쉽게 받아들여진다. 그리고 그 울타리 밖에 있는 사람은 안으로 들어가는 것이 쉽지 않은 일임을 종종 확인하게 된다. 나는 개인적으로 삼사만 달러에 이르는 많은 돈과 좋은 집을 소유하고 있는데도 평판이 뒷받쳐주지 못해서 여러 해 동안 계속 노력했음에도 불구하고 그 울타리 안으로 들어가지 못한 사람의 경우를 알고 있다. 이 사람들은 그들만의 댄스 파티와 저녁 모임과 카드놀이와 뮤지컬과 문학동호회를 즐긴다. 여자들은 고급 취향의 드레스 차림으로, 남자들은 그들이 소유한 정장 차림으로 사교 모임이나 행사에 참석한다. 이들의 이러한 사교 모임을 지방의 우스개 신문이 '유새긴 샤회'를 묘사한 '호텔보이의 무도회' '회반죽 바르는 사람들의 피크닉' '석회 굽는 가마 클럽' 같은 것과 혼동을 한다면 그것은 독자들이 잘못 생각하는 것이다.

내가 머무를 당시의 잭슨빌은 조그만 도시여서 높은 교육 수준에 경제력을 갖춘 유색인들의 수가 얼마 되지 않았다. 그래서 이러한 사교생활의 양상은 그 후 보스턴, 워싱턴, 리치몬드, 내슈빌 같은 도시에서 내가 목격한 수준과는 비교가 되지 않았다. 바로 위에서 언급한 관찰들은 이런 도시에서 내가 비교적 최근에 본 것들에 근거한 사항이다. 하지만 잭슨빌에도 아늑하고 즐거운 집이 많았으며 나는 그런 집에 종종 초대를 받았다. 나는 문학동호회의 일원이었고—그 모임에서는 주로 인종 문제에 대한 이야기를 나누었다—교회의 모든 축제와 다른 자선행사에도 참석했다. 이런 식으로 나는 내 생애에서 전혀 즐겁지 않았다고는 볼 수 없는 3년을 보냈다. 사실 한 젊은 여선생과 사랑에 빠져 결혼 생활의 즐거움을 꿈꾸기 시작할 정도로 나의 삶은 활기찬 전기를 맞았다고도 할 수 있었다. 그러나 내 생애 또 다른 하나의 전기가 이 꿈에 종지부를 찍게 만들었다.

나는 독자들로 하여금 잭슨빌에서의 나의 생활이 주일학교 도서관에서 빌린 책의 주인공을 그대로 본뜬 것으로 생각하게끔 오도하고 싶은 생각은 없다. 나는 공장의 모든 노동자들과 허물없이 가까이 지냈는데 그들 대부분은 사회적 명성 같은 것에는 별로 아는 바가 없었고 또 신경을 쓰지도 않았다. 그들을 흉내 내어 돈을 헤프게 쓰는 것도 배웠고, 그런 이유로 애틀랜타 대학에 돌아가는 일을 계속 미뤄오다가 결국에는 포기하고 말았다. 200달러나 되는 돈을 저축한다는 일이 불가능해 보였던 것이다. 공장에서 나는 많은 사람들과 아주 친해져서 그들과 자주 함께 어울리며 놀았다. 여름철에는 거의 매주 월요일마다 파블로 비치라는 해변 유원지로 놀러갔는데 이 행락길은 늘 번잡스러웠다. 그곳에 있는 큰 댄스 오락장에서 춤을 추고 질펀하게 술을 마시고 흥분을 더 돋우기 위해 한두 군데서 으레 싸움판이 벌어지곤 했다. 나는 또한 일요일 오후에 전세마차를 타고 돌아다니는 시가 제조공들의 습관도 배웠다. 그리고 때로 시가 제조공 친구들과 함께 어느 간선도로변에 위치한 큰 홀에서 열리는 공중무도회에 가기도 했다. 나는 이따금 술을 조금씩 마시기 시작했고 친구들이 마신 많은 술값을 지불하기도 했다. 하지만 독한 술은 내 취향에 맞지 않아 술자리를 함께한 친구들이 그런 술을 시킬 때만 마셨는데 나중에 죽도록 고생했다. 전체적으로 보면 그 당시에는 약간 분방하게 살긴 했지만 수치스러운 일을 했다거나, 젊은이들의 일방적인 기준으로 볼 때 나의 명예를 손상시킬 만한 일을 했던 기억은 별로 없다.

공중무도회에 막 다니기 시작하던 어느 날, 나는 무도회장에서 잭슨빌에 올 때 그처럼 친절히 도와주었던 그 풀먼카의 짐꾼을 우연히 만났다. 나는 즉시 내 은인이 꾸어준 돈을 갚기 위하여 공장 친구 한 사람에게서 15달러를 빌렸다. 그에게 돈을 돌려주며 고맙다는 인사말을 하는데 그가 매고 있는 넥타이가 눈에 들어왔다. 내가 잃어버리고 탄식해마지 않았던 그 흑회색 넥타이, 적어도 그것과 똑같은 모양의 넥타이였다. 약간 낡긴 했지만 처음으로 내 시선을 끌었던 그 기묘한 디자인을 몰라볼 리 없었고 그것은 분명했다. 하지만 법적으로 인정될 만한 충분한 증거가 되는지는 생각해보지 않았다. 망연자실한 놀라움과 그 상황의 아이러니컬한 기분에 다른 생각이 끼어들 여지가 전혀 없었던 것이다.

이 무도회에 오는 사람들은 아주 다양했는데 무도회를 개최하는 사람이 대체로 큰 호텔의 웨이터들이어서 '관광차' 온 호텔 손님들이 자주 찾았다. 사람들은 늘 시끄러웠지만 친절하고 상냥했다. 특히 네 사람이 한 짝을 이루어 도는 카드리유 춤을 많이 췄는데 폐활량이 큰 어떤 사람은 무도회장이라는 비좁은 공간에서는 절대 낼 수 없는 큰 소리로 자기 짝들을 부르기도 했다. 이 사람들의 행동이 어떠했는지를 자세히 묘사할 필요는 없을 것이다. 그들은 다른 사람들이 이와 비슷한 무도회에서 행동하는 것과 거의 같은 식으로 행동했다. 세상에 대해서 그리고 인간 본성에 대해서 좀 알게 되면 이 세상 어디에서도 결국 비슷한 상황에 처한 사람들 사이에는 별다른 차이가 없다고 결론 지을 수밖에 없을 것 같다.

하지만 내가 케이크워크 춤*을 본 것은 이 무도회가 처음이었다. 가장 많은 표를 얻은 호텔 수석 웨이터에게 금 손목시계를 주는 대회가 열린 적이 있었다. 개표가 진행되는 동안 사람들은 춤을 좀 추다가 케이크워크 경연을 위해 장내를 정리하기 시작했다. 호텔의 투숙객 대

---

* 1900년경부터 유행한, 걷는 맵시를 겨루는 미국 흑인들의 놀이에서 유래한 춤. 독특하고 우아한 걸음걸이로 걷는 사람에게 상으로 케이크를 주었다.

여섯 사람이 심사위원으로 무대 위에 자리를 잡고 열서너 쌍의 남녀가 정말 눈에 띄게 화려한 장식을 한 케이크를 향하여 걷기 시작했다. 구경꾼들은 경연자들을 위해 확보해둔 공간 주위로 몰려들어 몰입하고 흥분된 표정으로 그들의 걷는 모습을 지켜보았다. 경연자들은 원을 그리며 걷는 게 아니라 남자들이 안쪽으로 사각형을 그리며 걸었다. 관전 포인트는 남자들의 태도, 코너를 돌 때의 정확한 동작, 여자들의 우아한 자태, 선회축을 빙 돌 때의 유연함 등이었다. 남자들은 당당하게 군인처럼 걸었고 여자들은 아주 우아한 자세로 걸었다. 심사위원들은 탈락자를 제해 나가는 방식으로 최종 결정에 도달했다. 즉, 음악과 걷기가 몇 분 동안 계속되다가 음악과 걷는 동작이 모두 정지되면 그동안 심사위원들이 협의를 하고 걷기가 다시 시작될 때는 몇몇 쌍이 탈락하는 식이었다. 경연은 이런 방식으로 진행되어 결국 서너 쌍으로 좁혀졌다. 그러자 흥분이 더욱 고조되고 한 쌍 한 쌍이 아주 우아하게 선회할 때면 응원하는 패거리들이 환호성을 질러댔다. 드디어 케이크가 수여되자 구경꾼들은 승자를 환호하는 쪽과 심사위원의 불공정한 심판에 투덜대는 쪽으로 확연히 나뉘었다. 케이크워크 춤의 본래 모습은 이런 것이었고, 유색인 공연자들의 무대 공연을 통해 오늘날 온 세계에 알려진 활발하게 뛰는 동작의 춤으로 발전된 것이다. 어떤 열성파 비평가들은 본래의 케이크워크 춤을 시적 움직임의 극치라고 격찬한 바 있다.

케이크워크 춤을 창피하게 생각하는 유색인들도 아주 많다. 하지만 나는 그들이 이 춤을 자랑스러워해야 한다고 믿는다. 이 나라의 유색인들은 그들이 전적으로 열등한 종족이라는 급진적인 이론을 반박할 만한, 그리고 그들이 독창성과 예술적 의식, 더 나아가 모든 사람들에게 영향력 있고 호소력 있는 창의력을 소유하고 있음을 증명해 보일 만한 네 가지 일을 이룩했다는 것이 나의 생각이다. 먼저 두 가지는 조엘 챈들러 해리스가 수집한 엉클 리머스 이야기*, 그리고 피스크 가수들이 일반 대중과 구미의 음악전문가들로 하여금 경청하게 만든 주빌리 노래**이다. 나머지 둘은 래그타임 음악***과 케이크워크 춤이다. 여행을 해본 사람이라면 전 세계를 정복한 래그타임의 영향력을 의심할 수 없을 것이다. 또한 유럽에서 미국이 지난 한 세대 동안 산출한 그 어떤 것보다도 래그타임에 의해 대중적으로 더 잘 알려졌다고 말해도 결코 과장은 아니라고 생각한다. 파리에서는 래그타임을 미국 음악이라고 부른다. 신문은 이미 케이크워크 춤의 복잡한 스텝 연습을 하느라 유럽의 왕족과 귀족 들이 얼마나 많은 시간을 빼앗기는지 보도한 바 있다. 래그타임이나 케이크워크 춤은 하위 양식의 예술이긴 하지만 언젠가는 고급 예술에 적용될 수 있는 힘을 충분히 보여주고 있다. 최소한 이런 식으로 미합중국의 유색인이 배출한 몇몇 뛰어난 인물들을 제외하고라도, 미국의 유색인 인종은 전 세계적으로 그 영향력을 행사해왔다. 알래스카에서 파타고니아에 이르는 모든 인디언 종족들도 이만큼 이룩하지는 못했다.

　잭슨빌을 나의 영원한 거처로 생각하며 젊은 여선생과 결혼을 해서

---

* 소설가 조엘 챈들러 해리스의 연작동화로, 흑인 노예 '리머스'를 주인공으로 하여 아프리칸 아메리칸 민담을 미국 독자들에게 소개했다.
** 미국의 흑인대학인 피스크 대학교의 '주빌리 싱어스'의 노래를 말하는 것으로, 주로 노예시절부터의 흑인영가가 그 레퍼토리이다.
*** 재즈의 전신으로 당김음이 많은 피아노 연주 스타일.

가정을 이루고 담배공장에서 남은 여생을 계속 일하며 살기로 계획을
세우기 시작한 바로 그때, 무슨 이유였는지 기억은 안 나지만 하여튼
내가 다니던 공장이 문을 닫게 되었다. 몇몇 사람은 시내의 다른 공장
들에서 일자리를 얻었고 어떤 사람들은 키웨스트와 탬파로 가기로 결
정했고 또 어떤 사람들은 일자리를 찾아 뉴욕으로 떠나기로 결심했
다. 갑자기 북부를 다시 보고 싶은 욕구가 열병처럼 나를 사로잡았고,
나는 뉴욕으로 떠나는 사람들과 내 운명을 함께하기로 했다.

6

어느 봄날 오후 늦게 우리는 증기선을 타고 뉴욕 항에 들어섰다. 늦은 오후의 햇빛이 마지막 힘을 쏟아 뉴욕 만의 바닷물을 반짝이는 황금빛으로 물들이고 있었다. 만 양쪽의 녹색 섬들은 도전적으로 솟아 있긴 했지만 고요하고 평화로워 보였다. 도시의 빌딩은 매혹적인 분위기를 드리우는 반사 광선 속에서 환히 빛나고 있었다. 정말이지 그곳은 마법에 걸린 도시였다. 뉴욕은 미국에서 가장 치명적으로 매혹적인 도시이다. 미국의 관문 옆에 마녀처럼 자리 잡고 앉아 굽은 손과 발을 넓은 옷자락 안에 감춘 그녀는 유혹적인 흰 얼굴을 드러내면서 줄곧 저 안쪽으로부터 수많은 사람들을 부추겨 끌어내고 저 대양을 건너온 수많은 사람들의 발길을 이곳에 멈추도록 유혹한다. 그렇게 모든 사람들은 그녀가 부리는 변덕의 희생자가 된다. 그녀는 어떤 사람들은 즉시 자신의 무자비한 발로 으깨버리고, 어떤 사람들에게는 갤리선을 젓는 노예의 운명을 지운다. 또 몇몇 사람들은 호의를 베풀 듯 가지고 놀면서 그들을 행운의 물거품 위로 높이 들어 올렸다가 갑작스레 그 거품을 훅 불어 없애버리고는 그들이 떨어져 내리는 모습을 보며 조롱의 웃음을 터뜨린다.

뉴욕을 두 번 지나쳐 가긴 했지만 사실상은 이번이 첫 방문이었다. 그날 저녁 뉴욕 시내를 걸으면서 나는 이 도시의 무서운 힘을 느끼기 시작했다. 환한 불빛, 흥겹고 들뜬 분위기, 아주 미묘한 모든 자극적인 요소들이 나에게 영향을 미치기 시작했다. 피가 더 빨리 뛰면서 이제 진정 살기 시작한다는 느낌이 엄습했다. 어떤 기질의 사람들에게는 대도시의 자극적인 삶이 마치 아편 중독자에게 그러듯이 피할 도리가 없는 존재가 된다. 그래서 그것은 그들의 삶의 숨결이 되고 그들은 그것을 벗어나 존재할 수 없게 된다. 그들은 그것을 빼앗기기보다는 굶주림과 결핍과 고통과 비참함을 감수하는 쪽을 택한다. 수많은 군중들 속에서 남루하고 비참한 삶일지라도 그들은 그런 상태를 벗어나야만 가능한 어떤 안락함과도 바꾸려 들지 않는다.

증기선에서 내리자마자 우리 네 사람은 곧장 6번 애비뉴 바로 서쪽의 27번가에 있는 숙소로 갔다. 숙소를 운영하는 사람은 키가 작고 단단한 체구의 혼혈 흑인이었는데 말이 아주 많고 이것저것 캐묻기를 좋아하는 사람이었다. 15분쯤 지나자 그 사람은 우리 모두의 과거 이력을 다 알게 되었을 뿐 아니라 앞으로 우리가 무슨 일을 하려고 하는지에 대해 우리 자신보다 더 분명히 알게 되었다. 어떤 사람을 자기 집에 받아들일지 아주 까다로운 듯한 태도로 이런 정보를 요구했기 때문에 우리는 그가 묻는 모든 질문에 떨다시피 하며 대답했다. 여장을 풀고 우리는 다시 밖으로 나와 저녁식사를 하고는 열 시경까지 이곳저곳을 돌아다녔다. 열 시쯤 우리는 우리 일행 중 한 사람과 아는 사이인 뉴욕에 사는 두 젊은이를 만나게 되었다. 그들은 우리에게 주인의 이름을 옥호로 내건 어떤 곳에 가보도록 권했다. 우리는 어느 네거리로 꺾어 들어 6번과 7번 애비뉴 사이의 중간 블록쯤에 위치한 어느 집의 현관 계단을 올라갔다. 우리가 만난 두 젊은이 중의 하나가 벨을 누르자 안쪽에서 누군가가 문을 5센티미터쯤 빼꼼히 열어보더니 이내 문을 활짝 열고 우리를 안으로 맞아들였다. 우리는 한때 주택이었던 그 건물의 현관으로 들어갔다. 앞쪽 응접실은 개조한 듯 보였는데 옷을 잘 차려입은 대여섯 명의 남자들이 그 방 안에 있었다. 우리는 안으로 들어가서 간단한 소개를 마친 후 맥주를 여러 순배 마셨다. 뒤쪽 응접실에는 많은 사람들이 벽 주위에 앉거나 서서 아주 흥겹고 떠들썩한 당구 경기를 구경하고 있었다. 나는 당구 경기를 보기 위하여, 그보다는 술자리를 벗어나기 위하여 뒤쪽으로 가서 그 무리에 합류했다. 당구 치는 사람들이 아주 고수여서 경기는 정말 재미있었고 경기 결과에 대해 내기를 걸면서 흥분은 한층 고조되었다. 때때로 당구 치는 사람들의 묘기와 구경꾼들의 논평이 아주 즐거웠다. 한 사람이 결정적인 순간에 공을 잘못 맞혀 기회를 놓치자 그에게 돈을 걸어서 그가 이기기를 바랐던 사람들은 '얼간이'에 해당하는 수많은 표현들을 그에게 마구 퍼부었다. 한편 다른 사람들은 "저런 깜둥이, 저 친구 큐는 괭이자루도 아니군" 같은 말로 그를 조롱했다. 나는 이 부류의 유색인들 사이에서 '깜둥이'라는 말이 거의 '친구'와 같은 의미로 자유롭게, 때로는 거의 애정이 담긴 표현으로 쓰이고 있음을 알 수 있었다. 하지만 이 말을 사용하는 것이 백인에게는 완전히, 철저히 금지되어 있다는 사실도 곧 알게 되었다.

바에 남아 있던 친구들이 위층에 올라가보자고 부를 때까지 나는 계속 당구 경기를 구경하며 서 있었다. 2층에는 큰 방이 두 개 있었다. 나는 홀 앞쪽에 있는 방 안을 들여다보았다. 방 한가운데에 커다란 원형 테이블이 놓여 있고 대여섯 사람이 둘러앉아 포커를 하고 있었다. 이곳의 분위기나 사람들의 행동은 방금 전에 본 당구장의 그것과는 아주 대조적이었다. 이 사람들은 분명 이곳의 귀족 계층인 듯 약간 번지르르할 정도로 옷을 잘 차려입고 이따금 '여러분'이라는 점잖은 말을 사용하면서 낮고 강한 억양의 목소리로 말했다. 정말이지 이들은 서로에게 일종의 영국 귀족식의 예절을 실천하고 있는 것 같았다. 이 사람들을 아주 흥미 있게 그리고 얼마만큼 존경심을 가지고 지켜보고 있는데 친구들이 다시 불러서 나는 그들을 따라 뒤쪽 방으로 갔다. 그 방에는 문앞에 수위가 지키고 서 있어서 우리는 검사를 받은 후 입장이 허락되었다. 안으로 들어서자 온갖 부류와 다양한 나이대의 남자들 한 떼가 낡은 당구대 주위에 몰려 있었는데 그들 중 몇몇은 백인임에 틀림없어 보였다. 처음에 나는 이 사람들이 무얼 하고 있는지 알 수가 없었다. 그들이 사용하는 용어가 도무지 낯설었던 것이다. "2달러 쏴라!" "4달러 쏴라!" "나한테 덤비쇼! 나한테 덤비쇼!" "자, 덤볐소!" "안 바뀌는 데 25센트요!" 오직 이렇게 외치는 소리들만 혼란스럽게 들려올 뿐이었다. 그것은 옛날부터 전해오는, 일반적으로 '크랩 게임'*이라고 알려진 아주 재미있다는 바로 그 주사위노름이었다. 잭슨빌에서 내기 당구도 쳐봤고—시가 제조공들은 내기 당구를 즐겨 쳤다—다른 사람들이 카드놀이하는 것도 보았지만 여기에는 뭔가 새로운 것이 있었다. 나는 당구대 쪽으로 가서 뉴욕에서 알게 된 친구 중의 한 사람과 당구대 저쪽 끝에서 주사위가 도는 동안 남이 돈을 건 곳에 계속 덧걸기를 하고 있는 키가 크고 호리호리한 어떤 흑인 사이에 자리를 잡고 섰다. 뉴욕 친구가 주사위 게임의 룰을 나에게 설명해주었는데 두 번 설명할 필요가 없을 정도로 아주 간단했다. 주사위는 당구대 주위를 돌아 그 키가 크고 호리호리한 친구의 맞은편에 있는 사람에게까지 이르렀다. 그 사람은 내기에 졌다. 그러자 키 큰 친구가 "주사위 일루 주소" 하고 말했다. 그는 1달러를 당구대 위에 던지면서 말했다. "1달러 쏴라!" 주사위를 던지는 그의 동작은 아주 격렬해서 주위에 충분한 공간이 필요했다. 그는 주사위를 머리 위로 높이 흔든 다음 당구대 위로 던질 때마다 리드미컬한 규칙적인 동작으로 힘을 쏟을 때 으레 그러듯이 끙끙 소리를 냈다. 그는 발뒤꿈치를 축 삼아 완전히 한 바퀴 돈 후 주사위를 당구대 이쪽에서 저쪽 끝까지 멀리 던지면서 마치 훈련받은 동물에게라도 하듯 주사위에게 주절거렸다. "수사위야, 이리 온" "귀여운 피비" "귀여운 조" "저기 저 옥수수밭까지 쭈욱." 이런 마법의 주문이 효과가 있었는지 어땠는지는 모르겠지만 하여튼 그는 아주 운이 좋았다. 그는 도박사들이 말하는 '배짱'을 갖고 있었다. 게임이 계속 잘 풀려나가자 그의 입에서는 "2달러 쏴라!" "4달러 쏴라!" "8달러 쏴라!" 하는 소리가 잇따라 빠르게 터져

---

* 주사위 두 개를 던져서 나올 수 있는 숫자의 확률에 돈을 거는 게임.

나왔다. 내 동료는 나에게 주사위노름을 해본 적이 있냐고 물었다. 나는 경험한 적이 없다고 대답했다. 그는 나에게 운을 한번 시험해보라고, 처음에는 누구나 딴다고 말했다. 내 옆에 있는 그 키 큰 사람은 두 팔을 공중에 흔들면서 계속 소리쳐대고 있었다. "16달러 쏴라!" "16달러 쏴라!" "나한테 덤비쇼!" 내 동료의 권고 때문이었는지 아니면 내 피 속에 잠재해 있던 당돌한 기질이 갑자기 튀어나온 것인지는 알 수 없지만 하여튼 나는 온몸으로 퍼져오는 짜릿한 흥분을 느꼈고 당구대 위로 20달러 지폐를 던지면서 떨리는 목소리로 말했다. "내가 덤비겠소!"

나는 방 안에 있던 모든 사람들이 내게 관심과 존경심을 보내고 있음을 느꼈다. 모든 사람들의 시선이 나에게 고정되고 "저 사람 누구야?"라는 수런거림이 방 안에 좍 퍼졌다. 이런 상황은 도저히 떨쳐버릴 수 없는 나의 허영심 같은 것을 충족시켜주는 묘한 데가 있어서 돈을 잃더라도 그만한 가치는 있다고 느꼈다. 그 키 큰 사람은 발뒤꿈치로 한 번 빙 돌면서 두어 번 끙끙대더니 주사위를 던졌다. 4가 나왔다. 4는 보통 만들기 어려운 '점수'로 여겨졌다. 그는 몸 비틀기와 끙끙댐과 주사위에의 호소를 한 번씩 더 시도했다. 하지만 세번째 혹은 네번째 던진 주사위 점수가 결정적인 7이 나왔고 결국 내가 이겼다.[*] 내 동료와 모든 친구들은 나에게 행운을 계속 이어가라고 소리쳤다. 몸이 후끈 달아올랐다. 나는 주사위를 움켜쥐었다. 내 손이 하도 뜨거워서 주사위가 얼음 조각처럼 차갑게 느껴졌다. 나는 "몽땅 다 쏴라!"

---

[*] 크랩 게임에서 주사위를 던져 7과 11이 나왔을 때, '패스라인'에 돈을 걸었다면 무조건 이기고 반대로 '돈 패스라인'에 돈을 걸었다면 무조건 진다.

하고 있는 힘을 다해 큰 소리로 외쳤다. 하지만 귀 근처로 피가 얼얼하게 몰려와서 나 자신의 목소리도 들리지 않았다. 곧 누군가가 '덤벼'왔다. 나는 주사위를 던졌다. 7점 — 또 이겼다. 나는 다시 한 번 외쳤다. "몽땅 다 쏴라!" 잠시 침묵이 흘렀다. 내기에 걸린 돈이 한 사람이 기꺼이 응하기에는, 아니 응할 수 있기에는 너무 많았던 것이다. 결국 여러 사람이 나누어서 나와 '붙게' 되었다. 그래서 나는 다시 주사위를 던졌다. 7점. 또 이긴 것이다. "몽땅 다 쏴라!" 나는 흥분해서 소리를 질렀다. 잠시 지체하는가 싶더니 누군가가 또 '덤벼'왔다. 나는 주사위를 다시 굴렸다. 11점. 또 이겼다. 이제 친구들이 내 주위로 몰려들더니 내 뜻과는 달리 5달러만 남기고 나머지 돈을 모두 거두어들이도록 강요했다. 그래서 나는 나의 운을 한 번 더 시험해보게 되었지만 작은 점수를 만들어내는 데 실패했고 결국 주사위는 다음 사람에게 넘어갔다.

3분도 채 안 되는 시간 동안 나는 200달러 이상을 벌었는데 나중에 그 대가를 톡톡히 치러야 했다. 나는 그 순간의 영웅이 되었고 곧 나의 '배짱'에 경의를 표하면서 도박사로서 나의 밝은 미래를 예언하는 한 무리의 사람들에게 둘러싸였다. 그 당시엔 도박사가 될 생각이 전혀 없었지만 그래도 나의 성공이 아주 자랑스럽게 느껴졌다. 또한 그렇게 빨리 친구들에게 돈을 그만 거두도록 설득당한 것이 약간 창피스럽기도 했다. 다른 한 떼의 사람들이 또 내 주위로 몰려들면서 다시 노름에 끼어들 수 있도록 25센트나 50센트만 달라고 졸랐다. 나는 그들 모두에게 돈을 조금씩 나눠주었다. 그들 중 몇몇은 리넨 천으로 만든 겉옷을 걸치고 있었는데 주위를 둘러보니 그 방에만 비슷한 옷차림을 한 사람이 여나믄 명이나 눈에 띄었다. 나는 주사위 테이블에서 계속 나를 부추겼던 사람에게 저 사람들이 왜 저런 차림을 하고 있냐고 물어보았다. 그의 대답인즉, 가진 돈과 귀중품을 다 잃은 사람들이 손실을 만회해보려고 입은 옷이나 심지어 신발까지 내기에 걸었다가 다 날리는 경우가 종종 있는데, 그처럼 불운한 사람들을 위해서 주인이 흰 리넨 옷을 준비했다가 나눠주는 것이라 했다. 그는 계속해서 때때로 거의 완벽한 옷차림을 한 사람이 주사위 한 번 잘못 던져 반라의 상태로 거덜이 나기도 한다고 말했다. 그들 중 어떤 사람들은 죄수나 다름없어 며칠씩 길거리로 나갈 수도 없다고 했다. 그들은 정식으로 도박사로 인정받고 빚을 떼먹으려 하지 않는 한, 아직 그들이 신용을 잃지 않은 간이식당에서 외상으로 식사를 하고 의자에서 새우잠을 잔다는 것이었다. 그들은 친구나 돈을 딴 사람들에게 다시 게임을 할 수 있게 해달라고 끈질기게 졸라서 행운의 여신이 그들에게 다시 미소를 보낼 때까지 노름을 계속한다고도 했다. 나는 이 말을 듣고 껄껄대며 웃었다. 나 자신이 똑같은 그런 우스꽝스러운 곤경에 처할 날이 다가오리라는 것은 전혀 생각지 못한 채.

아래층으로 내려가는데 누군가 이 집의 맨 꼭대기인 3층에는 주인이 산다고 말했다. 바를 지나가면서 나는 방에 있는 모든 사람들에게 술을 한 잔씩 샀다. 그런데 그 수가 만만치 않았다. 열 명 가까운 사람들이 우리를 따라 내려왔기 때문이었다. 우리 일행은 밖으로 나왔다. 시간은 이제 열두 시 반쯤 되어 있었다. 하지만 신경은 아주 팽팽히 긴장되어 있어서 그냥 자러 간다는 생각을 받아들일 수가 없었다. 나는 어디 또 가볼 만한 곳이 없냐고 물었다. 우리의 안내자들은 있고 말고 하면서 '클럽'에 가보자고 했다. 우리는 6번 애비뉴로 가서 두 블록을 걸은 다음 서쪽 방향의 다른 길로 꺾어들었다. 우리는 지하층이 딸린 어느 삼층집 앞에서 걸음을 멈췄다. 지하에는 중국 찹수이* 식당이 있었다. 지하 출입구로 가는 철문에는 빨간 등이 걸려 있었고 등 안쪽에는 중국 사람의 이름이 찍혀 있었다. 현관 입구 계단을 올라가서 벨을 누르자 지체 없이 누군가 나와서 우리를 맞아들였다. 밖에서 보면 창문들이 아주 어두워서 어딘가 우울해보였지만 집 안은 화기가 넘치는 분위기였다. 조그만 현관방을 지나 현관홀에 이르자 음악 소리, 웃음소리, 잔 부딪히는 소리, 병 따는 소리 등이 마구 섞여 들려왔다. 우리는 제일 큰 방으로 들어갔는데 눈앞에 펼쳐진 방 안의 광경에 나는 거의 무방비 상태였다. 휘황찬란한 방의 모습, 여기저기서 번쩍거리는 다이아몬드 반지, 스카프 핀, 귀걸이, 브로치들, 술값을 지불할 때 눈에 띄게 드러나는 두툼한 돈 뭉치들, 방 안 가득 퍼져 있는 환락의 분위기. 이 모든 것들이 나를 완전히 현혹시키고 멍하게 만들었다. 나는 심한 현기증을 느꼈다. 몇 분이 지나서야 뭔가 분명히 관찰을 할 수 있었다.

우리는 가까스로 방 한쪽 구석의 테이블에 자리를 잡고 앉아 바쁜 웨이터들 중 한 사람의 주의를 끌 수 있게 된 순간을 놓치지 않고 술 한 잔씩을 주문했다. 정신을 어느 정도 수습할 수 있게 되자 그 방을 통해 열려 있는 뒤켠의 큰 방에서 키가 작고 뚱뚱한 흑인의 피아노 반주에 맞춰 어떤 젊은이가 노래를 부르고 있다는 사실을 깨닫게 되었

---

* 고기와 야채를 한데 볶아 밥과 내는 중국 요리.

다. 노래가 끝날 때마다 그 젊은이는 무슨 춤 스텝을 밟는 것 같은 동작을 했는데 사람들은 그 동작에 박수갈채를 보내며 그의 발치에 동전을 마구 던졌다. 가수가 열렬한 앙코르에 응하고 나면 피아노 앞에 앉은 뚱뚱한 흑인은 건반 아래위로 손가락을 경쾌하게 움직였다. 이런 동작은 그가 고도의 기술을 습득한 장인임을 보여주는 것이었다. 그러고 나서 그는 연주를 시작했는데 실로 얼마나 훌륭한 연주였는지! 나는 그의 연주를 듣기 위해서 말을 멈췄다. 그것은 여태까지 내가 한 번도 들어보지 못한 그런 종류의 음악이었다. 발장단을 치고 손가락으로 장단을 맞추고 박자에 맞춰 고개를 끄덕거리는 그런 몸의 반응을 요구하는 음악이었다. 거친 화음, 이따금 한 조에서 다른 조로 넘어가는 급작스러운 전이로 이루어진 과감한 협화음, 전혀 예상치 못한 곳에 강세가 오면서도 박자는 그대로 유지되는 복잡한 리듬은 아주 묘한 효과를 불러일으켰다. 또한 연주자로 말하자면 — 한 옥타브를 재빨리 훑고 뛰어넘는 왼손의 능란한 솜씨는 놀랍기 그지없었다. 오른손으로는 자주 깔끔한 반음계로 건반의 반을 휩쓸었는데 반음계의 조화가 너무나 훌륭해서 그 기량을 구사할 때마다 청중들에게 즐거움과 놀라움 같은 반응을 불러일으켰다.

이것이 바로 래그타임 음악이었다. 래그타임은 뉴욕의 새로운 명물로서 폭발적인 유행을 일으키며 아직 그 열정이 사그라지지 않고 있었다. 래그타임은 멤피스와 세인트루이스 주변의 수상쩍은 유흥지에서 흑인 피아노 연주자들이 처음으로 선보인 음악인데, 이들은 우주의 원리에 대해서 알지 못하는 것만큼이나 음악의 원리에 대해서도 아는 바가 없지만 타고난 음악적 본능과 재능으로 그런 음악을 만들어냈다. 래그타임은 시카고로 옮겨 가서 그곳에서 얼마동안 유행하다가 이제 뉴욕에 이르게 된 것이었다. 연주자들은 종종 멜로디에 투박한, 때로는 저속한 노랫말을 즉흥적으로 붙여 불렀다. 이것이 래그타임 노래의 시작이었다. 이러한 즉흥곡들 중 상당수를 백인들이 가사를 약간 바꾼 상태로 기록으로 남겨서 편곡자의 이름으로 발매했다. 이 곡들은 곧 인기를 끌게 되어 돈도 꽤 벌어들였지만 흑인 원작자는 고작 몇 달러 정도밖에 받지 못했다. 하지만 그 후로 음악적 재능을 갖췄을 뿐 아니라 음악 훈련까지 받은 상당수의 유색인들이 곡과 가사를 직접 써서 결실을 거두고 있다는 사실을 알게 되었다. 또한 수많은 백인들이 그들을 모방하고 그들의 작품을 표절하여 훼손시키고 있다는 사실도 알게 되었다.

미국의 음악가들은 래그타임을 연구하는 대신에 래그타임을 무시하려 들거나 경멸조의 말로 래그타임을 일축해버린다. 하지만 이런 경향은 모든 예술 분야에서 항상 일종의 학풍의 고집 같은 것으로 이어져 내려오고 있다. 대중이 좋아하는 새로운 것이면 무엇이든지 비웃음의 대상이 되고, 인기가 있는 대중적인 것이면 무엇이든지 별 가치가 없는 것으로 치부된다. 사실상 어떤 위대한 것이나 불멸의 것이라도—특히 음악에 있어서—어떤 대가의 두뇌로부터 완전한 모습으로 그리고 완전히 독창적으로 솟아난 것은 없다. 그가 이 세상에 주는 최상의 무엇은 대중의 가슴으로부터 모아들여 그의 천재적인 증류기를 거쳐 정화된 결과물인 것이다. 음악가나 음악 선생들의 비난이나 비판에도 불구하고 사람들은 여전히 래그타임을 요구하고 그것을 즐긴다. 한 가지 사실만은 부인할 수 없다. 그것은 래그타임이 최소한 하나의 위대하고도 강력한 요소, 즉 모든 사람에게 호소력이 있다는 그 요소를 갖춘 음악이라는 점이다. 미국 사람들만이 아니라 영국 사람들도 프랑스 사람들도 심지어 독일 사람들까지도 래그타임에서 즐거움을 찾는다. 사실상 문명화된 세계에서 래그타임이 알려지지 않은 곳은 아무 데도 없다. 바로 이것이 래그타임의 독창성을 증명하고 있다. 만일 그것이 모방 음악에 지나지 않는다면 적어도 유럽 사람들이 그것을 새로운 음악이라고 생각하지는 않았을 것이기 때문이다. 만일 래그타임에 발바닥을 간질여주고 웃음을 끌어내고 기쁨을 일깨워주는 묘한 매력이 있다는 사실을 의심하는 사람이 있다면, 아마도 기량이 뛰어난 연주가가 진짜 작품을 연주하는 것을 한 번 들어보기만 해도 그런 의심은 곧 사라질 것이다. 또한 래그타임은 우리의 한숨과 눈물을 끌어내는 음악으로서도 그 지위를 누리고 있다고 믿는다.

나는 그 음악과 연주자 모두에게 깊은 흥미를 느꼈다. 그래서 앉아 있던 자리를 떠나서 홀을 지나 음악 연주를 보고 들을 수 있는 뒷방으로 들어갔다. 곡이 바뀌는 사이사이에 나는 그 피아노 연주자에게 말을 걸어 이것저것 물어본 결과 그가 지금까지 한 번도 레슨을 받아본 적이 없는 타고난 음악가라는 사실을 알게 되었다. 그는 거의 뭐든지 듣기만 하면 연주를 할 수 있을 뿐 아니라 한 번도 들어본 적이 없는 노래를 불러도 가수의 노래에 맞춰 즉시 반주를 할 수 있었다. 그는 오직 귀만으로 여러 작품을 작곡했고 그중 몇 개를 나에게 들려주었는데 모든 곡이 균형과 조화를 아주 잘 이루고 있었다. 그처럼 풍부한 천부적 재능을 가진 사람이 만일 훈련을 받았더라면 어떤 일을 할 수 있었을까 하는 생각이 들었다. 어쩌면 아무 일도 할 수 없었을지도 모른다. 잘해야 위대한 대가들이 이미 완성해놓은 것을 모방하는 평범한 음악가가 되었거나 아니면 화음의 규칙을 교묘히 이리저리 빠져나가는 동시에 멜로디를 피할 수 있는지 알아봄으로써 독창성을 추구하는 이른바 현대 혁신음악가 중의 한 사람이 되었을 것이다. 어찌되었건 분명한 사실은 그가 래그타임에서와 같은 그런 즐거움을 주지는 못했으리라는 것이다.

나는 친구들에게 끌려 나갈 때까지 이 사람의 연주를 지켜보고 들으며 그렇게 앉아 있었다. 홀은 거의 비었고 몇몇 낙오자들만 버티고 앉아 점점 더 술에 취해가고 있었다. 내 친구들도 어느새 술에 흥건히 취한 모습이었다. 우리는 길거리로 나왔다. 가로등이 하늘을 배경으로 희미한 빛을 드리웠다. 막 동이 트는 시간이었다. 우리는 집으로 가서 잠자리에 들었다. 귀에서는 래그타임 음악이 여전히 웅웅거렸고 나는 발작과도 같은 잠 속으로 빠져들었다.

7

 내 이야기를 잠깐 멈추고 앞장의 뒷부분에서 언급한 '클럽'에 대해서 나중에 내가 단골손님으로 드나들며 알게 된 바를 좀 더 자세히 설명할까 한다. 그것은 그 클럽이 나에게 끼친 직접적인 영향 때문만이 아니라 그곳이 당시 그런 종류의 업소로서는 뉴욕에서 가장 유명한 곳인 데다 특정 계층의 백인이나 유색인 모두에게 아주 잘 알려진 장소였기 때문이다.

 그 집의 지하층에 중국 식당이 있다는 사실은 이미 언급한 바 있다. 식당은 장사가 썩 잘되었다. 그곳을 자주 찾는 사람들에게 찹수이는 아주 인기 있는 음식이었다. 위 속에 들어간 알코올을 흡수하는 효과가 아주 좋은 음식이라는 것이었다. 찹수이를 먹으면 술이 깬다고 주장하는 사람들의 말을 실제로 들어보기도 했다. 찹수이가 그처럼 인기가 있는 것은 아마도 그런 이유 때문이었을 것이다. 식당에는 큰 방이 두 개 있었는데 하나는 길이가 3미터쯤 되는 거실이고 또 하나는 그 거실 쪽으로 열려 있는 네모난 뒷방이었다. 거실 바닥에는 카펫이 깔려 있었고 조그만 테이블과 의자 들이 방 쪽으로 늘어서 있었다. 창문에는 레이스 커튼이 드리워져 있고 벽에는 '뭔가를 성취한' 미국의 모든 유색인들의 사진과 석판화들로 온통 도배되어 있다시피 했다. 프레더릭 더글라스와 피터 잭슨*, 좀 덜 유명한 많은 권투선수들, 많은 경마 기수와 최근의 노래 팀과 댄스 팀에 이르기까지 많은 연예인들의 사진이 걸려 있었다. 이 사진들에는 대부분 자필 서명이 되어 있어서 어떤 의미에선 정말로 가치 있는 수장품이라고 할 수 있었다. 뒷방에는 피아노가 있었고 벽 쪽으로 테이블들이 놓여 있었다. 카펫을 깔지 않은 방바닥의 중앙부는 손님들을 즐겁게 해주는 가수와 무용수, 다른 연예인들을 위한 공간으로 비워둔 채였다. 홀 쪽으로 튀어나온 작은 방에는 간이식당 카운터가 준비되어 있었지만 주류 판매가 허가된 장소가 아니었기 때문에 오픈 바가 차려져 있지는 않았다. 이 뒷방에서는 때때로 테이블을 다 치우고 공간 전부를 무도회를 여는 데 사용하기도 했다. 바로 위층의 앞쪽 방은 일종의 사적인 파티장이었고 가구를 들여놓지 않은 같은 층의 뒤쪽 방은 패기에 찬 신인 연예인을 위한 장소로 사용되었다. 이 방에서 노래 팀과 댄스 팀은 공연 연습을 하고 곡예 팀은 텀블링 연습을 하고 또 다른 종류의 많은'공연자'들은 자신들의 '공연' 예행연습을 했다. 이 집의 다른 방들은 숙소

---

* 초기 유명한 흑인 권투선수로, 1886년 호주 헤비급 챔피언에 올랐다.

로 사용되었다.

도박은 허용되지 않았고 놀라울 만큼 질서정연하게 관리되었다. 간단히 말해서 이곳은 유색인 보헤미안과 운동선수들의 아지트였다. 이곳에는 위대한 권투선수들, 유명한 경마 기수들, 이름난 흑인 분장 악사들, 그 이름이나 얼굴을 전국 곳곳의 광고판에서 익숙하게 볼 수 있는 그런 사람들이 늘 찾아왔다. 그리고 이들은 위대함의 그늘 속에서 살기를 갈망하는 수많은 사람들을 이곳으로 끌어들였다. 이 당시에는 오늘날 유색인 연예회사들에 의해 제작되는 그런 수준의 공연을 기획하는 조직체가 없었다. 미시시피 강의 부두 인부 역할이 아닌 다른 어떤 역할을 하는 흑인 연예인의 공연을 돈 내고 와서 볼 관객이 있으리라고 상상하는 기획자는 아무도 없었기 때문이다. 하지만 재능 있고 야심만만한 기획자들은 많았다. 나는 종종 아주 똑똑하고 활기 있는 젊은이들이 언젠가는 대중들로 하여금 그들이 히죽히죽 웃고 뛰면서 두 발을 맞부딪치는 '비둘기 날갯짓' 춤을 추는 것 이상의 일을 할 수 있다는 사실을 깨닫게 만들 날이 오리라고 이야기하는 것을 들었다.

때때로 이곳을 찾은 프로들 중 한두 명이 강권에 못 이겨 뒷방으로 가서 정규 아마추어 연예인들 자리를 대신하는 일이 있었지만 이런 호의를 선뜻 베푸는 것은 아니어서 손님들은 이런 일을 특별한 선물로 생각했다. 그중에 흑인 분장 악사 한 사람이 있었는데 이 사람은 "뭔가를 보여 달라"는 부탁에 응할 때마다 셰익스피어의 한 구절을 읽는 그런 수준을 늘 유지했다. 그의 낭송이 얼마나 훌륭했는지는 잘 모르겠으나 하여튼 그는 나에게 깊은 인상을 남겼다. 적어도 그의 목소리에는 듣는 사람의 마음을 묘하게 흔들어놓는 힘이 있었다고 생각한다. 또 한 사람은 입 크기로 사람들을 웃겼는데 내심 비극배우가 되려는 강렬한 야심을 품고 있는 사람이었다. 결국 그 사람은 이후에 어느 비극 공연에 출연했다.

권투 링이나 경기장, 그리고 무대 위에서의 이 명사들은 백인, 유색인 가릴 것 없이 수많은 열성팬을 그곳으로 끌어들였다. 이런 명사가 들어올 때마다 그를 알아보는 사람들로부터 경외심 가득 담긴 속삭임이 퍼져 나왔다. 이들은 주위에 있는 사람들에게 그 명사가 누구인지 일깨워주고 자신이 그 유명한 사람과 아주 가까운 사이임을 넌지시 알렸다. 명사와 좀 관계가 있는 사람들은 그 신성한 사람 주위에 몰려듦으로써 운이 덜 좋은 다른 사람들이 누리지 못하는 자신들의 특권을 즉시 과시하기도 했다. 나는 처음에는 어둠속에 사는 사람들 축에 끼어 있었다. 이 명사들 대부분의 이름을 나는 들어본 적도 없었다. 그래서 새로 사귄 많은 친구들 사이에서 나는 동정의 대상이 되었다. 그러나 곧 나보다 더 풋내기인 사람들보다 좀 더 나아 보이기 위해서 나는 아는 척하는 법을 배웠다. 그렇게 해서 결국 그 '클럽'에 오는 많은 명사들과 개인적으로 아는 사이가 되기에 이르렀다.

이곳에서는 사람들이 참으로 돈을 많이 썼나. 많은 손님들이 그처럼 돈을 많이 버는 사람이었다. 어느 날 밤 누군가 말쑥하게 생긴 한 조그만 갈색 피부의 사람을 가리키면서 그가 현재 가장 인기 있는 경마 기수인데 1년에 12,000달러를 번다고 나에게 말해준 기억이 난다. 그의 수입에 대해서 의심할 수 없었던 것은 그가 버는 돈의 한 30배가량은 더 쓰는 것을 내 두 눈으로 직접 보았기 때문이다. 그는 친구들과 소개받은 사람들을 위해 와인을 샀는데ㅡ스포츠계에서 '와인'은

샴페인을 뜻한다―쿼트당 5달러를 지불했다. 그는 모든 테이블에 감사의 인사와 함께 1쿼트씩을 보냈고 그와 그의 일행이 앉아 있는 테이블에는 열두 병 이상이 놓여 있었다. 샴페인을 마실 때 일행이 술자리를 다 끝낼 때까지 웨이터가 병을 치우지 않는 것이 그곳의 관습이었다. 그렇게 하는 데는 그럴 만한 몇 가지 이유가 있었는데 우선 와인의 상표를 알리고, 그들이 와인을 마시고 있음을 알리고, 또 얼마나 많은 와인을 사 마시는지 과시하는 효과가 있기 때문이었다. 이 경마 기수는 그날 아주 큰 경기에서 우승을 해서 그의 열성팬들이 자신에게 보여주는 경의의 뜻을 겸손한 태도로 받아들이며 그에 대해 보답을 하고 있었다.

바로 위에서 묘사한 사람들 외에도 그곳에는 관광을 하러 나왔거나 빈민가 구경을 나온 백인 남녀 한두 무리가 거의 매일 밤 있었다. 그들은 보통 택시를 타고 왔는데 어떤 사람들은 잠깐만 머무르기도 하고 어떤 사람들은 아침까지 머물기도 했다. 그곳에 자주 오는 또 다른 무리의 백인들도 있었다. 그들은 쇼 연예인과 '검둥이' 성격묘사를 하는 연예인들이었다. 그들은 그곳에서 본 흑인 연예인들로부터 직접 흉내 내기를 배웠다.

또한 여자들로 구성된 또 다른 무리의 백인 손님들도 있었다. 이들은 어쩌다 찾아오는 손님이 아니라 그들 중 대여섯 명은 거의 매일 오는 단골손님이었다. 그들을 처음 보았을 때 나는 그들이 백인인지 아닌지 확신할 수가 없었다. 우선 그 '클럽'에 오는 많은 유색인들 중에는 백인 못지않게 피부가 흰 사람들이 꽤 있었기 때문이고 또 한 가지 이유는 이 여자들이 늘 유색인 남자와 함께 어울리기 때문이었다. 그들은 모두 미인인 데다 옷도 잘 입고 교육도 꽤 받은 여자들처럼 보였다. 이 중 한 사람이 특히 나의 주의를 끌었는데 삼십대 중반쯤 되는 아주 아름다운 여인으로 윤기 나는 구릿빛 머리, 눈처럼 하얀 피부, 듀 모리에가 그린 트릴비*의 '쌍둥이 회색 별'과 꼭 닮은 눈을 하고 있었다. 그녀를 알게 되었을 때 나는 그녀가 상당한 교양을 갖춘 여자임을 알 수 있었다. 그녀는 아주 세련되어 보였다. 늘 택시를 타고 '클럽'에 왔는데 체격이 좋고 아주 검은 피부의 청년이 곧 그녀와 합석을 했다. 청년의 옷차림은 언제나 흠잡을 데가 없었다. 그는 뉴욕의 일류 양복점에서 옷을 맞춰 입고 남자로서는 그럴 수 없을 정도로 세련되게 여러 가지 다이아몬드 장식을 달고 있었다. 나중에 알게 된 사실이지만 옷과 다이아몬드는 모두 그 여자가 사줬다고 했다. 또한 그 청년이 그런 종류의 유일한 젊은이가 아니라는 사실도 알게 되었다. 나중에 알게 된 더 많은 사실들은 내 일생에 관한 이야기보다는 여러 가지 사회 현상에 관한 책을 쓰는 데 더 적절한 자료가 될 수 있을 것이다.

이 여자는 '클럽'에서 돈이 아주 많은 과부로 알려져 있었다. 그녀는 귀족처럼 들리는 이름으로 통했는데 그 이름은 그녀의 모습과 살 어울렸다. 그녀가 흑인 청년과 어울리는 것을 보고 느낀 그 놀라움, 아니 놀라움 이상의 충격을 이겨내는 일이 얼마나 힘들었는지 결코 잊지 못할 것이다. 어쩐지 그 광경을 보는 것이 즐겁지만은 않았다. 나는 그 '과부'와 흑인 청년, 이 두 사람에 대해 관심을 기울이느라 많

---

* 조지 듀 모리에가 1894년 발표한 소설 『트릴비』의 여주인공.

은 시간을 보냈다. 왜냐하면 나의 일생에 펼쳐진 결정적인 또 하나의
전기가 그들을 통해서 이루어졌기 때문이었다.

8

'클럽'에서 밤을 보낸 그다음 날 우리는 오후 늦게까지 잠들어 있었다. 너무 늦은 시간이어서 일자리를 찾으러 나서는 것은 완전히 불가능했다. 하지만 별로 걱정이 되지는 않았다. 300달러 이상 돈이 남아 있는 데다 뉴욕은 나에게 많은 돈이 넘쳐나는 곳이고 그래서 돈을 버는 일도 그렇게 어려울 것 같지 않다는 인상을 심어주었기 때문이었다. 이런 생각이 오래가지 않았음을 독자들에게 굳이 이야기할 필요는 없을 것이다. 우리는 어두워질 무렵에 집에서 나와 6번 애비뉴의 식당에서 음식을 좀 먹은 뒤 두어 시간을 돌아다녔다. 마침내 내가 그전날 갔던 곳에 다시 가보자고 제안을 했고 내 제안에 따라 우리는 먼저 도박장으로 갔다. 문을 지키는 남자는 아무것도 묻지 않고 우리를 들여보냈다. 그것은 그 전날 보여준 나의 성공 때문일 거라고 생각했다. 우리는 '주사위' 방으로 곧장 가서 테이블 쪽으로 향했다. 테이블 주위에서 나를 알아보고 수군대는 소리가 들려오자 우쭐해지는 기분이었다. 운이 좋았다 나빴다 하는 가운데 서너 시간 주사위노름을 했다. 그러다가 마음 졸이는 흥분 상태에 지쳐 50달러쯤 잃은 상태로 노름을 그만두었다. 하지만 다음번에 놀러 와서 잃은 돈을 만회하겠다는 생각이 너무도 확고해서 나는 가벼운 마음으로 그곳을 떠날 수 있었다.

길거리로 나서자 우리 일행은 본의 아니게 의견이 둘로 나뉘었다. 두 사람은 바로 숙소로 가서 자자는 것이었는데 그들이 내세운 이유는 다음 날 일찍 일어나서 일자리를 찾아야 하지 않겠느냐는 것이었다. 하지만 진짜 이유는 그들 둘 다 주사위노름에서 돈을 꽤 잃었기 때문이었을 것이다. 세상을 살면서 나는 스포츠나 놀이의 세계에서는 모든 사람이 비슷하게 승자가 되지만 패자가 되는 방식은 다르다는 사실을 배우게 되었다. 그래서 도박사들은 그들이 어떻게 이기느냐가 아니라 어떻게 지느냐에 따라 등급이 매겨진다. 어떤 사람들은 지는 것도 게임의 한 부분이라는 것을 알기 때문에 흔쾌히 웃으며 지고, 어떤 사람들은 자신의 불운을 저주하거나 운명을 탓하고, 또 어떤 사람들은 지는 것을 슬퍼한다. 그런 경험을 한 후 그들은 회개의 감정에 휩쓸려 다시는 도박을 하지 않는 좋은 사람이 되기로 결심한다. 이러한 마음 상태에 있을 때 그들을 기도의 모임으로 인도하는 데는 강력한 권고 같은 것이 필요치 않을 것이다. 첫번째 부류의 사람들은 정말 존경할 만하고, 두번째 부류의 사람들은 그저 평범한 반면, 세번째 부류의 사람들은 경멸할 만한 사람들이다. 나는 이런 구분이 인생의 다른 모든 모험적인 시도에도 적용될 수 있으리라 믿는다. 몇 분쯤 지난 후 다른 한 친구와 나는 잠깐 '클럽'에 들르면 우리 모두 기분이 한결 좋아지지 않겠느냐며 두 사람을 설득하는 데 성공했다. 그들은 우리 둘에게 한 시간 이상 머물지 않겠다는 약속을 받아낸 후에야 함께 가는 데 동의했다. '클럽'은 사람들로 붐볐고 전날 밤에 우리가 본 그런 광경이 재연되고 있었다. 나는 즉시 피아노 연주자의 옆 자리에 앉았다. 그러고는 모든 것을 잊은 채 곧 음악이 주는 새로운 매력에 빠져들었다. 나는 그 묘기의 요령을 알아낼 생각으로 연주를 유심히 관찰했다. 연주자가 잠깐 쉬는 중간 휴게시간에 그 대신 피아노에 앉아 그를 흉내 내려고 시도해보기도 했지만 나의 빠른 귀와 민첩한 손가락으로도 첫 시도에서는 도저히 그의 연주 수준에 이를 수 없었다.

우리는 '클럽'에 과히 오래 머무르지 않고 다음 날 일찍 일어나기 위해 집에 돌아와 잠자리에 들었다. 일자리를 얻는 데는 별로 어려움이 없었다. 그래서 뉴욕에서 사흘째 되는 아침에 나는 이미 작업대에 앉아 시가 마는 일을 하고 있었다. 나는 몇 주 동안 쉬지 않고 계속 일을 하면서 번 돈을 '수사위노름'과 '클럽'에 썼다. 시가 마는 일은 점점 더 지겹게 느껴졌다. 아마도 내 취향에 더 잘 맞는 '조교' 일이 나로 하여금 작업대 일에 적응하는 것을 더 어렵게 만들었을 것이다. 또한 늦게까지 자지 않고 노는 생활습관이 앉아서 일하는 그런 작업을 의지력의 한계를 넘어 거의 견디기 어렵게 만들고 있었다. 종종 눈을 뜨고 있기도 힘들어서 잠에 빠져들지 않기 위해 자리에서 일어나 이리저리 걸어다녀야 할 때도 있었다. 아예 공장을 쉬는 날도 빈번해지기 시작했는데 그런 날은 하루 종일 집에 틀어박혀 잠을 자야 했다.

노름판에서 나의 운수는 이랬다저랬다 했다. 어떤 때는 50달러에서 100달러까지 따기도 했고 또 어떤 때는 집세와 식대를 지불하기 위해서 동료 일꾼에게 돈을 꾸어야 하기도 했다. 매일 밤 주사위노름을 마친 후에는 '클럽'에 들러 음악도 듣고 즐거운 광경을 구경하기도 했다. 돈을 땄을 때는 즐거운 기분이 일치해서 좋고 돈을 잃었을 때는 돈 잃은 생각을 잊게 해줘서 좋았다. 나는 마침내 생계를 위하여 시가를 만드는 일과 생계를 위하여 도박하는 일을 동시에 수행할 수는 없음을 깨닫고 시가 만드는 일을 포기하기로 결심했다. 이 결심은 1년이 넘는 세월 동안 나로 하여금 틀에 박힌 생활에 빠져들게 만들었다. 이 기간 동안 내가 정상적으로 잠자리에 든 시간은 새벽 네 시부터 여섯 시 사이였다. 그러고는 오후 늦게 일어나 잠깐 산책을 하고 도박장이나 '클럽'으로 향했다. 나의 뉴욕은 열 블록 이내로 제한되어 있었다. 그 경계는 23번가에서 33번가에 이르는 6번 애비뉴와 서쪽으로 한 블록 떨어진 네거리까지였다. 센트럴 파크는 나에겐 먼 숲이었고 도시의 남쪽 아랫부분은 외국 땅이나 마찬가지였다. 그 시절의 내 삶을 되돌아보면서 만일 거기서 벗어나지 않았더라면 어떻게 되었을지 생각하니 지금도 소름이 끼친다. 만일 그랬다면 뉴욕을 찾아오는 다른 수많은 유색인 젊은이들과 마찬가지로 나의 삶 역시 아주 불행해졌을 것이다. 그 어두웠던 시절에 나는 드높은 희망과 야심을 품고 대도시로 올라오기는 했지만 벗어던져버릴 수 없는 지하세계의 주문에 빠져들고 만, 우수하고 총명한 많은 젊은이들을 사귀게 되었다. 사람들이 '박사'라고 부른 한 사람은 실제로 하버드 의과대학에서 2년간

공부를 한 적이 있었지만 여기 와서 가스등 아래 인생을 살면서 의지력과 도덕관념이 둔화되고 약해져서 결국 그 수렁을 벗어나지 못하고 있었다. 같은 일이 분명 지금도 일어나고 있을 것이다. 하지만 이들 희생자들에 대해서 비난보다는 동정심을 먼저 느끼게 된다. 그런 수렁으로 빠져들기는 쉽지만 수렁에서 벗어나기 위해서는 얼마나 초인적인 노력이 필요한가를 잘 알고 있기 때문이다.

뉴욕에 사는 유색인들의 삶에 대한 나의 견해를 대조적으로 보여줄 수 없는 것이 참으로 유감스럽다. 사실상 이 도시에 머무는 동안 점잖은 유색인 가문 사람들과 친하게 지낸 적이 단 한 번도 없었던 것이다. 물론 연봉이 10만 달러쯤 되는 유색인들도 꽤 있고 5대, 6대 전 조상시절에 이미 자유인의 신분이 되었음을 자랑하는 가문들도 더러 있다는 것을 알았다. 또한 브루클린에는 자기 소유의 안락한 집에 거주하는 유색인들이 무리를 지어 살고 있다는 사실도 알았다. 하지만 내 일생의 어느 시점에서도 이런 사람들과 가까이 어울려 지내본 적은 없었다.

나는 도박 경험을 통해 도박사가 물려받게 되는 모든 상태와 모든 상황조건을 다 겪어보았다. 어떤 날은 돈 나발에서 10달러짜리와 20달러짜리 지폐를 마구 꺼내 쓰고 어떤 날은 리넨 겉옷에 카펫 슬리퍼를 신고 있어야 했다. 그러다가 나는 마침내 돈을 버는 다른 방법을 찾아내서 도박 테이블의 변덕스러운 운수에만 전적으로 의존할 필요가 없게 되었다. '클럽'에서 음악을 계속 듣는 동안 옛날의 연주 경력과 타고난 음악적 재능과 끈기에 힘입어 훌륭한 래그타임 연주자로 성장하게 된 것이었다. 실제로 나는 당시 뉴욕 최고의 래그타임 연주자로 명성을 얻고 있었다. 내가 알고 있는 고전음악 지식을 총동원하여 활용함으로써 청중들을 즐겁게 하고 놀라게 하는 새로운 기교를 개발하는 데 성공했다. 우리 귀에 익숙한 고전음악들을 처음으로 래그타임으로 편곡한 사람도 나였다. 멘델스존의 〈결혼행진곡〉을 래그타임식으로 연주할 때면 '클럽'의 손님들은 늘 열광했다. 연주를 해달라는 부탁을 받지 않는 밤은 거의 없었다. 빈민가를 방문하는 관광객이 크게 늘어난 이유도 내 연주 때문임을 다들 알고 있었다. 래그타임을 마스터하면서 나는 많은 것을 얻었다. 무엇보다도 나는 '교수'라는 칭호를 얻었다. 그 세계에 몸담고 있는 동안 나는 '교수님'으로 통했다. 자연스럽게 점잖은 생계 수단을 얻게 된 것이었다. 피아노 연주일은 시간을 많이 할애해야 해서 나를 도박 테이블로부터 거의 완전히 격리시켰다. 또한 연주 일을 통해서 이 지하세계에서 나를 벗어나게 해준 한 친구를 얻었다. 그리고 마지막으로 베토벤이나 쇼팽을 연주했을 때보다 더 많은 문을 내게 열어 보이고 나를 더 환영받는 손님으로 만들어준 일종의 쐐기를 확보하게 되었다.

내가 이후에 새로 벌기 시작한 돈은 대부분 바로 앞에서 언급한 그친구로부터 나왔다. 어느 날 밤 빈민가를 방문한 백인 관광객 중에 말쑥하게 차려입고 호리호리하기는 하지만 운동선수처럼 단단해 보이는 한 남자가 '클럽'에 들어왔는데 관자놀이 근처에 난 약간의 흰머리만 없었어도 젊은이로 착각했을 터였다. 깨끗이 면도를 한 그의 얼굴은 평범했지만 그의 모든 동작에는 뭐라고 꼭 집어 이야기할 수는 없으나 분명한 교양이 배어 있었다. 그는 아무와도 말을 하지 않고 나른한 모습으로 앉아서 이따금 담배 연기를 내뿜으며 맥주잔을 홀짝거렸다. 많은 사람들의 관심이 그에게 쏠렸고 그곳에서 일하는 소위 고참들은 그가 누군지 궁금해했다. 내 연주가 끝나자 그는 웨이터를 부르더니 웨이터 편에 나에게 5달러짜리 지폐 한 장을 보냈다. 그날 이후 약 한 달간 그는 일주일에 한두 번씩 '클럽'을 찾았고 연주가 끝날 때마다 나에게 5달러를 주었다. 어느 날 밤 그는 사람을 보내 나에게 자신의 테이블로 와달라고 했다. 그는 여러 가지 질문을 했다. 그러고는 모임이 있는데 나에게 와주었으면 좋겠다고 말했다. 그는 자신의 주소가 적혀 있는 명함을 주면서 어느 특정일에 자기 집에 와달라고 부탁했다.

나는 곧 그러마고 했다. 자기 아파트에서 한 무리의 신사 숙녀들에게 저녁을 대접하는 자리인데 내가 음악 여흥을 맡게 된 것이었다. 문 앞에 서 있던 엄숙하고 위엄 있어 보이는 남자가 나를 안으로 맞아들였는데 '클럽'의 현란한 불빛에 익숙해 있던 나의 눈에는 어둡게 느껴지는 집안 조명이 아주 인상적이었다. 그 남자는 코트와 모자를 받아 들고 나에게 자리를 권하고는 내가 온 것을 주인에게 알리려고 안으로 들어갔다. 부드러운 불빛에 눈이 익숙해지자 나는 일찍이 한번도 본 적이 없는 그런 우아하고 호화로운 분위기에 둘러싸여 있음을 알아차리게 되었다. 그러나 그 우아함은 사람을 불안하게 만드는 그런 위압적인 우아함은 아니었다. 큰 의자에 몸을 깊게 파묻자 주위의 아늑히 가라앉은 색조와 미묘한 감각의 조화로움이 나에게서 안도와 안락함의 깊은 한숨을 끌어내었다. 그가 떠난 지 얼마나 지났을까. "선생님, 이쪽으로 오실까요?"라고 말하는 목소리에 깜짝 놀라 보니 그 남자가 의자 옆에 서 있었다. 그사이 잠깐 잠이 든 모양이었다. 나는 아주 혼란스러운 기분으로 그리고 약간 창피함을 느끼며 눈을 떴다. 그가 얼마나 여러 번 나를 불렀는지 알 수 없기 때문이었다. 나는 그 남자를 따라 식당으로 들어갔는데 집사가 이미 거대한 보석처럼 보이는 식탁에 마지막 손질을 하고 있었다. 문지기는 나를 집사에게 안내했고 나는 집사와 함께 뒤쪽으로 여러 웨이터들이 식탁 집기물을 닦고 정리하느라 분주한 한 방으로 갔다. 누군가 나에게 배가 고프냐고 묻지도 않고 나를 식탁 옆에 앉게 하더니 먹을 것을 가져다주었다. 음식을 다 먹기도 전에 아파트에 도착한 손님들의 웃음소리와 이야기 소리가 들려왔다. 얼마 후 곧 일을 시작하기 위해 나는 안으로 불려 들어갔다. 나는 사람들이 모여 있는 곳을 지나 곧장 피아노 쪽으로 갔다. 주인의 제의에 따라 고전음악으로 연주를 시작했다. 첫 곡을 연주하는 동안 사람들은 아주 조용히 깊은 관심을 가지고 연주를 감상했다. 그리고 연주가 끝났을 때 모두들 푸짐하게 박수를 쳤다. 그러나 그 후로는 점점 더 이야기도 많이 나누고 웃기도 하느라 음악은 그들의 재잘거림에 반주 역할을 할 뿐이었다. 그러나 이런 상황은 한때는 그랬을지도 모르나 나를 그렇게 당황스럽게 하지는 않았다. 소란스러운 소음 속에서 연주하는 데 익숙해져 있었기 때문이었다. 손님들이 나에 대해 관심을 덜 가지기 시작하자 이제는 내 쪽에서 그들에게 더 관심을 가질 수 있게 되었다. 손님은 여남은 명이었다. 남자는 소녀처럼 보이는 젊은이에서부터 모두들 '판사님'이라고 부르는 몸집 큰 반백의 신사에 이르기까지 다양한 모습이었다. 여자들은 모두 서른은 넘어 보였지만 다들 놀랄 만큼 예뻤다. 그들이 모두 환락에 푹 젖은 그런 부류의 사람들이라는 것을 알아내는 데는 오랜 시간이 필요치 않았다. 많은 여자들이 담배를 피우고 있었는데 그 나른하고도 우아한 태도가 그녀들이 담배 피우는 데 익숙하다는 사실을 보여주고 있었다. 이따금 '젠장' 등속의 말이 누군가의 입에서 튀어나오기도 했지만 그조차 모든 상스러움이 제거된 매력 있는 말투로 들렸다. 가장 눈에 띄는 것은 손님의 흥겨움과 정비례해서 주인의 과묵함이 점점 심해지는 것이었다. 처음에는 뭔가 잘못된 게 있어서 기분이 상하지 않았나 생각했다. 나중에야 그것이 그런 자리에서 그의 버릇이라는 걸알게 되었다. 그는 다른 사람들이 흥청망청 그렇게 즐기는 것을 지켜보고 관찰하는 데 자조적인 즐거움을 느끼는 것 같았다. 손님들은 자신들과 함께 어울리려 들지 않는 듯한 그의 태도에 익숙해져 있음이 분명했다. 그의 그런 태도가 그들의 기분을 전혀 가라앉게 하지 않는 것처럼 보였기 때문이었다.

정찬이 시작되면서 피아노를 다른 데로 옮기고 손님들이 식사하는 동안 음악을 들을 수 있도록 문을 열어두었다. 주인의 지시에 따라 나는 곧 아주 경쾌한 래그타임 작품 한 곡을 연주하기 시작했다. 그리고 그 효과는 놀랄 만했다. 어쩌면 주인에게까지도 그랬다. 래그타임 음악은 음식을 먹는 문제에 관한 한 그 파티를 거의 망쳐놓은 셈이었나. 연주를 시작하자마자 갑자기 대화가 끊겼다. 모든 사람들의 얼굴에 나타나는 놀라움과 기쁨의 표정을 지켜보는 것은 나에게 즐거움이 아닐 수 없었다. 이들은—하나의 큰 계층을 대표하는 사람들인데—새로움 속에서 행복을 찾기를 늘 기대하며, 새로운 느낌을 전해주거나 신선한 감정을 일깨울 것 같은 이 큰 도시의 모든 자원을 매일매일 끊임없이 탐색하고 소모하는, 그리고 자신들의 그러한 추구를 도와주는 어떤 사람에게든 늘 고마워하는 그런 사람들이었다. 많은 여자들이 식탁을 떠나 피아노 주위로 모여들었다. 그들은 내 손가락의 움직임을 지켜보더니 내가 연주하는 것이 어떤 종류의 음악이냐, 그런 음악을 어디서 배웠느냐는 등 수많은 질문을 했다. 그들은 계속 식탁으로 불려간 후에야 간신히 식사를 마칠 수 있었다. 손님들이 일어섰을 때 나는 래그타임으로 편곡한 멘델스존의 〈결혼행진곡〉을 저음부의 반음계 옥타브를 화려하게 휩쓸며 연주하기 시작했다. 이 화려하고도 격렬한 음악이 모든 사람들의 흥겨운 기분을 최고조로 끌어올리자 모두들 본능적으로 그리고 무의식적으로 즉흥 케이크워크 춤을 추기 시작했다. 그때부터 그곳을 떠날 때까지 줄곧 그들은 나에게 계속 연주를 청해서 나중에는 팔이 아플 정도였다. 소녀처럼 보이는 젊은이와 한두 여자가 노래 몇 곡을 부르는 동안 잠깐 휴식을 취했지만 노래가 끝날 때마다 '다시 래그타임으로' 돌아가곤 했다. 손님들은 떠나면서 주인에게 그처럼 특별한 대접을 받은 것은 처음이라고 진정으로 흥분해서 말했다. 손님들이 다 떠나자 나의 백만장자 친구는—사람들이 그를 백만장자라 했다—나에게 웃으며 말했다. "정말이지, 그 사람들에게 전에 경험해보지 못한 것을 선물한 셈이죠." 내가 코트를 입고 떠날 준비를 하자 그는 나에게 와인 한 잔을 하라고 하면서 시가 한 개비와 현금으로 20달러를 주었다. 앞으로도 일거리를 많이 주겠다고 하면서 그는 한 가지 조건을 요구했다. 그것은 자신이 지시하고 허락하는 때 외에 그날 바로 그를 위해 했던 것 같은 연주를 어떤 모임에서도 하지 말아야 한다는 것이었다. 나는 그 제안을 즉석에서 받아들였다. 그런 계약으로 내가 손해를 볼 리가 없다고 확신했기 때문이었다.

　나는 계속해서 그를 위해 이런저런 정찬 모임과 파티에서 연주를 했다. 때때로 그는 나를 자신의 몇몇 친구들에게 '대여'하기도 했다. 또한 종종 그의 아파트에서 그 한 사람만을 위해 연주하기도 했다. 그럴 때마다 나중에 그의 습관에 익숙해질 때까지 그는 나에게 완전히 하나의 수수께끼였다. 그는 새 담배에 불을 붙일 때만 잠깐 움직일 뿐 내 음악에 대해서 이런저런 논평 한마디 없이, 눈을 거의 감은 채 서너 시간을 꼼짝 않고 앉아서 내 연주를 듣곤 하는 것이었다. 처음에 나는 때때로 그가 잠이 들었다고 생각하고 연주를 멈추곤 했다. 그러나 음악을 멈추면 항상 눈을 뜨면서 이런저런 곡을 연주하라고 지시했다. 그래서 나는 그가 의자에서 일어나면서 "그만 됐어요"라고 말할 때까지는 나의 일이 끝난 것으로 생각해서는 안 된다는 사실을 곧 깨닫게 되었다. 듣는 일에서 이 사람의 끈기는 연주에서의 나의 끈기를 종종 능가했다. 하지만 그가 항상 음악을 듣고 있었는지는 분명치 않다. 때때로 나는 피곤과 졸음으로 하도 힘이 들어서 손가락을 계속 놀리는 데 거의 초인적인 노력이 필요하기도 했다. 사실 때로는 졸면서 손가락을 계속 움직였던 것 같기도 하다. 그럴 때면 짙은 향기의 담배 연기에 푹 파묻혀, 그처럼 이상하게 침묵을 지키며 앉아 있는 이 사람의 모습은 나를 기괴스러운 공포감 같은 것으로 가득 채웠다. 그는 무자비하게 몰아붙여 고갈시키기 위하여 초인적인 힘으로 나를 지배하는 엄격하고 말이 없는, 그리고 냉혹한 독재자처럼 느껴졌다. 그러나 이런 느낌이 드는 경우는 아주 드물었다. 게다가 보수를 아주 후하게 줘서 웬만한 일은 다 잊을 수 있었다. 그래서 결국 우리 사이에는 친근하고 따뜻한 인간관계가 싹트기 시작했는데 그는 나에게 개인적으로 아주 강한 호감을 가졌던 게 분명하다. 나로 말할 것 같으면 당시에는 거의 모든 사람이 다 되고 싶어 하는 그런 선망의 대상으로 그를 바라보았다.

'클럽'은 여전히 나의 생활 본거지여서 나의 훌륭한 후원자를 위해 연주하지 않을 때면 주로 그곳에 머물렀다. 하지만 더 이상 돈을 벌기 위해 '클럽'에서의 연주에 의존한 것은 아니었다. 나는 이제 그곳을 찾는 명사들과 거의 같은 급으로 대우를 받게 되어서, 이따금 강권에 못 이겨 나를 좋아하는 옛날 팬들과 새로운 팬들에게 한두 곡의 연주로 호의를 베풀었다. 제 자랑을 하려는 게 아니라 사실 나의 팬 중에는 그곳을 자주 찾는 빼어난 미모의 여성들이 꽤 있었는데 그들은 나의 연주를 흠모하는 만큼이나 나 자신을 흠모한다는 사실을 공공연히 밝히고 있었다. 이들 중에 그 '과부'도 포함되어 있었다. 사실 나에 대한 그녀의 관심이 눈에 띄게 커지자 한 친구는 '불량배'로 알려진 그녀의 흑인 남자친구를 조심하라고 나에게 경고했다. 더욱이 그 두 사람이 최근에 다퉈서 '클럽'에도 여러 날 함께 오지 않고 있으니 더더욱 조심하라고 일렀다. 이 경고가 아주 심각하게 들려서 나는 그 여자와의 관계가 더 이상 발전되기 전에 그만둬야겠다고 마음먹었다. 그러나 그 여자는 정말 아름다워서 타고난 섬세한 감정과 여성에 대한 은근함이 그녀를 거부하는 것을 허락하려 들지 않았다. 내 예민한 감정이 나의 판단을 완전히 눌러 이긴 것이었다. 하지만 그 경고는 나의 눈을 뜨게 해서, 예술적 기질이나 기량 때문에 그녀가 나에게 흥미와 매력을 느끼게 된 건 사실이겠지만 결국 흑인 남자친구의 질투심을 불러일으켜 그에게 복수하기 위해서 나를 이용한다는 것을 깨달을 수 있게 해주었다. 그녀의 깊은 감정을 지배한 이는 그 뚱한 흑인 폭군일 것이었다.

그 후 얼마 되지 않은 어느 날 밤 '클럽'에 들렀을 때 그 '과부'가 다른 여자와 함께 테이블에 앉아 있는 것이 보였다. 그녀는 곧 자기 쪽으로 오라고 나에게 손짓을 했다. 나는 어리석음보다 더 좋지 않은 일을 저지르고 있음을 알면서도 그녀에게로 갔다. 그녀는 샴페인 1쿼트를 주문하더니 앉아서 함께 한잔하자고 강권을 했다. 나는 테이블 반대편에 자리를 잡고 앉아 와인을 홀짝홀짝 마시기 시작했다. 갑자기 나는 그 '과부'의 얼굴에 나타나는 표정을 보고 무슨 일이 일어났음을 직감했다. 본능적으로 눈길을 돌리자 그녀의 흑인 친구가 막 들어서는 모습이 보였다. 그의 일그러진 표정에 나는 잔뜩 겁을 먹었다. 나는 그를 등지고 있었지만 '과부'의 눈길을 보면서 그가 방을 가로질러 왔다 갔다 하고 있음을 알 수 있었다. 내 기분은 불안하기 짝이 없었다. 어느 순간에라도 머리에 일격이 가해질 것만 같았다. 그녀 역시 몹시 불안해하고 있었다. 아무렇지도 않은 듯 보이려고 애썼지만 진짜 감정을 숨기지 못하고 있었던 것이다. 나는 비겁하게 보이는 창피스러움을 무릅쓰고라도 그런 위기에서는 빨리 벗어나는 것이 상책이라 결심하고 막 일어서려는 동작을 취했다. 의자에서 몸을 반쯤 돌리는 순간 그 흑인 청년이 다가오는 것이 보였다. 그는 곧장 우리 쪽으로 오더니 테이블 위로 몸을 구부렸다. '과부'는 그가 자신을 때리려 하지는 않을까 겁을 잔뜩 집어먹고 머리를 뒤로 젖혔다. 그는 그녀를 때리는 대신 연발권총을 휙 뽑아들더니 그녀에게 총격을 가했다. 첫

탄환이 그녀의 목을 관통했다. 총성이 더 울렸지만 몇 발이었는지 모르겠다. 내 주위 상황과 거기서 일어난 일들에 대해서 처음으로 기억나는 것은 내가 찹수이 식당을 지나쳐 길거리로 마구 내달리고 있었다는 사실이다. 집 밖으로 나왔을 때 어떤 길을 따라갔는지 지금도 잘 생각나지 않는다. 틀림없이 8번 애비뉴 쪽으로 간 후 23번가 쪽으로 내려가서 길을 건너 5번 애비뉴로 향했을 것이다. 그때 나는 눈으로 보면서가 아니라 그저 본능적으로 발걸음을 옮기고 있었다. 끔찍한 악몽 속에서 마구 달아나는 사람의 느낌뿐이었다.

얼마나 오래 얼마나 멀리 걸었는지 모르겠다. 하여튼 5번 애비뉴 어느 가로등 아래서 손님 한 사람을 실은 택시를 지나치게 되었는데 그 손님이 나를 불렀다. 나는 곧 나의 백만장자 친구의 목소리와 얼굴을 알아볼 수 있었다. 그는 택시를 멈추게 하고는 나에게 물었다. "도대체 여기서 어슬렁거리면서 뭐하고 있는 거요?" 대답 대신 나는 택시 안으로 들어가서 방금 일어난 사실을 다 말해주었다. 그는 문제될 게 아무것도 없을 테니 걱정하지 말라고 나를 안심시키면서 덧붙여 말했다. "하지만 물론 그런 일에 연루되고 싶지는 않겠지요?" 그는 운전기사에게 차를 돌려 공원 안으로 들어가라고 지시하고는 말을 이었다. "내일 유럽에 가기로 어젯밤에 결정했어요. 월터 대신 당신을 데려가야겠군." 월터는 그의 시종 이름이었다. 나는 그의 아파트로 함께 가서 밤을 보내고 아침에 그와 함께 배에 오르기로 결정했다.

우리는 어쩌다 한두 마디 말을 나누며 공원 안을 빙 돌았다. 시원한 공기가 신경을 좀 가라앉혀줘서 나는 등을 기대고 눈을 감았다. 하지만 흉악한 상처가 난 아름다운 목이 선연히 떠올랐다. 그 목에서 펄떡

이며 뿜어 나오던 피가 나의 기억에 영원히 지울 수 없는 붉은 얼룩을
남겼다.

9

배가 뉴욕 항을 한참 벗어날 때까지 불안감이 가시지 않았다. 내 백만장자 친구가 거듭 안심을 시키고 나 자신도 사건의 내용을 잘 알고 있음에도 불구하고 어쩐지 그 '과부'의 비극적 결말에 내 책임이 아주 크다는 기분을 떨쳐버릴 수 없었다. 우리는 대부분의 조간신문을 배에 가지고 올라탔지만 혹시 내 이름이 그 살인 사건과 관련해 신문에 났으면 어쩌나 두려워 기사를 읽어볼 용기가 나지 않았다. 한 신문에서 그녀와 전혀 닮아 보이지 않는 희생자의 사진을 보긴 했지만. 이 병적인 마음 상태가 뱃멀미를 더해서 사나흘 동안 나를 아주 비참하게 만들었다. 사나흘이 지나자 좀 기분이 나아져서 나는 배나 승객들, 여행 전반에 대해서 관심을 가지기 시작했다. 대해로 나온 지 이틀인가 사흘째 되는 날 우리는 물기둥을 뿜어대는 한 떼의 고래 옆을 지나

갔는데 일부러 배의 반대쪽으로까지 가서 고래 구경을 할 생각은 없었다. 조금 후에는 커다란 빙산에 아주 가까이 접근했다. 나는 호기심이 일어 자리에서 일어나 빙산 구경을 했고 그러한 수고에 대한 충분한 보상을 받았다. 햇빛이 빙산 위에 눈부시게 쏟아져 내려 마치 수백만 면으로 정교하게 깎아놓은 거대한 다이아몬드 같았다. 우리가 그 곁을 지날 때 빙산의 모습은 계속해서 바뀌었다. 각각 다른 각도에서 보면 빙산은 그 나름의 새롭고 놀랄 만한 아름다운 모습을 띠고 있었다. 나는 망원경으로 빙산을 관찰하면서 빙산에 대한 내 어렸을 때의 생각을 확인해보려 했다. 중학교 시절에 배운 지리 교과서에는 빙산 그림에 항상 눈 덮인 얼음 바위 기슭에 얹혀 쓸쓸히 서 있는 북극곰이 포함되어 있었던 것이다. 그래서 열심히 곰을 찾아보았다. 하지만 만일 곰이 있다 해도 자신을 그렇게 드러내 보이지는 않을 터였다.

아브르 항에 입항한 아침에야 나는 우울함에서 벗어날 수 있었다. 아브르 항의 묘한 풍경들, 낯선 언어의 재잘거림, 상륙해서 세관을 통과할 때의 흥분, 이런 것들이 나로 하여금 며칠 전에 일어난 그 일을 완전히 잊게 해주었다. 정말이지, 마음이 아주 가벼워져서 우리를 파리까지 싣고 갈 기차를 처음 보았을 때는 웃음보를 터뜨리기까지 했다. 장난감처럼 보이는 기관차, 답답할 정도로 조그만 칸막이 객차들, 조그만 구식 바퀴가 아주 우스워 보였던 것이다. 하지만 파리에 도착하기 전에 기차에 대한 나의 존경심은 아주 높아졌다. '꼬마' 기관차는 놀랄 만큼 속도가 빨랐고 구식 바퀴도 아주 부드럽게 달렸다. 심지어 '답답한' 칸막이 객차까지도 혼자만의 아늑한 공간을 제공해주고 있다는 생각이 들 정도였다. 차창을 통해 펼쳐지는 풍경은 너무나 아름다워서 현실 같지가 않았다. 초록색을 배경으로 한 밝은 빛깔의 집들은 어떤 이상주의 화가가 그렸음직한 예술 작품처럼 나에게 강한 인상을 남겼다. 파리에 도착하기도 전에 내 가슴속에서는 이미 프랑스에 대한 사랑이 움트기 시작했고, 그 사랑은 점점 강해져서 이제는 이 세상 어느 나라보다도 프랑스를 더 바람직한 나라로 생각하게끔 진한 사랑으로 바뀌게 되었다.

우리는 오후 네 시쯤 생 라자르 역에 들어섰고 곧 콘티넨털 호텔로 향했다. 나의 호기심과 열정을 만족시켜주는 일에 큰 즐거움을 느끼는 듯 보이는 나의 후원자는 저녁식사 전에 간단한 산책을 하는 게 어떻겠냐고 제안했다. 우리는 호텔을 나와 오른편으로 길을 꺾어 리볼리 가로 들어섰다. 갑자기 콩코드 광장과 샹젤리제의 조망이 펼쳐졌을 때 나는 내 눈을 믿을 수가 없었다. 사실 나는 파리를 묘사하는 주제 넘는 일을 시도할 생각은 없다. 다만 그 놀라운 도시가 나에게 남긴 인상들을 간단히 기술해보고 싶을 따름이다. 파리는 나에게 완벽한, 완벽하게 아름다운 도시로 강한 인상을 남겼다. 파리에 여러 날 머문 후에도, 파리의 화려한 거리와 궁전들만이 아니라 가장 누추한 뒷골목과 판잣집들을 보고 난 후에도 이 인상은 약해지지 않았다. 파리는 나에게 마법에 걸린 장소가 되었다. 그래서 파리로 돌아올 때마다 파리의 모든 풍습과 관습을 존경하게 만들고 파리의 어리석음과 죄악들까지 정당화하게 만드는 일종의 주술 상태에 빠져들곤 했다.

우리는 샹젤리제 위쪽으로 조금 걷다가 보도를 따라 놓여 있는 의자에 잠시 앉아 마차를 타고 가기도 하고 걸어가기도 하는 사람들을 구경했다. 저녁을 먹으러 호텔로 돌아오는 발걸음이 영 내키지 않았다. 저녁식사 후 우리는 한 하절기 극장에 갔고 공연이 끝난 후 내 친구는 그랑불바르에 있는 어느 큰 카페로 나를 데리고 갔다. 그곳에서 나는 실제 프랑스식 삶과는 아주 다른 대중문학적인 프랑스식 삶을 처음으로 일별할 수 있었다. 그곳에서는 수백 명의 남녀가 술을 마시고 담배를 피우고 이야기를 나누고 음악을 듣고 있었다. 나의 백만장자 친구와 나는 한 테이블에 자리를 잡고 앉아 담배를 피우며 사람들을 구경했다. 얼마 되지 않아 잘생기고 옷을 잘 차려입은 젊은 여자 두셋이 우리 테이블에 합석을 하게 되었다. 내 친구는 그들에게 프랑스어로 이야기를 하며 모두에게 술을 한 잔씩 샀다. 나는 고등학교 시절에 배운 프랑스어를 상기해보려 했지만 한마디도 알아들을 수 없었다. 우리는 카페에서 두어 시간을 더 머물다가 호텔로 돌아왔다. 다음 날 우리는 여기저기 가게와 양복점을 돌아다니며 시간을 보냈다. 나는 미국을 떠나기 전날 밤 내 후원자의 아파트에서 급히 마련해온 옷가지 몇 개를 제외하면 제대로 된 옷이 없었다. 그래서 내 후원자는 나에게 자신이 입고 있는 최고급 옷과 비슷한 종류의 옷을 사주었다. 옷차림을 마련해주면서 그는 나를 자신이 부리는 사람이 아니라 동등한 사람으로 대해주었다. 사실 말이지 그러한 관계가 실제로 존재한다고 믿는 사람은 아무도 없을 것이다. 내가 해야 할 일은 별로 없었고 있다 해도 가벼운 것들이었다. 더욱이 그는 모든 일을 자신이 직접 하는 것을 즐기는 편인 생기와 활력이 넘치는 사람이었다. 그는 나에게 정상적인 임금보다 훨씬 더 많은 돈을 계속 지급했다. 처음 두 주 동안 우리는 거의 쉬지 않고 여기저기 구경을 하고 다녔다. 그에게는 새로운 구경거리가 아니었겠지만 그것들을 나에게 보여줌으로써 새로운 즐거움을 느끼는 것 같았다. 낮 시간에는 관광 명소들을 찾아다녔고 밤에는 극장이나 카페에서 시간을 보냈다. 이런 식의 생활이 정말 이상적으로 느껴져서 나는 어느 날 그에게 파리에 얼마나 머물 생각이냐고 물어보았다. 그의 대답은 간단했다. "아, 그야 지칠 때까지지." 나는 어떻게 파리에 지치는 일이 가능할지 이해할 수가 없었다. 사실로 말하자면 지중해와 스페인, 브뤼셀과 오스탕드로의 여러 짧은 여행을 포함해서 우리는 파리에서만 15개월 정도를 머물렀다. 이 기간 중 두 달가량을 콘티넨털 호텔에 머문 후 나의 백만장자 후원자는 아파트를 얻고 피아노를 세내어 들여서 뉴욕에서와 거의 비슷한 생활을 누렸다. 그는 연회를 자주 베풀었는데 내 연주의 효과에 대해서 이야기하는 것은 독자들에게 지겨운 반복이 될 것 같아 생략하겠다. 나는 손님들을 위해서만이 아니라 뉴욕에서 그랬던 것처럼 내 후원자가 혼자 있을 때 그를 위해 이따금 연주를 하곤 했다. 모든 것에 싫증을 잘 내고 항상 뭔가 새로운 것을 추구하는 이 사나이가 내 음악에는 지칠 줄을 모르는 듯했다. 그는 내 음악에 마약처럼 취하는 게 아닌가 싶었다. 그는 나를 적지 않게 성가시게 하는 버릇이 생겼다. 때때로 이른 새벽 시간에 들어와 내가 잠들어 있는 것을 보고서는 나를 깨워서 뭔가를 연주해달라고 하기도 했다. 내 기억에는 이 일이 유럽에서 그와 함께 지내는 동안 겪은 유일한 어려움이었다.

관광으로 처음 몇 주를 보낸 후 나는 나 혼자서만 보낼 수 있는 시간을 많이 갖게 되었다. 내 친구는 이따금 나에게 알리지도 않고 어디론가 사라져버리곤 했다. 그래서 그와 같이 있지 않을 때면 혼자서 파리의 이 구석 저 구석을 샅샅이 뒤지며 낮 시간을 보냈다. 이 일에 나는 전혀 싫증이 나지 않았다. 밤에는 보통 극장에 갔는데 항상 그랑불바르의 그 큰 카페에서 저녁 시간을 마무리 지었다. 나를 그곳으로 이끈 것이 쾌락의 유혹만이 아니었음을 독자들이 알아주었으면 좋겠다. 쾌락과는 별도로 나는 칭찬받을 만한 다른 한 가지 목적을 갖고 있었다. 나는 이미 영불 회화 사전을 구입해서 매일 밤 언어 교습을 받으러 그곳을 찾았던 것이다. 그곳에 자주 들르는 젊은 여자 서넛과 테이블을 함께해서 그들에게 맥주와 담배를 샀다. 그리고 그 대가로 나는 언어 교습을 받았다. 나는 내가 치른 돈의 가치보다 더 많은 이득을 얻은 셈이었다. 그들이 실제로 내가 프랑스어로 말하도록 강요했기 때문이었다. 이런 식으로 공부하면서 매일 신문을 읽는 일을 곁들여서 불과 몇 달 만에 나는 프랑스어로 제법 자신의 의사를 표현할 수 있게 되었고 파리를 떠나기 전에는 보통 이상의 프랑스어 구사력을 갖출 수 있게 되었다. 물론 파리에 가는 모든 사람들이 이런 식의 공부를 시도해볼 수는 없을 것이다. 그러나 나는 이보다 더 쉽고 빠른 방법이 없다고 생각한다. 다른 외국어를 습득하면서 나는 약간의 노력을 들이면 음악처럼 훌륭하고 가치 있는 성취를 이룩할 수 있다는 사실을 깨닫게 되었다. 그래서 나는 가능한 한 성실한 언어학도가 되기로 결심했다. 나는 스페인어에 대한 기억을 새롭게 하기 위해서 매일 스페인 신문을 사 읽었고 프랑스어를 위해서는 나의 지식으로서는 아주 독창적이라고 생각되는 공부 방식을 고안해냈다. 나는 300개의 단어 리스트를 작성해서 '필수단어 300'이라고 이름 붙였다. 그러고는 이 단어들과 리스트에 포함된 동사들의 어형변화까지 철저히 외웠다. 두 세대 전의 학생들이 그런 식으로 알파벳 공부를 했듯이 나도 이 단어들과 계속 씨름하며 공부했다. 나는 또한 다음과 같은 표현구들을 실제로 반복 연습했다. "어떻게요?" "뭐라고 하셨죠?" "그 단어가 무슨 뜻인가요?" "딴 말은 알아듣겠습니다만……" "다시 한 번 말씀해 주시겠어요?" "……를 뭐라고 부르지요?" "뭐라고 하시겠어요?" 이런 표현들을 나는 기초 실용 문장이라고 불렀다. 놀랄 만큼 짧은 시간에 나는 언어가 스스로 가르치는 경지, 즉 단순히 말을 함으로써 말을 배우게 되는 경지에 이르렀다. 이것이 학교나 대학에서 외국어를 배우는 학생들이 아주 어렵다고 생각하는 바로 그 경지이다. 가장 중요한 장애요인은 학생들이 한 언어에 대해서 한 번에 너무 많이 배우는 것이라고 생각한다. 고작 200단어를 알고 있는 프랑스 아이가 2천 단어를 외운 다른 외국 학생보다 훨씬 자유롭게 자신의 의사를 구사한다는 것, 이것이 바로 언어 습득의 열쇠이다. 그만큼의 성취가 이루어지면 어휘는 그저 계속 말을 함으로써 늘어날 수 있다. 그리고 그것은 아주 쉽다. 300단어를 외울 수 없는 사람이 어디 있겠는가? 후에 독일어를 배울 때도 내 방식—이렇게 불러도 괜찮다면—을 시도했는데 마찬가지로 아주 성공적이었다.

나는 대부분의 저녁 시간을 오페라를 감상하면서 보냈다. 오페라 극장에서 듣는 음악은 묘하게도 코네티컷에서의 내 삶을 떠올리게 해주었다. 소년 시절과 갓 청년이 된 시절의 싱싱한 숨결을 느낄 수 있는 그런 분위기였다. 대체로 공연을 본 다음 날 아침이면 피아노에 앉아 어머니의 작은 거실에서 늘 연주했던 그 음악들을 두어 시간 연주하곤 했다.

어느 날 밤 나는 〈파우스트〉를 보러 갔다. 1막이 시작되어 실내 조명이 막 어두워져갈 때 좌석에 가 앉았다. 1막이 끝났을 때 나는 내 왼쪽 좌석에 앉아 있는 사람이 젊은 여자라는 것을 알았다. 생김새와 머리 색깔, 눈 색깔에 대해서 뭐라 딱히 묘사할 순 없지만 그녀는 정말 젊고 아름답고 뭔가 영묘한 데가 있어서 그녀를 쳐다보는 것 자체가 불경스러운 일처럼 느껴졌다. 하지만 그녀의 아름다움을 또렷이 의식할 수밖에 없었다. 중간 휴게시간 동안 그녀는 자신의 왼쪽에 앉아 있는 신사와 숙녀를 아버지와 어머니라 부르며 낮은 목소리의 영어로 말했다. 나는 프로그램을 보는 척 들고 있었지만 그녀가 하는 한 마디 한 마디를 다 듣고 있었다. 공연과 관객들에 대한 그녀의 논평은 아주 풋풋하고 천진스러워서 듣기에 즐거울 정도였다. 그녀는 막 학교를 졸업하고 파리를 처음 방문한 것 같았다. 나는 그녀를 이따금 흘낏 쳐다보았는데 그때마다 심장이 뛰며 숨이 막힐 것 같았다. 그러다가 그녀 옆에 앉은 신사 쪽으로 눈길이 갔다. 그 순간 내 눈길은 즉시 놀라움의 응시로 바뀌었다. 그래, 틀림없이, 그 신사는 나의 아버지였다! 10여 년 전 본 모습에서 단 하루도 더 늙어 보이지 않는 그 모습 그대로. 이 얼마나 야릇한 우연의 일치인가! 그에게 무슨 말을 해야 할 것인가? 나에게 그는 무슨 말을 할 수 있을 것인가? 첫번째 놀라움에서 채 회복되기도 전에 옆 자리의 그 아름답고 부드러운 소녀가 내 누이라는 깨달음에서 나는 또 한 번의 충격을 느껴야 했다. 그러자 어머니의 죽음 이후 멈추어버린 내 모든 애정의 샘물이 갑자기 새롭고도 격렬히 분출해서 그녀의 발아래 엎드려 그녀를 경배하고 찬미하고 싶을 정도였다. 2막의 노래가 흐르고 있었지만 내 귀에는 음악 소리가 들리지 않았다. 서서히 내가 처한 상황의 황량한 고독감이 분명히

느껴져왔다. 나는 아무 말도 할 수 없음을 알고 있었다. 그러나 내 손
으로 그녀의 손을 잡고 '누이'라고 부를 수만 있다면 내 삶의 한 부분
을 포기할 수도 있을 것 같았다. 나는 더 이상 견딜 수 없을 때까지 오
페라 극장에 앉아 있었다. 숨이 막혀오는 것을 느꼈다. 발렌틴의 사랑
은 마치 조롱거리 같았다. 그래서 갑자기 일어서서 청중들에게 이렇
게 외치고 싶은 통제할 수 없는 충동을 느꼈다. "여기, 여러분 한가운
데, 비극이, 진짜 비극이 있소!" 그 충동이 하도 강해서 나는 자신이
두려워지기 시작했다. 그래서 무대가 어두워질 때를 틈타 비틀거리며
극장을 빠져나왔다. 울고 싶은 마음과 저주하고 싶은 마음이 뒤섞인
채 나는 한 시간 남짓을 정처 없이 걸어다녔다. 그러다가 결국 택시를
잡아타고는 이 카페 저 카페로 옮겨다니며 내 일생에 아주 드문, 정신
을 잃은 만취 상태에 이르게 되었다.

　내 후원자가 ─ 나는 그를 고용주로 생각할 수 없었다 ─ 드디어 파
리가 지겨워졌다고 알려왔을 때 그것은 내게는 아주 반갑지 않은 소
식이었다. 그 소식을 듣고 나는 그가 제정신인가 하는 의문을 잠시 품
을 정도였다. 나는 파리 생활을 즐겼다. 그리고 이런저런 점을 다 고
려해보면 파리 생활을 아주 건전하고 유익하게 즐긴 셈이었다. 그런
생활에 크게 기여한 것 중의 하나는 내가 미국인이라는 사실이었다.
미국 사람들은 파리에서 아주 인기가 높다. 그것은 미국 사람들이 파
리에서 돈을 많이 쓴다는 이유 때문만은 아니다. 왜냐하면 미국 사람
들은 어쩌면 런던에서 파리 못지않게 더 많은 돈을 쓰기 때문이다. 그
리고 런던에서는 미국 사람들이 돈을 잘 쓴다는 이유 때문에 그저 그
렇게 받아들여지고 있다. 런던 사람들은 미국 사람들이 그들이 문명

인으로 구분되기를 주장하는 유일한 근거가 그들이 돈을 가지고 있다는 사실이라고 생각하는 것 같다. 그 점에서 유감스러운 것은 그 돈이 영국의 돈이 아니라는 것이다. 하지만 프랑스 사람들은 영국 사람들보다 훨씬 논리적이고 편견으로부터도 자유롭다. 그러한 태도의 차이는 쉽게 설명될 수 있다. 파리에 머무는 동안 딱 한 번 나는 미국 시민권자로서 부끄러움을 느껴야 할 계제에 놓인 적이 있었다. 나는 그 큰 카페에서 만난 룩셈부르크 출신의 한 젊은이와 아주 친해졌다. 그는 약간 둔감하고 아둔한 데가 있는 친구였지만 뭐랄까, 마음 자세가 아주 진지했다. 그와 나는 서로 아주 가까워져서 자주 함께 어울렸다. 그는 미국 숭배자로서 미국에 관해 나에게 이야기하고 이런저런 정보를 묻는 데 지칠 줄을 몰랐다. 언젠가 미국에 가서 자신의 새로운 운명을 개척해보려는 생각을 가지고 있었다. 어느 날 밤 그는 어떤 좋지 않은 소문에 대해서 권위 있는 부인을 기대하는 듯한 진지한 어조로 나에게 물었다. "미국에서 정말로 사람을 산 채로 태웠나요?" 그에 대한 대답으로 그에게 뭐라고 얼버무렸는지 기억이 나지 않는다. "하지만 한 사람뿐이었죠"라고만 대답했어도 아마 위안을 얻을 수 있었을 것이다.

런던에 도착했을 때 파리를 떠날 때의 슬픈 감정은 절망감으로 바뀌어 있었다. 프랑스의 수도에서 오래 머무른 후에 본 거대하고 육중하고 견고한 런던의 모습은 인간이 고안해낼 수 있는 가장 추한 도시 같았다. 지구의 얼굴에서 파리는 아주 아름다운 부분으로, 런던은 큰 주근깨 얼룩으로 보였다. 하지만 곧 런던의 거대함, 런던의 추함 그 자체라 할 거대함도 나에게 인상적으로 다가왔다. 나는 거대한 산이

나 큰 강을 볼 때 느끼는 그런 웅장함을 경험하기 시작했다. 런던과 비교해볼 때 파리는 아름다운 놀잇거리인 장난감처럼 느껴졌다. 나는 세계의 수도인 런던을 떠나기 전에 그곳에서 아름다운 것을 아주 많이 발견했음을 고백해야겠다. 런던과 런던 주변의 아름다움은 파리와 파리 주변의 아름다움과는 그 성격이 완전히 달랐다. 파리의 아름다움은 마치 사진사의 카메라를 위하여 차려진, 그림을 망치지 않기 위하여 모든 것을 아주 정교하게 조정한 그런 공예적이고 인위적인 아름다움임을 시인하지 않을 수 없다. 반면에 런던의 아름다움은 거칠고 자연스럽고 그래서 신선하다고 할 수 있을 것이다.

이 두 도시는 그 도시를 세운 두 민족의 특징을 얼마나 잘 보여주고 있는지! 그 이름에서 울리는 여운까지도 어떤 종족의 차이를 드러낸다. 파리는 환락과 조화의 배려와 예술에 대한 사랑, 그리고 덧붙여 말하자면 프랑스 민족의 도덕성에 대한 구체적인 표현이다. 반면에 런던은 보수와 결속과 실용주의, 그리고 덧붙여 말하자면 앵글로색슨의 위선을 대표한다. 영국 민족의 위선은 그렇다 치더라도 프랑스 민족의 도덕성에 대해서 이야기하는 것은 이상하게 들릴지도 모르겠다. 하지만 역설처럼 들리는 이 생각은 나에게는 깊은 진실로 각인되어 있다. 영국의 기준에 따르면 부도덕한 일들을 나는 파리에서 수도 없이 보았다. 그러나 위선이 없다는 점, 몰래만 할 수 있다면 그런 일을 할 수 있는 그런 기질이 아니라는 점. 그것이 파리 사람들의 이 부도덕한 일들에서 같은 일이 런던에서 일어났을 때의 그 결정적이고도 부정적 영향을 느끼지 않게 해주는 것이다. 나는 파리의 테라스 카페를 따라 걸으면서 수백 명의 남녀들이 취한 기색도 없이 포도주와 맥주를 홀짝홀짝 마시는 모습을 보았다. 술을 마시면서 그들은 재잘거리며 웃고 지나가는 사람들을 구경했다. 술을 마시는 것이 그들에게는 이차적인 일인 듯했다. 이런 모습은 그랑불바르를 따라 늘어서 있는 카페들에서만이 아니라 노동자 계층이 주로 다니는 약간 궁색한 카페들에서도 목격할 수 있었다. 런던의 '퍼브' 술집들에서는 답답한 좁은 칸막이 공간에서 남자와 여자가 혼잡스럽게 뒤얽혀 오직 가능한 한 많은 술을 들이켜는 즐거움을 위해 술을 마시는 것 같았다. 나는 그곳에서 열여덟에서 여든에 이르는 다양한 연령층의 여자들이 몇몇은 남루한 차림으로 몇몇은 팔에 아이들을 끌어안은 채 다른 여자들이 따라주는 진한 에일과 위스키를 마시는 모습을 보았다. 그런 광경에서는 밝은 빛이라거나 경쾌한 즐거움 같은 것은 전혀 느껴지지 않고 오직 감상적인 환락이나 어두운 절망감만이 느껴질 따름이었다. 그래서 나는 이런 생각을 했다. 남자나 여자들이 술을 마시고자 하면—물론 그러기 마련이니까—담배 연기가 자욱하고 답답한 방에 뒤섞여서 그럴 게 아니라 신선한 야외에서 마시면 더 좋지 않을까? 파리 사람들의 악덕에는 뭐랄까, 숨겨진 것들의 많은 유혹을 무력화하는 솔직함 같은 것이 있다. 그리고 그 솔직함과 병행하는 숨겨지지 않은 속성에서 생각의 깨끗함 같은 것이 느껴진다. 만일 외적 도덕성이 타격을 받지 않는다면 런던 사람들도 파리 사람들처럼 행동할 수 있을 터이다. 그 결과 파리가 더 부도덕한 도시처럼 보이는 것이다. 두 도시의 차이를 다음처럼 요약해볼 수 있을 것 같다. 파리는 그들의 종교처럼 그들의 죄악도 가볍게 실행하는 반면 런던은 그들 모두 아주 심각하게 실행한다고.

런던에 머무는 동안 나에게 아주 강한 인상을 남긴 것에 대해 언급을 소홀히 해서는 안 될 것 같다. 그것은 세인트폴 성당도 아니고 대영박물관도 아니고 웨스트민스터 사원도 아니었다. 그저 "감사합니다" 혹은 때로 좀 더 세심하게 표현되는 "대단히 감사합니다"라는 아주 단순한 구절일 따름이었다. 나는 그 표현이 사용되는 여러 경우마다 번번이 놀랐다. 이상하게 들릴지 모르지만 정중함의 표현으로 사용되는 그 말들은 다른 어떤 경우에서보다 훨씬 더 제한되어 보였다. 어느 날 밤 어느 싸구려 음악홀에 갔다가 트레이에 맥주를 가득 들고 오는 웨이터와 부딪쳐서 하마터면 몇 실링어치 맥주를 쏟을 뻔한 일이 있었다. 그런데 놀랍게도 그 웨이터는 몸의 중심을 잡더니 나에게 "감사합니다"라고 말을 하는 것이었다. 그가 떠난 후 나는 그 웨이터가 맥주를 다 쏟지 않게 해줘서 나에게 고맙다는 것인지, 아니면 내가 그에게 덜 방해가 되어줘서 고맙다는 것인지 한참을 생각해봐야 했다.

나는 또한 영국 사람들이 어떤 근거로 미국 사람들이 속어를 자꾸 도입해서 영어를 타락시키고 있다고 비난하는지 의아스럽게 생각되는 경험도 했다. 뉴욕에서 그 오랜 '호화스러운' 생활을 할 때보다 불과 몇 주일 런던에 머무는 동안 나는 훨씬 더 많은 여러 가지 속어를 들을 수 있었다. 영국 사람들은 영어가 자기들 말이라고 생각하고, 그래서 자기들은 영어를 자기 마음대로 다루되 다른 사람들에게는 그런 특전을 허용하지 않는 것처럼 보였다.

나의 백만장자 후원자는 오래지 않아 파리 때처럼 런던에 대해서도 싫증을 냈다. 그래서 런던에서 칠팔 주 머문 후 우리는 네덜란드로 건너갔다. 암스테르담은 너무나 놀라웠다. 나는 항상 베니스를 운하의 도시로 생각해왔다. 그런데 네덜란드의 한 도시에서 그와 비슷한 자연 조건을 만날 수 있으리라고는 전혀 생각지 못했던 것이다. 두 도시를 비교한 것은 그저 두 도시—나는 베니스에 가본 적은 없다—에 운하들이 많다는 공통점 때문인데 암스테르담은 정말 그림 같은 강한 인상을 남겨주었다. 우리는 네덜란드에서 다시 독일로 가서 독일에서 오륙 개월을 보냈고, 그 대부분의 시간은 베를린에서 지냈다. 런던보다는 베를린이 내 취향에 더 맞았다. 때로 어떤 점에서는 베를린이 파리보다 더 낫다고 인정해야만 했다.

베를린에서 나는 특히 관현악 연주를 즐겨 많은 연주회를 관람했다. 그러는 동안 여러 음악가들을 사귀게 되었는데 많은 사람들이 내 연주를 높이 평가해주었다. 나의 영감이 되살아난 것은 베를린에서였다. 어느 날 밤 나의 백만장자 친구는 예술가들, 음악가들, 작가들, 그리고 잘은 몰라도 한두 명의 백작도 함께한 파티를 열었다. 그들은 느긋이 술을 마시고 담배를 태우고 미술과 음악에 대하여 이야기를 나누며 머리에 떠오르는 모든 것을 화제로 삼아 토론을 벌이는 것 같았다. 나는 그들이 말하는 내용의 대체적인 흐름을 따라갈 수밖에 없었다. 그들이 음악에 대해 이야기할 때면 더욱 흥미로웠다. 왜냐하면 한 사람이 흥분해서 피아노로 가서 자신의 의견을 직접 연주로 설명하면 다른 사람이 재빨리 뒤따라가서 같은 행동을 하곤 했기 때문이다. 이런 식으로 해서 나는 그의 특기가 무엇이든 간에 그곳에 있던 모든 사람들이 다 음악인이라는 것을 알게 되었다. 동시에 프랑스 사람들은 흥분을 잘하고 감정적이며 독일 사람들은 차분하고 냉정하다는 일반적인 생각이 정말 큰 오류였음을 깨달았다. 프랑스 사람들은 그저 쾌활할 뿐 감정에 압도되는 일이 없었다. 그들이 큰 소리로 빠르게 이야기할 때도 그것은 이야기하는 것에 지나지 않았다. 반면 독일 사람들은 어떤 의견을 계속 주장할 때 얼굴이 벌겋게 흥분해서 토론이 한창 고조될 때면 감정을 이기지 못하고 거기에 휩쓸려버리는 성향이 있었다.

나의 백만장자 친구는 음악에 대한 토론이 한창 고조된 상황에서 나에게 '새로운 미국 음악'을 연주시켜 그 자리의 모든 사람들을 놀라게 할 계획을 세웠다. 결과적으로는 다른 어떤 사람들보다 내가 더 많이 놀라게 되었다. 나는 피아노로 가서 내가 아는 가장 정교한 래그타임 작품을 연주했다. 나의 연주에 대해 의견을 표현할 시간이 채 흐르기도 전에 숱 많은 머리에 안경을 쓴 커다란 몸집의 사내가 내 쪽으로 달려들더니 나를 의자에서 밀쳐내며 소리쳤다. "일어나요! 일어나!" 그는 피아노에 앉아 나의 래그타임 주제를 택해서 처음에는 그것을 단순화음으로 끝까지 연주하더니 곧 우리가 알 수 있는 모든 음악 형식으로 변주하고 발전시켰다. 나는 멍하니 앉아 있었다. 그동안 내가 해온 연주는 고전음악을 래그타임으로 바꾸는 것이었고 그것은 비교적 쉬운 일이었다. 그런데 지금 이 사람은 래그타임을 클래식으로 바꾸고 있는 것이다. 내 머릿속에 한 가지 생각이 섬광처럼 스쳐갔다. ―그래 가능한 거야, 왜 나라고 못하겠어? 그 순간부터 내 마음은 정해졌다. 나는 소년 시절에 품었던 야망을 실현할 방법을 분명히 보았다.

이제 나는 우리의 여행에 흥미를 잃었다. 나는 생각했다. '이제 나는 더 이상 아이가 아니라 성인이야. 그런데 시간을 낭비하고 재능을 오용하는 것 외에 내가 지금 여기서 무얼 하고 있는 거지? 나의 능력을 어떻게 활용하고 있지? 이런 식으로 살아가는 내 앞에 어떤 미래가 놓여 있지?' 이런 생각들에 나는 짙은 후회의 감정을 느꼈고 뭔가를 시작하고 싶은 열의에 빠져들었다. 물론 그 당시 내가 시간을 허송하고 있었던 것은 아니다. 그 나이에 유럽에 간 것보다 더 유익한 일은 없을 터였다. 나는 남부의 심장부로 돌아가서 사람들과 함께 살며 직접 나의 영감을 빨아들이기로 마음먹었다. 나는 내가 활용해야 할, 현대 래그타임만이 아니라 옛 노예시절의 노래, 그리고 아직 아무도 손대지 않은 그 수많은 자료들을 흡족한 마음으로 생각해보았다.

미국으로 돌아가고 싶은 마음과 결심이 점점 강해져감에 따라 나의 백만장자 친구와 헤어져야 하는 시련에 대한 두려움 또한 커져갔다. 이 이상한 사람과 나 사이에는 강한 정으로 맺어진 유대감 같은 것이 자라고 있었고 그 유대감은 서로가 서로에게 느끼는 부채의식이 뒷받침되어 있었다. 그는 뉴욕의 끔찍한 생활로부터 나를 구해주었고 여행을 함께하며 그가 아는 사람들과 교제할 수 있는 기회를 줌으로써 나를 세련된 사회인으로 만들어주었다. 반면에 나는 그에게 인생의 모든 것을 요약한 무엇처럼 보이는 것, 그가 누려워하는 그 시간이라는 것을 처치해주는 주요 수단이 되어주었다. 이제 돌이켜보면 그가 항상 피하고 건너뛰고 지워버리려고 했던 것은 시간이었다. 몇 년 후 그가 영원 속으로 뛰어듦으로써 그 시간을 영원히 피하게 된 것은 결코 이상한 일이 아니었다.

몇 주일 동안 나는 내 후원자에게 나의 결심을 이야기할 적절한 순간을 기다렸다. 그 몇 주일은 참으로 고통스러운 시간이었다. 가장 친한 친구를 배신하는 역할을 맡은 느낌이 들었던 것이다. 드디어 어느 날 그가 나에게 말했다. "자, 이제 긴 여행을 준비해요. 우린 이제 이집트로 갔다가 다시 도쿄로 갈 거요." 순간 그 유혹은 거의 억제할 수 없을 정도였지만 나는 애써 마음을 다잡고 말했다. "전 가고 싶지 않는데요.""아니! 사랑하는 파리로 돌아가고 싶은 건가? 아직도 파리가 지상의 유일한 곳이라 생각하오? 카이로와 도쿄를 볼 때까지 기다려봐요, 생각이 달라질 테니.""아니에요." 나는 더듬거리며 말을 이었다. "파리로 돌아가고 싶어서가 아닙니다. 미국으로 돌아가고 싶어 이러는 겁니다." 그는 이유를 알고 싶어 했다. 그래서 나는 나의 꿈을, 나의 야망을, 나의 결심을 가능한 한 열심히 설명했다. 내가 말하는 동안 그는 야릇한, 거의 조소에 가까운 미소를 입가에 띤 채 나를 지켜보았다. 내가 이야기를 다 끝내자 그는 내 어깨에 손을 얹고―이것이 그가 나에게 몸으로 보여준 부드러운 정의 첫 표현이었다―큰형 같은 태도로 나를 보며 말했다. "이봐요, 당신은 피로 보나 외모로 보나 교육이나 취향으로 보나 백인이오. 왜 이제 와서 미합중국 흑인들의 가난과 무지와 가망 없는 투쟁 속에 자신의 삶을 송두리째 내던져버리고 싶어 하는 거요? 고향에 돌아가서 흑인 작곡가로 활동하면서 당신 스스로에게 가하게 될 그 끔찍한 제약들을 생각해봐요. 당신 일에 대해서 당연히 받아야 할 공정한 평가를 결코 받을 수 없을 거요. 미국 음악이 흑인의 주제에 기초를 둬야 한다는 이론으로 작업을 한다면 능력을 인정받는 백인 음악가라도 성공하기 어렵지. 음악이란 보편적인 예술이오. 누구의 음악이든 모든 사람의 음악에 속하는 거지. 음악을 인종이나 국가에 제한할 수는 없는 거요. 그러니 작곡가가 되기를 원한다면 바로 이곳 유럽에 머무는 게 좋지 않겠소? 유럽 최고의 선생들에게 사사할 수 있도록 해주겠소. 만일 흑인의 주제에 관한 음악을 작곡하고 싶다면, 좋지, 그렇게 하면 되지."

우리는 음악과 인종 문제에 대하여 한참 동안 이야기를 나누었다. 인종 문제에 대해서는 그가 일찍이 어떤 의견을 피력한 것을 본 적이 없었다. 그와 나 사이에 인종적 차별 같은 것이 문제시된 적은 한 번도 없었다. 그는 편견이 전혀 없는 사람이었지만 편견이라는 것이 결코 무시할 수 없는 커다랗고 단단한 실체라는 사실은 잘 알고 있었다. 그는 말을 계속했다. "스스로 흑인임을 확인하겠다는 당신의 생각은 감상에 지나지 않소. 당신이 의도하는 것의 끔찍한 의미를 당신은 깨닫지 못하고 있어요. 특히 남부에서 당신이 어떤 종류의 흑인이 될 수 있을 것 같소? 만일 남부에 그대로 머물렀다면, 심지어 뉴욕의 그 클럽에 그대로 있었더라면 당신은 꽤 성공했을 거요. 하지만 이제 당신은 비참해질 수밖에 없소. 미합중국의 교육받고 문명화되고 세련된 흑인보다 더 불만족스러운 인간은 없을 거요. 난 당신 생각보다 미합중국의 인종 문제에 대해 훨씬 더 많은 것을 연구했소. 미국 흑인들에 대해서는 동정을 금할 수 없지. 하지만 그래봐야 무슨 소용이 있겠소? 그들의 불행한 상황은 바로잡을 수 없고 당신도 마찬가지요. 결국 그들 스스로 그 일을 해내야만 하는 것이오. 바로잡아야 할 불행한 상황에 처해 있다는 점에서 그들은 불운하지만 그들 불행의 짐을 불필요하게 당신 어깨에 짊어지려는 것도 어리석은 일이지. 언젠가 좀 더 연구도 하고 관찰도 해서 악이란 하나의 힘이고 그래서 물리적, 화학적 힘처럼 우리가 그것을 절멸시킬 수 없는 것이라는, 우리는 그저 그 형태를 바꿀 수 있을 뿐이라는 사실을 깨닫게 될 거요. 우리는 어떤 악을 발견하고 우리 문명이 가진 힘으로 전력을 다해 타격을 가하지만 그 악을 십여 개의 다른 형태로 분산시키는 데 성공할 따름이오. 우리는 민족 간의 커다란 전쟁을 통해서 노예제도라는 악에 타격을 가했소. 그래서 그것을 파괴했나? 아니지. 그것을 지역 간의 증오로 바꿔놓았을 따름이오. 좀 더 구체적으로 남부에서 그것은 정치적 부패와 속임수로, 노예복역제도와 부당한 법, 불공정하고 잔혹한 처우로 인한 흑인들의 영락으로, 이런 나쁜 관행을 번복하는 백인들의 타락으로, 공적인 양심의 마비로, 그리고 미래에 어떤 일이 일어날 줄 모르는 항시적인 두려움으로 그 형태가 바뀐 것이오. 또 현대 문명은 대중 교육의 수단으로 대중의 무지에 타격을 가했소. 결국 무지를 무정부주의와 사회주의, 태업, 부자와 빈자 간의 증오, 일상적 불만감으로 바꾸어놓은 것 외에 그것이 한 일이 무엇이오? 마찬가지로 현대의 박애주의가 요양소와 병원을 통해서 고통과 질병에 타격을 가했소. 그것이 고통 받는 사람들의 생명을 연장시켜준 건 사실이지만 동시에 유약함과 정신이상에 대한 부담을 미래 세대들에게 물려주고 있지 않소. 내 인생철학은 이렇소. 가능한 한 스스로를 행복하게 하라, 그리고 너와 함께 어울리는 사람들을 행복하게 만들도록 노력하라. 이 세상의 잘못된 것들을 바로잡으려 하고 이 세상의 고통을 완화시키려 하는 것은 노력의 낭비일 따름이오. 태평양으로 물을 다 쏟아 부어 대서양을 비우려는 거나 마찬가지지."

아주 쾌활하거나 아주 과묵한 모습으로만 익숙해진 사람의 입에서 나온 이 엄청나고도 진지한 말의 홍수에 나는 압도될 정도로 놀라서 어떻게 대답해야 할지 가늠이 서지 않았다. 그는 나에게 자신의 이야기에 대해 생각해볼 여유를 주었다. 논리의 견실성이나 철학의 도덕적 톤이 어찌됐든 간에 그 이야기는 나에게 강렬한 인상을 남겼다. 그의 주장의 기초를 이루는 철저한 이기심에도 불구하고 그 이야기에는 합리성과 상식이 담겨 있음을 알 수 있었다. 나는 자신의 동기를 분석해보기 시작했다. 그리고 그것들 역시 대체로 이기심과 섞여 있음을 깨달았다. 나를 미국으로 돌아가도록 이끄는 마음은 내 민족이라고 생각하는 사람들을 돕고 싶은 욕망과 나 자신이 성공하고 싶은 욕망 중 어느 쪽이 더 크게 작용한 것일까? 그 질문에는 한 번도 명확한 대답을 해본 적이 없다.

여러 주 동안 나는 더 혼란스러운 상태에 빠져 있었다. 훌륭한 친구와 헤어지기 싫다는 사실뿐만이 아니라 그가 내 마음에 일으킨 의문, 즉 내가 치명적인 실수를 하는 것이 아닌가 하는 생각이 마음을 짓눌렀기 때문이었다. 그 기간 중 잠 못 이룬 밤이 하루 이틀이 아니었다. 드디어 나는 내 백만장자 친구의 철학에 따른 완전히 이기적인 이유를 근거로 그 문제를 해결하기로 했다. 나는 음악이 내가 아는 그 무엇보디 나에게 더 나은 미래를 보장해줄 기라고, 그러나 내 친구의 의견과는 달리 백인 작곡가보다는 흑인 작곡가로서 주위의 주목을 끌 가능성이 더 많을 거라고 생각했다. 하지만 미국 흑인들의 기쁨과 슬픔, 희망과 야망을 고전적 음악 형태로 대변해보고 싶은 비이기적인 욕구에도 영향을 받았음을 인정해야 할 것 같다.

내 결심이 확고히 섰을 때 나는 내 친구에게 이야기를 했다. 그는 그럼 언제부터 그렇게 시작할 거냐고 물었다. 나는 곧 시작하겠다고 대답했다. 그러자 그는 돈이 얼마나 있느냐고 물었다. 나는 그가 준 돈 중에서 수백 달러를 저축했노라고 말했다. 그는 나에게 500달러 수표를 써주면서 만일 도움이 필요하면 자신의 파리 은행들 전교로 편지하라고 이르고는 행운을 빌어주며 작별을 고했다. 이 모든 일에서 그는 거의 냉정한 태도로 일관했다. 바보라고 생각한 친구를 서둘러 떼쳐버리고 싶어 그랬는지 아니면 더 깊은 감정을 감추려고 그랬는지는 알 수 없는 일이었다.

그렇게 해서 나는 어머니를 제외하고는 모든 점에서 나와 가장 가까운 친구와, 그리고 어머니를 제외하고는 내 일생에 가장 커다란 영향을 끼친 사람과 헤어지게 되었다. 그에 대한 나의 애정은 아주 강하고 그에 대한 나의 기억은 아주 선명해서 ― 그는 아주 독특하고 인상적인 성격의 소유자였다 ― 그에 대한 회고담만으로도 몇 장은 쉽게 채울 수 있을 터였다. 하지만 독자들을 너무 피곤케 할까봐 내 이야기를 계속해나가야겠다.

나는 리버풀로 가서 보스턴행 여객선을 타기로 결정했다. 뉴욕으로 돌아가기에는 아직 불편한 느낌이 남아 있었던 것이다. 그렇게 해서 며칠 후 나는 고국을 향한 배에 몸을 실었다.

10

같은 배를 탄 승객 중에서 내가 처음으로 특별히 눈여겨본 사람은 키가 크고 어깨가 떡 벌어져 거인처럼 보이는 한 유색인이었다. 짙은 갈색 얼굴은 말끔히 면도를 했고 옷차림도 훌륭했으며 두드러지게 남달라 보이는 태도를 지니고 있었다. 사실 잘생긴 얼굴은 아니라 해도 최소한 훌륭하게 균형 잡힌 몸은 선망의 내상이 아닐 수 없었디. 그가 일종의 당당한 고독에 빠져 갑판을 거닐 때면 사람들의 시선은 온통 그에게 쏠렸다. 나는 그가 어떤 사람인지 몹시 알고 싶어져서 기회가 되는 대로 그와 친교를 트기로 마음먹었다. 기회는 하루 이틀 뒤에 왔다. 그는 흡연실에 앉아 불이 꺼진 시가를 입에 문 채 소설책을 읽고 있었다. 나는 그의 옆에 앉아 그에게 새 시가를 건네면서 말을 붙였다. "좀 불편한 이야기를 드려도 괜찮을지 모르겠군요." 그는 미소 띤 시선으로 나를 보며 내가 건넨 시가를 받아 들었다. 그러고는 자신의 몸집과 외모에 완벽하게 어울리는 목소리로 대답했다. "어떤 불쾌감도 호기심이 이겨낼 것 같은데요." "저어, 첫 식사 때 댁의 오른쪽에 앉았던 사람이 그 후로 그 자리에 앉지 않는 걸 눈여겨보셨나요?" 내가 물었다. 그는 대답 없이 얼굴을 약간 찌푸렸다. 나는 계속 말을 이었다. "그 사람은 접대 승무원에게 자기 자리를 옮겨달라고 부탁했어요. 그뿐만이 아니라 다른 여러 승객들에게 식당 안에 댁이 함께 있는 걸 항의하도록 부추기려고까지 했지요." 옆 자리에 앉은 그 거인은 시가를 깊이 빨아들이고는 머리를 뒤로 젖히고 천장을 향해 천천히 담배 연기를 내뿜었다. 그러고는 나에게로 시선을 돌리며 말했다. "저는 어떤 사람의 편견이 내 개인적인 자유를 침해하지 않는 한 그것에 이의를 제기하지 않습니다. 지금 이야기한 그 사람도 제가 그의 식욕이나 소화에 어떻게든 방해가 된다면 자리를 옮길 온전한 권리를 가지고 있는 겁니다. 그가 식당의 맨 구석으로 옮겨 가거나 심지어 배를 떠난다 해도 불평할 이유가 전혀 없지요. 하지만 그의 편견이 내가 편안하게 앉은 자리에서 30센티미터, 아니 단 1센티미터라도 나를 옮겨놓으려고 한다면 그땐 거기에 반대해야지요." '반대'라는 말을 하면서 그의 큰 주먹이 우리 앞에 있는 탁자를 쾅 내리쳤고, 그러자 방 안에 있던 모든 사람들이 우리 쪽으로 눈길을 보냈다. 우리 두 사람은 약간의 당혹스러움을 웃음으로 얼버무리고는 갑판 위로 걸어 나왔다.

우리는 갑판 위를 한 시간 남짓 걸으면서 흑인 문제의 여러 양상들에 대해서 이야기를 나누었다. 흑인종을 언급하면서 나는 '우리'라는 대명사를 사용했다. 그 말의 의미심장함을 처음 알아차렸을 때 약간 눈썹을 추켜올린 것을 제외하면 그는 그 사실에 대해 아무런 언급도 하지 않고 놀라움을 표시하지도 않았다. 그는 흑인 문제에 대해 내가 이야기해본 사람 가운데 가장 아량 있는 태도를 취하는 유색인이었다. 그는 심지어 남부 백인들의 어떤 관점에는 공감을 하고 그들을 변호하기까지 했다. 나는 그에게 그처럼 긍정적인 가장 큰 이유가 무엇인지 물었다. 그는 대답했다. "뭐라고 쓰고 뭐라고 이야기하고 무슨 일을 한다고 해도 논쟁의 여지가 없는 크고 분명한 사실, 그것은 흑인이 발전하고 있다는 엄연한 현실입니다. 그리고 바로 그것이 흑인은 발전 불가능하다는 이 세상의 모든 주장들이 잘못된 것임을 증명하고 있습니다. 나는 노예시절에 태어났고 노예해방시절에는 땡전 한 푼 없는 알거지로 떠돌아다녔습니다. 나는 모든 계층의 흑인들을 다 봐서 내가 무슨 말을 하는지 잘 알고 있습니다. 우리를 폄하하는 사람들은 자신들이 정당하다는 증거로 흑인 범죄가 증가함을 지적합니다. 다른 분야에서의 발전 못지않게 범죄 역시 증가한 것은 사실이지요. 하지만 그건 불가피한 일이 아니었을까요. 그러나 이 점에서도 우리는 문명이 발달한 백인종이 이른 수준에 훨씬 못 미치고 있습니다. 우리가 계속 발전해감에 따라 우리의 범죄도 점점 더 무자비하고 천박한—어떤 점에서는 건강하다고 볼 수도 있지만—측면이 사라져가고 더 섬세하고도 미묘하게 세련되어가겠지요. 그렇게 되면 사실상 사회에 더 위험할지도 모르지만 적어도 덜 충격적이고 눈에도 덜 띄게 될 겁니다." 그러고는 아이러니컬한 어조를 낮추더니 마치 연설하듯 계속 말을 이어갔다. "하지만 무엇보다도 낙담하거나 절망감을 느낄 때 저는 이런 믿음에 의지합니다. 만일 이 세상에 결국은 이겨내는 정당성의 원리가 있다면—저는 있다고 믿습니다—만일 하늘에 정의를 사랑하는 자비로운 신이 있다면—저는 있다고 믿습니다—우리는 승리할 것이라는 믿음 말입니다. 왜냐하면 우리는 분명 옳고, 반면 우리를 반대하는 사람들은 오늘날의 어떤 도덕 법칙으로도, 어떤 계몽된 사상으로도 자신들을 정당화할 수 없을 것이기 때문입니다."

여러 날 동안 우리는 다른 화제와 함께 미국의 인종 문제만이 아니라 본토 아프리카인이나 유대인에게도 영향을 미치는 인종 문제에 대해 이야기를 나누었다. 결국 보스턴에 도착할 즈음 우리의 대화는 아주 친숙해지고 사적인 영역으로 흘러갔다. 나는 내 과거에 대해서 좀 이야기했고 내 미래의 계획에 대해서는 더 많은 이야기를 했다. 나는 그가 워싱턴 하워드 대학 출신의 내과의사이고 필라델피아에서 박사 과정의 연구를 마쳤음을, 그리고 이번이 전문 과정의 연수를 위한 두 번째 해외여행이라는 사실을 알게 되었다. 그는 워싱턴에서 개업을 한 지 몇 년 되었는데 보아하니 수입도 아주 좋은 듯했다. 배에서 내리기 전, 그는 나에게 남부로 가기 전에 워싱턴에서 이삼 일 묵었다 가기를 권했다.

우리는 보스턴의 한 호텔에서 이틀을 머물면서 내 새 친구의 친지들을 방문했다. 그들은 모두 좋은 교육을 받고 문화적 소양을 고루 갖춘 사람들이었고 경제적으로 꽤 여유가 있어 보였다. 나는 같은 계층의 남부 유색인들과 그들과의 커다란 차이에 충격을 받지 않을 수 없었다. 말과 사고방식에서 그들은 완전한 '양키'였다. 차이는 특히 그들이 쓰는 말에서 두드러졌다. 남부에서 가장 교육을 많이 받은 유색인들조차 결코 벗어날 수 없는 나른하고 둔탁한 어투가 그들에게서는 전혀 느껴지지 않았다. 흑인이 얼마나 적응력이 강한 사람들인가는 정말 놀랄 만했다. 런던에서 서인도제도 출신의 흑인 신사를 본 적이 있는데 말과 태도에서 그는 완벽한 영국 사람이었다. 파리에서 본 아이티와 마르티니크 원주민은 프랑스 사람보다 훨씬 프랑스적이었다. 흑인들은 변발만 제외하고는 중국 사람 행세도 그대로 해낼 수 있을 것이었다.

워싱턴에서 체류 기간은 이삼 일이 아니라 이삼 주나 되었다. 나는 미합중국 수도에는 처음 방문하는 것이어서 공공건물이나 정부 일이 어떻게 행해지는지 등에 대해 관심이 많았다. 그러나 대부분의 시간은 내 의사 친구의 친구나 친지들과 함께 보냈다. 유색인 사이의 사교생활은 미국의 어느 도시보다 워싱턴에서 더 발달되어 있었다. 벌이가 좋고 적절한 여가시간을 즐길 수 있는 사람이 그만큼 더 많기 때문이었다. 수십 명의 내과의사와 변호사 들, 그보다 더 많은 수의 학교 교사들, 수백 명의 관청 공무원들이 있었다. 유색인 공무원으로 말하자면 같은 직급의 백인 공무원보다 교육 수준이 더 높다고 봐야 했다. 왜냐하면 유색인 대학 졸업자들은 그런 식업을 찾는 반면, 백인 대학 졸업자들은 그들에게 열려 있는 더 나은 직장들로 진출하기 때문이었다.

앞서 어느 장에서 유색인들의 사교생활에 대해 이야기한 바 있기 때문에 여기서 그 이야기를 다시 꺼낼 필요는 없으리라 생각한다. 하지만 한 가지 언급하지 않은 것이 있다. 흑인들 사이에 피부색의 문제에서 묘한 모순이 있다는 사실이다. 그런 모순의 존재는 좀처럼 인정되지 않거나 거의 언급되지 않았다. 보다 많은 흑인들이 그 모순의 영향력을 의식하지 않고 있다 해도 지나친 말은 아닐 것이었다. 하지만 이 영향력은 비록 침묵 속에서이긴 하지만 계속 작용한다. 그 사실은 결혼에서의 선택에서 가장 분명한 증거로 드러난다. 흑인 남자들은 대체로 그들 자신보다 피부색이 더 흰 여자와 결혼한다. 그리고 더 뛰어난 지적 능력을 가진 흑인 여자는 자신보다 얼굴색이 더 흰 남자와 결혼하는 경우가 아주 많다. 그 결과 일어난 현상은 특히 매우 활동적인 흑인 계층에서 나타나는 더 하얀 피부색 지향이다. 어떤 사람들은 이런 현상이 흑백 장벽에 의해 판단되는 그들 자신의 열등의식에 대한 유색인들의 무언의 시위라고 주장하기도 할 것이다. 그러나 나는 그렇게 생각하지 않는다. 내가 모순이라고 부른 것은 따지고 보면 아주 자연스러운 일이다. 사실 그것은 이른바 경제적 필연성과 일치하는 경향이 있다. 인종 차별에 관한 한 미국은 이 세상의 어떤 것보다도 피부색에, 좀 더 정확히 말하면 피부색의 결핍에 더 큰 프리미엄을 주고 있다. 풀어서 말하자면 "흰 피부를 가져라, 그러면 모든 것이 너에게 이득이 될 터이니"이다. 신문에서 웨이터니 벨보이니 엘리베이터맨을 구하는 광고를 볼 때마다 모두 '옅은 피부색의 남자 구함'이라는 말이 쓰여 있다. 인종 문제에 작용하는 것은 이 나라의 정서가 보여주는 이런 엄청난 억압이다. 여기에는 보다 나은 기회의 문제만이 아니라 생계 자체의 문제가 자주 포함되기 때문에 나는 그것이 이상하지 않은 자연스러운 경향이라고 말하는 것이다. 흑인들이 피부색이 지니는 모든 이점을 자식들에게 물려주려고 하는 것은 천박한 신흥부자가 조상이니 귀족계급이니 하는 사회적 지위가 지니는 이점들을 자식들에게 사주려고 하는 것과 마찬가지로 자존심의 희생이 아니다. 나는 한 유색인이 이렇게 정리해서 말하는 것을 들은 적이 있다. "흑인이라는 사실이 창피스러운 것은 아니다. 하지만 불편할 때가 아주 많다."

워싱턴은 흑인들의 최고의 모습만이 아니라 최악의 모습도 보여주었다. 의사와 함께 돌아다닐 때 우리가 본 이 후자의 흑인들에 대하여 그는 거칠게 논평했다. "저 게을러빠지고 빈둥대는, 아무짝에도 쓸모없는 사람들 보이지요? 저들은 무덤을 파줄 가치조차 없는 자들입니다. 하지만 우연히 지나치는 사람들에게 흑인에 대한 나쁜 인상을 심어주는 자들이 저들입니다. 항상 길모퉁이에 저렇게 눈에 띄게 모여 있기 때문이지요. 다른 흑인들은 열심히 일하고 있는데 말입니다. 저렇게 빈둥대는 것들이 열두어 명이면 같은 계층의 백인 오십 명보다 더 많은 무리처럼 보이게 만들고 더 나쁜 인상을 주게 마련입니다. 하지만 저자들이 흑인종을 대표하게 해서는 안 되죠. 우리는 인종입니다. 흑인종은 저들에 의해서가 아니라 우리 같은 흑인들에 의해서 판단되어야지요. 모든 인종이나 민족은 그 인종이나 민족이 이룩해낸 최고의 것으로 판단되어야지 최악의 것으로 평가받아서는 안 됩니다."

워싱턴 체류는 즐거운 기억으로 남아 있다. 의사 친구와 함께 나는 하워드 대학, 공립학교, 내 기억이 정확하다면 그와 어떤 관계를 맺고 있는 훌륭한 유색인 병원, 그리고 아늑하고 우아한 여러 집을 방문했다. 남부로 계속 여행하는 것이 마음에 내키지 않을 정도였다. 리치몬드와 내슈빌에 머무르고 싶다는 의사를 밝히자 그는 친절하게도 그곳에 있는 사람들에게 소개 편지를 써주었다. 리치몬드에서는 아주 신망 있는 유색인 신문에서 편집 일을 맡은 사람이 시간을 많이 내서 그곳에서 삼사 일간의 체류를 아주 즐겁게 만들어주었다. 내슈빌에서는 온종일 '주빌리 싱어스'의 본고장인 피스크 대학에서 지냈는데, 나는 머문 시간보다 훨씬 더 많은 보상을 받았다. 내가 들고 간 소개서 중에는 아주 유명한 내과의사에게 보내는 것도 있었고 그는 시내 구경을 다 시켜주고 여러 사람들에게 나를 소개까지 해주었다. 그다음 애틀랜타로 가서는 애틀랜타 대학을 다시 보고 싶은 내 욕망을 없애줄 만큼 오래 그곳에 머물렀다. 그러고 나서 나는 메이컨으로 여행을 계속했다.

내슈빌에서 애틀랜타로 가는 도중에 나는 담배를 피우러 흡연실을 찾았다. 풀먼 기차로 여행 중이었는데 돈이 여유가 있어서가 아니라 백만장자 친구와의 경험을 통해서 어느 정도의 안락함과 사치는 그것을 얻을 수 있을 때면 얻는 것이 필수적이라고 느꼈기 때문이다. 흡연실에 들어섰을 때는 사람이 두 명밖에 없었는데 30분쯤 지나자 예닐곱 명으로 늘어났다. 서로 주고받는 이야기에서 나는 유대인처럼 보이는 한 뚱뚱한 남자가 시가 제조공이며 플로리다에서 하바나 토바코를 시험 재배 중이라는 사실을 알게 되었다. 그리고 안경을 낀 몸집이 호리호리한 젊은이는 오하이오 출신으로 앨라배마의 어느 주립대학 교수이고, 흰 콧수염을 기르고 옷을 잘 차려입은 노인은 남북전쟁에 참전했던 북군 군인이라는 것, 자신이 텍사스 출신임을 모든 사람에게 알리는 데 열심인 듯한 키 크고 깡마른 붉은 얼굴의 남자는 목화를 재배한다는 사실 등을 모두 알게 되었다.

북부에서는 흡연실에서 몇 시간을 함께 여행하면서도 서로 아는 사이가 아니면 말 한마디 나누지 않았다. 하지만 남부에서는 그런 상황이 되면 15분만 지나면 모두들 친구가 되었다. 아주 냉담한 과묵함도 누그러뜨릴 만한 따뜻함이 항상 있게 마련이다. 남부 사람들은 말을 해야 한다는 점에서 프랑스인과 많이 비슷했다. 그리고 그들은 말을 해야 할 뿐 아니라 자신의 의견을 표현해야만 했다.

흡연실 안에서 오간 대화는 기후나 곡물 재배, 경기 전망 등 얼마간은 잡다한 내용이었다. 북군 출신인 노인은 애틀랜타에 자본을 투자했는데 애틀랜타 시가 곧 미국에서 가장 큰 도시 중 하나가 될 거라고 예언했다. 대화는 마침내 정치 문제로 흘러가다가 자연스러운 결과로 흑인 문제로 옮겨 갔다.

인종 문제에 관한 논의에서 유대인의 외교적 태도는 존경받을 만한 면이 있었다. 그는 어느 쪽에도 신의를 잃지 않으면서 모든 사람의 의견에 동의하는 능력을 가지고 있었다. 그는 흑인의 박해를 인정하는 것은 유대인의 박해를 인정하는 것이 되고, 그런 태도는 모든 인간에게는 동등한 권리와 기회가 주어져 있다고 굳게 믿는 노군인과 같은 노선의 비판을 받으리라는 사실을 알고 있었다.

오랜 관습과 본능으로, 그는 로마에서는 로마인이 하는 식으로 하라는 것을 배워 알고 있었다. 전체적으로 보아 그의 입장은 미묘한 것이었지만 그러한 입장을 견지할 때 보여주는 그의 기술을 높이 평가하지 않을 수 없었다. 젊은 교수는 자기변명적인 태도였다. 그는 노군인과 같은 의견을 갖고 있었지만 남부에서 1년을 살면서 생각이 좀 달라져서 인종 문제는 남부 백인들에 의해 다루어지는 것이 가장 좋은 듯하다고 인정했다. 젊은 교수의 말에 북군 출신 노인은 자신은 젊은이보다 남부에서 열 배나 더 오래 살았다고, 그러나 앨라배마 주립 대학에서의 지위가 그에게 입장 변화를 가져왔음을 쉽게 이해할 수 있다고 좀 거칠게 응수했다. 교수는 얼굴이 벌게졌지만 사실 할 말도 없었다. 텍사스 사람은 말이 청산유수인 데다가 거친 편이었고 자기 의견을 주장하는 데 좀 속된 면이 있었다. 좀 단순하게 말하면 그의 이야기에는 설득력 있는 직선적인 논리가 있었다. 따라서 그에게 대항하자면 고차원적인, 남부 사람들이 말하는 이른바 '이론들'을 다루어야 했다. 흡연실에 와 있는 몇몇 사람들은 때때로 그의 말을 보강하는 논평들을 덧붙였다. 하지만 그에게는 그런 도움이 필요치 않았다. 그는 충분히 자족적이었으니까.

시간이 조금 지나자 논점은 노군인과 텍사스 사람 사이의 논의로 좁혀졌다. 텍사스 사람은 남북전쟁이 북부의 범죄적 과오였고 남부 재건기에 받은 굴욕은 결코 용서할 수 없다고 열을 올리며 주장했다. 노군인 역시 전쟁의 책임은 남부에 있으며 용서할 수 없다는 남부의 그 정신이 현재 갈등의 가장 큰 원인이라고, 남부의 가장 큰 목표는 북부로 하여금 북부가 연방군을 유지하고 노예를 해방시키기 위해 싸운 것이 큰 과오였음을 깨닫게 하려는 것 같다고 못지않게 열을 올리며 반박했다. 그는 덧붙여 말했다. "만일 전쟁이 일어나지 않았다면, 남부가 자신의 노선에 따라 행동하도록 허용되었다면 결국 어떤 상황이 왔을지 상상할 수 있겠소? 평화의 정복만을 남겨둔 거대하고 번창한 국가 대신에 중미나 남미에서처럼 서로 또는 혁명으로 계속 싸우면서 기력을 탕진하는 수많은 소수 공화국들처럼 되고 말았을 것이오."

"하지만 깜둥이를 상전 모시듯 하는 것보다 더 못한 일이 어디 있 겠습니까? 나라 잃는 일까지도 포함해서 말입니다. 하여튼 전쟁은 일 어났고 깜둥이들은 해방되었지요. 공연히 딴청부릴 것 없어요. 연방 군이 아니라 깜둥이가 그 원인이었지요. 그래, 이 지상의 모든 깜둥이 가 전장에 뿌려진 선량한 백인들의 피를 받을 가치가 있다고 믿으십 니까? 당신들은 깜둥이를 해방하고 그들에게 투표권을 주었지요. 하 지만 그들을 시민으로 만들 순 없었습니다. 그들은 왜 투표를 하는지 도 몰라요. 그래서 우리는 그들의 표를 마구 사들이지요. 당신들은 그 들을 교육시키지만 교활한 악한으로 만들 뿐이에요."

"잠깐이라도 당신들만 무지한 투표권을 사들인다고 착각하지 마시 오." 노군인이 말했다. "똑같은 일이 뉴욕과 보스턴, 그리고 시카고와 샌프란시스코에서도 대규모로 일어나고 있어요. 그리고 그건 흑인의 투표권만이 아니오. 교육이 흑인들을 더 나쁘게 만든다 했는데 종교 도 마찬가지라고 말해야겠지요. 그런데 말이 나왔으니 말입니다만, 개인적으로 교육받은 유색인을 얼마나 많이 알고 있소?"

텍사스 사람은 오직 한 사람밖에 없다고 시인하면서 그는 지금 교 노소에 있다고 덧붙였다. 텍사스 사람이 말했다. "하지만 투표권이 있 건 없건, 교육을 받았건 안 받았건, 지금 깜둥이가 백인들과 동등하다 고 주장하시려는 겁니까?"

"그게 중요한 문제가 아니에요." 노군인이 대답했다. "하지만 흑인 이 그처럼 분명히 열등하다면 백인들이 흑인들로 하여금 그런 사실을 깨닫게 하고 흑인들을 열등한 사람들이 자연스럽게 떨어질 그런 상태 로 계속 유지시키려 그처럼 엄청난 노력을 기울이는 것이 아주 이상하게 생각됩니다. 하지만 토론을 위해서 흑인들이 모든 점에서 백인들보다 열등하다고 인정합시다. 그 사실은 흑인에 대한 우리의 행동에 도덕적 의무를 증가시킬 따름이오. 숫자나 부, 권력, 심지어 지력과 도덕적 문제에서의 불평등이 기본적인 인간 권리에 어떤 차별을 가져와서는 안 되는 것이지요."

"만일 흑인이 열등하고 더 나약하다면, 그래서 벽으로 떠밀린다면 그것은 자기 자신의 책임이죠." 텍사스 사람이 말을 받았다. "그게 자연의 법칙이에요. 그래서 흑인은 패배할 수밖에 없게 운명 지어진 것이죠. 왜냐하면 이 세상 어떤 인종도 앵글로색슨과의 경쟁을 이겨 낼 수 없었으니까요. 앵글로색슨은 항상 이 세계의 주인이었고 또 앞으로도 그럴 겁니다. 남부의 깜둥이가 모든 역사 기록을 바꿀 수야 없죠."

"여보쇼, 친구 양반." 노군인이 천천히 말했다. "만일 역사 공부를 했다면 백인끼리 솔직히 털어놓고 앵글로색슨이 어떤 일들을 했는지 나에게 말해주겠소?"

텍사스 사람은 그 질문에 너무 놀라 뭐라고 대답을 하지 못했다. 그러자 상대방은 말을 계속했다. "문명의 차원에서 인류를 끌어올려준 근본적으로 위대하고 독창적이고 지적인 업적 중 앵글로색슨에게 공이 돌아갈 만한 업적을 하나만이라도 대보겠소? 문학, 시, 음악, 조각, 회화, 연극, 건축 그리고 수학, 천문학, 철학, 논리학, 물리학, 화학, 금속의 활용, 역학의 원리들. 이 모든 것은 우리가 오늘날 열등한 인종이나 민족이라고 부르는, 우리보다 피부가 더 검은 사람들이 고안하거나 발견한 것들이오. 우리가 이들 중 많은 것들을 완전한 단계까지 끌어올린 것은 사실이지만 그 기초는 다른 사람들에 의해 놓인 것이지요. 우리가 인류 문명에 독창적으로 기여했다고 주장할 수 있는 유일한 부분은 증기와 전기 분야에서 이룩한 일, 그리고 전쟁 도구들을 더 치명적으로 만든 일뿐이라는 걸 아시오? 그리고 그 분야에서도 우리는 우리가 발견하지 않은 원리들을 토대로 해서 연구를 한 것이오. 말이 나왔으니 말이지, 우리가 믿는 종교도 우리가 독창적으로 만들어낸 게 아닙니다. 우리는 위대한 인종이죠. 오늘날 이 세계에서 가장 위대한 인종임에 틀림없소. 하지만 우리는 우리가 과거 인종들의 더미 위에 서 있다는 사실을 기억하고 오늘날의 이 지위를 덜 오만하게 즐길 줄 알아야 할 거요. 우리는 그저 게임에서 승자의 순서를 누리고 있을 따름이오. 그리고 그 상태에 오랫동안 익숙해진 게 사실이지요. 하지만 인종적 우월성이란 역사의 시기 문제에 지나지 않는 것입니다. 대체로 세계 역사상 가장 위대한 인종이라 할 앵글로색슨에 속하는 사람이라도 진정 그 사실을 인정하기는 부끄러운 데가 있어요. 만일 앵글로색슨이 처음부터 인간 종족의 모든 훌륭함과 위대함의 원천이었다면 왜 나일 강의 계곡 대신 독일의 숲이 인류 문명의 발상지가 되지 않았겠소?"

텍사스 사람은 논의의 내용이 자신의 한계를 약간 넘는 것이어서 다소 당혹스러웠지만 다음과 같이 말함으로써 자신이 확신하는 자리로 다시 돌아갈 수 있었다. "그 모든 게 다 사실일 수 있겠죠. 하지만 우리와 여기 남부에 살고 있는 깜둥이들과는 별로 상관이 없는 이야기들입니다. 여기 그들이 있고, 우리는 그들과 함께 살아야 하고, 그래서 백인이냐 깜둥이냐의 문제이지 다른 중간 지대는 없습니다. 당신은 우리가 깜둥이들을 동등하게 대우하기를 바라지요. 그러면 그들이 우리 응접실에 같이 앉기를 바라는 겁니까? 혼혈 남부를 보고 싶은 겁니까? 단도직입적으로 말하건대, 당신 딸이 깜둥이랑 결혼한다면 허락하실 겁니까?"

"아니, 나는 내 딸이 깜둥이와 결혼하는 건 승낙하지 않겠소. 하지만 그 사실이 내가 흑인을 공정하게 다루는 걸 방해하지는 않소이다. 그리고 흑인이 당신 응접실에 앉는 것과 공정한 대우가 무슨 상관이 있는지 모르겠군요. 그들은 초대받지 않으면 그곳에 갈 수조차 없는데 말이지요. 내가 알고 있는 모든 백인 중에서도 내 응접실에 앉을 특혜를 누릴 사람은 백 명쯤밖에 되지 않을 것이오. 혼혈 남부 이야기를 하셨는데, 당신네 남부 사람들이 정말로 내세워 자랑할 만한 것이 있다면 그것은 당신네 여자들일 겁니다. 당신들은 그들을 순결과 미덕의 정점 위에 올려놓고 그들 앞에서 기사도적인 숭배의 자세로 절을 합니다. 그러면서도 만일 당신들이 흑인들을 공정히 다루고 반(反)잡혼법을 당신들의 법령집에서 빼버린다면, 그녀들이 흑인 애인과 남편들의 품 안으로 우르르 몰려갈 것처럼 말하고 행동하지요. 백인 여자들이 들고 일어나 그 같은 모욕에 분개하지 않는 게 이상할 정도요."

"대령님." 텍사스 사람은 가방 속으로 손을 넣어 큰 위스키 병 하나를 꺼내며 말했다. "지금부터 지옥이 얼어붙을 때까지 계속 이야기하면서 대령님이 옳다는 것을 설득시킬 수 있을지는 모르죠. 하지만 결코 내가 그르다고 저를 설득시킬 수는 없을 겁니다. 하시는 이야기는 다 그럴듯합니다. 하지만 사실과는 상관이 없는 이야깁니다. 사람은 이래야 된다고 말할 수는 있겠지요. 하지만 보시다시피 사람이 어디 그렇게 됩니까? 여기 남부에서 우리가 맞닥뜨리고 있는 것은 사실들이에요. 우리는 사실들과 사실 그대로 부닥치고 있는 거예요. 우린 깜둥이가 백인과 동등하다거나 동등하게 될 거라고 믿지 않아요. 우리는 그들을 동등하게 대우하지 않을 겁니다. 결코 그런 일은 없을 겁니다. 자, 한잔하세요." 교수를 제외하고 모두들 텍사스 사람의 그 넉넉한 술을 함께 마셨다. 그리고 논쟁은 그렇게 모두들 기분 좋게 웃으며 끝을 맺었다.

나는 그 대화를 머릿속에 간직한 채 객차로 돌아왔다. 나는 바로 목전에서 남부 인종 문제의 적나라한 모습이 어떤 것인가 그 생생한 현장을 목격한 것이었다. 그리고 내가 지금 밟고 있는 과정을 고려해볼 때 그 모습은 고무적인 것과는 거리가 멀었다. 그 텍사스 사람의 감정―그가 표현한 것이 곧 남부의 정서일 텐데―에서 나는 오싹 냉기를 느꼈다. 그리고 가슴이 저려왔다. 하지만 자신이 내세우는 원칙에서 조금도 흔들림이 없는 그 사람에게 뭔가 존경심 같은 것을 느꼈음을 고백해야겠다. 그 사람과는 대조적으로 젊은 오하이오 교수는 정말 딱한 사람이었다. 나는 사실 나도 모르게 줄곧 자신의 미덕만이 아니라 자신의 악덕도 일관되게 변호하는 그 남부 백인의 태도에 존경심을 느꼈다. 높은 기준에서 판단할 때 그가 편협하고 편견에 사로잡혀 있고, 불공정과 억압과 잔인함의 과오를 범하고 있음을 알면서도 그는 그러한 결함을 자신의 장점을 옹호하듯 그렇게 강력하게 옹호하고 있었다. 이런 태도는 흑인들 사이에서도 많이 볼 수 있었다. 흑인들 역시 자신들의 결함이나 과오를 옹호하려 들었다. 이런 경향은 백인들에 관한 한은 거의 예외가 없다. 하지만 흑인들 사이에서는 그들은 스스로의 가장 무자비한 비판자가 된다. 나는 유색인 연사들이 유색인 청중들에게 말할 때처럼 유색인종을 그렇게 심하게 비난하는 것을 들은 적이 없다. 남부에 속하는 모든 것을 다 옹호하는 것이 남부의 기질이다. 그런 기질을 갖추기에 북부는 너무 세계주의적이고 관대하다. 만일 한 동부 사람에게 파리가 뉴욕보다 더 경쾌한 도시라고 말하면 그는 쉽게 동의하거나 적어도 그렇게 생각하도록 허용하기는 할 것이다. 하지만 사우스캐롤라이나 사람에게 보스턴이 찰스턴보다 더 살기 좋은 곳이라는 귀띔만 해도 그는 그 말에 자극받아 곧 강력한 주장과 열변을 토해낼 것이다.

하지만 오늘날, 흡연실에서의 논쟁을 다시 생각해보면 좀 다른 각도에서 그 문제를 보게 되기도 한다. 즉, 텍사스 사람의 입장이 사태를 아주 무망하게 만든 것만은 아니라는 사실이다. 왜냐하면 텍사스 사람의 입장은 인종 문제의 주된 어려움이 흑인들의 실제 조건보다는 백인들의 정신 자세에 있음을 보여주고 있었기 때문이다. 더구나 그 정신 자세가 진실 위에 세워진 것이 아닐 때는 실제 조건보다 더 쉽게 바뀔 수 있기 때문이다. 말하자면 백인들은 의기소침하고 쇠멸해가는 천만의 사람들이 바로 자신들이 보는 앞에서 무지와 가난과 야만의 수렁에 빠져드는 것을 구해내려고 애쓰고 있는 게 아니라, 교육과 재산을 갈망하고 희구하는 천만의 사람들에게 기회의 문을 열고 어떤 처우를 해주길 꺼리고 있다는 데 문제의 어려움이 있다. 한마디로 말하면 문제의 어려움은 제시된 사실들에 있기보다는 문제의 해결을 위하여 선택한 가정에 있는 것이다. 이 점에 있어서는 태양계의 문제와 비슷하다. 복잡하고 혼돈에 차 있고 거의 모순된 수학적 절차에 의하여, 그리고 곧바른 선 대신 굴곡진 선을 이용하여 지구가 천체의 중심이라는 것을 증명해 보일 수는 있을 것이다. 그러나 지구의 위치는 초등학생도 이해할 만한 간단한 원리로 태양을 회전하는 다른 천체들 사이에서 확인될 수 있고, 지구의 움직임은 우주의 법칙과 훌륭히 조화를 이룰 수 있다. 마찬가지로 백인종이 창조의 으뜸 목표이고 다른 모든 창조물들은 그들의 복리를 위한 부수물에 지나지 않는다고 가정할 때, 그런 입장을 지키기 위해서는 온갖 궤변과 핑계와 양심의 왜곡과 오만과 부정과 억압과 잔혹함과 피의 희생을 필요로 하게 되고, 다른 인종을 대하는 그들의 태도는 진정으로 문제가 된다. 그런데 그 문제는 보편적인 인간애의 가정을 따를 경우 간단한 정의의 법칙에 의해 해결할 수 있는 것이다.

메이컨에 도착했을 때 나는 트렁크와 딸린 짐들을 맡겨두고 가방하나를 꾸려 내륙 지방으로 여행을 시작하기로 마음먹었다. 기차로, 노새나 소달구지로 여러 마을을 돌아다니며 나는 이 결심을 실천에 옮겼다. 농촌의 유색인들과 어울린 적은 처음이어서 보는 것마다 모두 흥미로웠다. 하지만 대부분은 내 손으로 굳이 묘사할 필요가 없는 것들이었다. 왜냐하면 통나무집이니 노예농장이니 방언을 쓰는 '검둥이'들은 우리들 삶에 대한 어떤 그림보다도 미국문학에 더 잘 묘사되어 있을 것이기 때문이다. 사실 말이지 미국문학에 그려진 미국 흑인의 이상적이고 정형화된 문학적 개념은 너무 강해서 일반 독자들이 흑인들을 어떤 다른 배경에서 생각해본다는 것이 거의 불가능할 정도이다. 그래서 나는 독자들에게 이미 진부하고 상투적인 묘사들은 다시 반복하지 않으려 한다. 일반적으로 받아들여지는 미국 흑인에 대한 이러한 문학적 이상형은 정말이지 흑인종의 사려 깊고 발전적인 요소에 장애물이 되고 있다. 흑인의 모습은 다리를 끌며 밴조나 뜯고 히죽거리는 만사태평형으로 정형화되어 있으며 일반 독자들은 아직 흑인을 진지하게 생각하도록 설득되지 않았다. 흑인이 사회적으로 자기 향상을 시도하는 노력은 '백인 문명'의 우스꽝스러운 희화 같은 것으로 여겨진다. 또한 점잖은 집에서 상당한 문화를 누리며 살고 당연히 '백인들과 마찬가지로' 행동하는 유색인들을 다루는 소설은 코믹 오페라 식으로 받아들여진다. 이런 점에서 흑인은 비극을 연기하기 위하여 더 가벼운 역할들을 포기하는 훌륭한 희극 배우의 입장과 흡사하다. 그가 자신의 깊은 열정의 감정을 아무리 잘 표현한다 해도 일반 대중은 예전에 맡았던 그의 역할을 포기하고 싶어 하지 않는다. 그들은 그를 다시 희극으로 돌아가도록 강요하기 위하여 심지어는 서로 공모해서 그가 진지한 작품에서 실패하도록 만들기도 한다. 같은 이유에서 일반 대중 역시 지나치게 비난받을 건 아니다. 왜냐하면 위대한 희극 배우들은 평범한 비극 배우들보다 훨씬 더 귀한 존재니까. 모든 아마추어 배우는 다 비극 배우가 아니던가. 하지만 바로 이러한 사실이 미래의 흑인 소설가나 시인들에게 인생을 묘사하는 데 새롭고 알려지지 않은 어떤 것, 즉 좁은 전통의 한계를 부수려고 애쓰는 흑인들의 야망과 투쟁과 열정을 전하는 기회를 뜻하는 것이기도 하다. 그런 변화는 듀보이스 박사*의 『흑인의 영혼들』이라는 훌륭한 책에서 부터 이미 시작되고 있었다.

　또한 여행 중 본 많은 것들은 나의 들끓는 열정에도 불구하고 나를

160

낙담케 했다. 이따금 백만장자 친구가 나에게 했던 말을 생각하며 다시 유럽으로 돌아가고 싶기도 했다. 내가 묵어야 했던 집들은 대체로 불편했고 때로는 아주 열악했다. 종종 여러 사람들과 함께 칸막이 공간 같은 곳에서 자야 했고 한두 번은 운이 나빠 그런 공간도 얻지 못한 적도 있었다. 그런 경우에는 모두들 마루에 지푸라기를 깔고 잤다. 누워서 한참 만개한 별을 올려보는 일도 자주 있었다. 때로 음식은 하도 엉성하고 맛이 없어서 먹을 수가 없었다. 기름덩이 베이컨과 상한 순무잎, 그리고 굵은 가루와 소금과 물을 질척하게 섞어놓은 옥수수빵이라 불리는 것은 도저히 먹을 수조차 없어서 일주일 이상을 버터밀크로만 버텼던 기억도 난다. 그럼에도 목표를 굽히지 않을 수 있었던 것은 오직 내가 계획한 일들을 수행해내려는 야망 때문이었다. 그리고 때때로 오지의 개척지에서도 창문을 내고 여러 개의 방이 있는 널빤지로 지은 집, 먹을 만한 음식, 상당한 생활 수준 등 발전되고 향상된 모습을 맞닥트릴 수 있었다. 이런 모습은 그 동네에 특별히 유능한 흑인 농부가 있어서 그의 근면성이 시범을 보여준 때문이었다. 이따분하고 단순한 사람들과 함께 생활하면서—그들은 대부분 열심히 일하며, 백인들과의 관계에서는 굴종적이고 충실하고 때로 정을 느끼며, 그들의 운명에 소극적으로 만족해하는 사람들인데—사고의 힘에 의하여 활성화된 다른 흑인들과 그들을 대조해보며, 나는 대담하게도 흑인의 교육을 공공연히 반대하는 남부 지도자들이 취하고 있는 입장

---

* 미국 흑인 역사상 아마도 가장 영향력 있고 가장 많은 저작물을 남긴 학자이자 저술가. 1903년에 발표한 『흑인의 영혼들』은 남부 흑인의 삶에 관한 여러 글을 모은 것으로, 미국 흑인문학의 고전으로 평가된다.

의 논리를 어느 정도 인정하지 않을 수 없었다. 공적인 발언에 있어서 그들은 남부의 정서와 소망에 일치했다. 20세기 문명과 현대 인도주의와 박애주의의 이상을 무시할 만큼 대담하고 독선적인 남부의 그런 공인들은 한 가지를 설교하면서 다른 것을 기원하는 난처한 입장에 빠져 있는 셈이었다. 그들의 입장은 예절바른 사회의 법칙에 따라 친애하는 적에게 "만나서 정말 반갑군요!"라고 인사해야 하는 사교계의 여인과 비슷하다.

그러나 이 점에서 남부의 특성은 아주 혼란스럽다. 왜냐하면 위에서 이야기한 것과는 달리 남부의 백인이 북부의 백인보다 흑인을 더 사랑한다는 그들의 주장은 어떤 면에서 진실이라고 볼 수 있기 때문이었다. 북부의 백인들은 흑인을 한 인종으로서 추상적으로 사랑한다. 정의감, 자선의 마음, 박애정신을 통하여 그들은 흑인의 향상을 편견 없이 도왔다. 많은 사람들이 이런 노력으로 영웅적인 삶을 살았다(나는 여기서, 유색인들이 기념비를 세울 단계에 이르게 되면 남북전쟁 후에 남부에 내려가서 그들을 위해 학교를 세운 남녀 백인들을 결코 잊어서는 안 된다고 말하고 싶다). 하지만 일반적으로 말해서 북부의 백인들은 흑인 개개인에 대하여 특별한 호감을 가지고 있는 것은 아니다. 남부 백인들은 한 인종으로서 흑인을 경멸하고 한 인종으로서 흑인의 향상을 위하여 아무 일도 하려 들지 않는다. 하지만 어떤 개개인에 대해서는 강한 애정을 가지고 있고 여러 가지로 그들을 도왔다. 그들은 이 개개의 흑인들과 아주 친근한 관계를 유지하며, 그들에게 자녀들과 집안의 보물을 믿고 맡기고 집안의 비밀을 털어놓았다. 곤경에 처했을 때는 종종 그들을 찾아가 위로를 받고 조언을 들으며 병에 걸렸을 때는 그들의 보살핌에 기대기도 했다. 남부 백인과 그들과 가까이 지내는 흑인 사이의 이러한 애정 관계는 소설에서조차 충분히 그려져 있지 않은 셈이다.

남부의 이러한 혼란스러운 성격은 두 인종 간의 잡혼 문제에까지 연장되었다. 그들은 두 인종 간의 잡혼을 천연두나 문둥병이나 무슨 역병보다 더 무서운 것처럼 이야기를 한다. 하지만 잭슨빌에 있을 때 본 것처럼 소위 명문가라 할 만한 백인 가문 중에는 같은 이름으로 통하고, 혈연관계로 알려지고, 또 그렇게 인정받는 유색인 방계 가문이 꽤 있었다. 더욱이 이 흑인 형제들, 자매들, 아저씨들, 아주머니들 사이에는 아주 친근한 감정이 작용하고 있는 것처럼 보였다.

나는 위에서 남부 백인들이 한 인종으로서의 흑인을 위해서는 아무 일도 하려 들지 않는다고 말한 바 있다. 남부가 흑인 교육을 위하여 수백만 달러를 쓰고 있으며, 스스로 엄청난 짐을 떠맡고 있다고 주장하는 바를 잘 알고 있다. 하지만 남부는 그 수백만 달러가 교육을 위한 공적 세입자금에서 나온 것이라는 사실, 그리고 토지 소유자를 제대로 세금을 내는 사람으로 인식하는 정치경제의 법칙이 믿을 만한 것이 되지 못한다는 사실을 망각하고 있는 것 같다. 그렇나면 낸해든의 몇몇 토지 소유자들이 그들의 부모들이 집세를 낸 수십만 아이들의 교육을 위해 재정적 부담을 저야 한다고 불평하는 것도 합리적이라고 봐야 할 것이다. 생산자이며 소비자인 수백만의 흑인들이 남부에서 빠져나갈 경우 교육이나 다른 목적을 위해 충당해야 할 공적자금이 얼마나 줄어들 것인가는 금방 드러날 일이다.

그렇게 시골을 여행하고 다니다가 기차역이 있는 조그만 마을에서 며칠 묵기도 했는데, 사람들은 나를 백인으로 생각하고 백인으로 대접하다가 여섯 시간쯤 지나 내가 유색인 설교가나 교사 집에 묵는다는 사실이 알려지면 온 동네 사람들의 태도가 달라지곤 하는 일이 재미있었다. 때로 그런 일은 나를 아주 당혹스럽게 만들기까지 했다. 하지만 유색인이 백인으로 오해를 받는 것은 백인이 유색인으로 오해를 받는 것만큼 당혹스럽지는 않다. 백인이 유색인으로 오해받는 경우도 꽤 많다고 들었다.

그러는 동안에도 나는 주제나 멜로디 등을 노트에 메모해놓기도 하고 흑인의 정신을 비교적 원초적인 상태에서 이해해보려고도 하면서 작업을 위한 자료를 꾸준히 모으고 있었다. 나는 작곡을 시작했고, 동시에 돈이 다 떨어지기 전에 교습이나 연주를 하며 최소한의 생계비를 벌기 위해서는 내슈빌 같은 도시로 서둘러 돌아갈 필요를 느꼈다. 나는 마지막으로 머물렀던 개척촌에서 자료의 보고(寶庫)를 만났다. 왜냐하면 그곳에서 '대집회'가 진행되고 있었기 때문이다. '대집회'는 캠프 미팅과 비슷한 것인데 캠프 미팅과의 차이라면 임시 구조물에서가 아니라 교회 건물에서 집회가 열린다는 점이었다. 읍내 혹은 인근 읍들에 있는 한 교파의 — 감리교파라든가 침례교파라든가 — 모든 교회들이 문을 닫고 중앙에 위치한 교회에 신도가 모두 모여 일주일간 일련의 집회를 갖는다. 대집회는 종교적일 뿐만 아니라 사교적 기능도 발휘했다. 수많은 사람들이 자신의 경제 형편에 따라 윤기 나는 털에 잽싼 노새가 끄는 마차를 타거나 소달구지를 타고, 또는 걸어서 여행을 즐기듯 모여들었다. 새로 산 신발을 어깨에 둘러메고 뜨겁고 먼지 나는 길을 터덕터덕 맨발로 걷는 사람들의 모습을 보는 일은 재미

있었다. 교회가 가까워오면 그들은 길가에 앉아서 오만상을 찡그리며 자신들의 그 고통스러운 발을 새 신발 속으로 조심스럽게 집어넣었다. 이는 실로 그들의 신앙을 시험하는 시련이 아닐 수 없었다. 가까이서 멀리서 유명한 설교가들이 와서 교대로 죄인들에게 분노의 날을 경고했다. 음식은 남부의 두 가지 호화 메뉴인 닭튀김과 돼지구이가 푸짐하게 준비되어 아무도 굶주릴 필요가 없었다. 집회가 시작되는 첫날인 일요일에 여자들은 빨강이나 푸른색의 리본으로 장식한 풀을 빳빳이 먹인 하얀 드레스로 깨끗하게 차려입었다. 남자들도 양복의 단춧구멍에 여러 가지 색깔의 리본 장식을 달았다. 그들 중 몇몇은 꼰 실로 싸서 앞머리를 꼼꼼히 장식하거나 좁은 리본 깃으로 장식하기도 했다. 대집회는 젊은이들에게는 성장을 하고 서로 만날 수 있는 좋은 기회를 제공했다. 그래서 그들은 즐겁기 짝이 없는 촌뜨기 구애 작업에 푹 빠져드는 것이다.

내가 운 좋게 지켜본 이 대집회는 특히나 순조롭게 진행되었다. 참가자가 특별히 많았던 것은 두 가지 매력거리 때문이었다. 그 하나는 인근에서 가장 정력적인 설교가로 이름난 존 브라운이라는 사람이었고 또 하나는 '노래하는 존슨'으로 알려진 훌륭한 노래 지도자였다. 이 두 사람은 나에게 연구 대상이 될 만한 계시적 인물이었다. 그들은 나로 하여금 그런 유형의 인물들이 미국에서 흑인의 발전에 얼마나 큰 영향을 끼쳤을까를 곰곰 생각하게 해주었다. 진보 계층의 유색인들은 이 두 유형 모두를 일반적으로 봐주는 듯한 혹은 경멸적인 태도로 바라보았다. 하지만 유색인종을 이교주의로부터 이끌어내 그 길고도 어두운 노예시절에 기독교로 확고히 귀의하게 만든 사람은 그들이었음을 결코 잊어서는 안 될 것이다.

존 브라운은 중키의 새까만 흑인이었는데 머리와 얼굴 모습이 아주 지적으로 생겼고 목소리는 마치 오르간처럼 울렸다. 그는 매일 밤 비중이 낮은 연사들이 한 시간쯤 연단에 선 후에 설교에 나섰다. 주제에 관한 한 모든 설교는 거의 비슷했다. 그러니까 모든 설교는 인간의 타락으로 시작하여 히브리 백성들이 갖은 고난과 시련을 거쳐 예수에 의한 구원에 이르고 심판일의 열혈한 그림과 저주받은 자의 운명을 이야기하는 것으로 끝을 맺었다. 그러나 존 브라운은 아주 자유롭고 대담한 상상력과 매력의 소유자여서 다른 설교가들이 시도할 수 없는 일을 수행해내는 능력이 있었다. 그에게는 거의 속삭임에 가까울 정도로 목소리를 조율하는 능력이 있었으며, 효과를 위한 정지, 경쾌한 속사포 문장을 천둥 치듯 강력하게 터뜨려 전율할 만한 클라이맥스로 끌어올리는 능력 등 웅변의 모든 기술과 요령을 터득하고 있었다. 더욱이 그는 타고난 무대 연출가의 직관을 지닌 사람이었다. 밤마다 나는 이 사람에게 매료되었다. 결국 그는 훌륭한 말이란 무슨 말을 하느냐가 아니라 어떤 식으로 하느냐에 달린 것이라는 사실을 확신케 해주었다. 훌륭한 말이란 결국 음조 묘사의 문제인 것이다.

존 브라운의 마력과 상상력의 가장 대표적인 예는 그의 '천국의 행진'이었다. 그 부분을 들었을 때 얼마나 강한 인상을 받았는지 결코 잊지 못할 것이다. 그의 설교는 일상적으로 시작되었다. 그러다가 청중들을 천국의 행진으로 인도하겠다고 선언한 후 그는 성경을 팔에 끼고 연단을 위아래로 걷기 시작했다. 청중들은 즉시 연단에서의 그의 행진에 박자를 맞추어 발을 쿵쿵거리기 시작했고 낮은 목소리로 시온으로의 행진에 관한 찬송가를 계속 노래했다. 갑자기 그가 "멈추시오!"라고 소리쳤다. 모든 사람들의 발이 잘 훈련된 군대의 그것처럼 정확히 정지하면서 노래도 그쳤다. 샛별에 도착한 것이었다. 여기서 그는 천체의 아름다움을 묘사했다. 그러고는 행진과 쿵쿵대는 발소리와 노래가 다시 계속되었다. 또 한 번의 "멈추시오!"와 함께 청중들은 개밥바라기에 도착했다. 그렇게 해와 달을 지나―그러는 동안 종교적인 감정은 더욱 고조되어가면서―은하수를 따라 천국의 문 앞에까지 이르렀다. 여기서 멈추는 시간은 좀 더 길어지고 그는 새로운 예루살렘의 대문과 벽들을 자상하게 묘사했다. 그러고는 청중들을 진주로 장식한 문을 거쳐 황금 길을 따라 인도하면서 천국 도시의 영광스러운 모습들을 가리켜 보이기도 하고, 대부분의 청중들이 생전에 잘 알고 있던 교회의 몇몇 원로분들, '그들의 눈에서 눈물을 씻고 깨끗한 흰 예복 차림에 머리에는 금관을 쓰고 손에는 하프를 든' 그 원로분들에게 인사를 하러 가끔 발을 멈추기도 하다가 드디어 커다란 흰 왕좌 앞에서 그의 행진을 끝냈다. 이 이야기가 독자들에게는 우스꽝스럽게 들릴지도 모르겠다. 하지만 그런 상황에서 들었을 때 그 이야기는 대단히 극적이며 효과적이었다. 나는 약간 냉소적이기도 하고 비종교적인 편이지만, 리드미컬하고 원초적인 시의 웅변으로 불타는 듯한 그의 말은 나를 완전히 사로잡아서 나 역시 "아멘!" "할렐루야!"라고 외치고 싶을 정도였다.

천국의 기쁨 못지않게 지옥의 공포를 묘사하는 데도 존 브라운의 힘은 뛰어났다. 회개하는 이들이 앉는 맨 앞자리에서 나는 몸집이 크고 기골이 장대한 사람들이 어린애처럼 떨며 우는 모습을 보았다. 죄인들에 대한 그의 경고는 실로 무시무시했다. 그가 사용한 표현 하나를 잊을 수가 없는데 독창성에 있어서나 적절성에 있어서 그것을 능가할 표현이 있을 것 같지 않다. 내 생각에 그 표현은 너무도 사실적이어서 우리에게 사도 바울의 "가시 돋친 채찍을 발로 차면 너만 아플 뿐이다"라는 말보다 훨씬 더 표현력이 강하게 느껴졌다. 그러니까 그는 권투선수의 자세를 취하면서 큰 소리로 외쳤다. "젊은이여, 자네 팔은 하느님과 대적하기에는 너무 짧아!"

존 브라운도 흥미로웠지만 또 한 사람 '노래하는 존슨'은 더욱 흥미로웠다. 그는 작달막한 체구와 짙은 갈색 피부의 애꾸눈이었는데 높은 음조의 목소리가 맑고 강했다. 그는 리더로서 노래를 짓기도 하고 그때그때 경우에 맞게 즉흥적으로 노래를 만들어 부르기도 했다. 존 브라운처럼 돋보이는 인물은 아니었지만 '대집회'에서는 그 못지않게 중요한 인물이었다. 여러 공동체에서 온 많은 사람들로 이루어진 큰 회중을 리드하려면 무슨 찬송가를 먼저 부를지 알고, 정확한 음조로 음을 잡을 수 있고, 찬송가의 첫 구절을 다 외울 줄 아는 목청 좋은 사람이 꼭 필요하다. 때로 지루하거나 재미없는 연사의 말을 '노래로 잘라내는' 일도 리더의 임무였다. 모든 흑인영가의 첫 줄을 다 외우는 것은 쉬운 일이 아니다. 그 수가 수백 개에 이르니까 말이다. 하지만 제대로 된 리더라면 그 노래들을 다 알아야 했다. 회중은 후렴 부분만 부르기 때문이다. 교회에 있는 사람들의 모든 귀는 리더에게 고정이 되어 있어서 만일 그가 가사를 혼동하거나 잊어버리면 그 책임은 전적으로 리더에게 돌아갔다.

예컨대 대부분의 찬송가는 다음과 같은 식으로 불렸다.

리더 하늘 병거 온다.

회중 내 본향으로 날 데리러.

리더 하늘 병거 온다.

회중 내 본향으로 날 데리러.

리더 나는 저쪽을 보네. 뭐가 보이나?

회중 내 본향으로 날 데리러.

리더 두 아기 천사가 날 따라오네.

회중 내 본향으로 날 데리러.

리더의 읍소하는 듯한 독창에 회중이 바다의 파도 소리처럼 화답할 때면 그 효과는 참으로 미묘했다.

리더와 회중이 함께 노래를 시작하는 건 이들 중 몇몇 노래에서뿐이었다. 잘 알려진 〈예수님께 몰래 가라〉 같은 노래가 그런 노래였다.

노래는 리더와 회중의 중창으로 시작한다.

몰래 가라, 몰래 가라.

예수님께 몰래 가라.

몰래 가라, 몰래 가라. 집으로.

난 이곳에 오래 머물지 않으리.

그러고는 리더 혼자서 혹은 회중이 함께

　　하느님이 날 부르시네,

　　천둥으로 날 부르시네,

　　내 영혼 속에서 트럼펫 소리 울리네.

　　그러고는 모두 함께

　　난 이곳에 오래 머물지 않으리.

　리더와 회중은 첫 후렴 부분을 다시 노래했다. 그러고는 리더 혼자서 첫 줄을 세 번 더 부르는데 이렇게 거의 무한히 계속된다. 여기서도 대부분의 일은 리더에게 떠맡겨졌다. 회중은 같은 줄을 계속 반복하기만 하면 되는데 리더는 노래를 계속 부르기 위해서 자신의 기억력과 재능을 줄곧 발휘해야 했기 때문이다.

　일반적으로 회중의 노래는 3부의 화음, 즉 여자들의 소프라노와 변조된 테너, 멜로디를 부르는 남자들의 고음, 그리고 남자들의 낮은 목소리의 우렁찬 베이스로 이루어졌다. 그러나 이 노래들 중 몇몇 노래에서는 모든 회중이 첫 부분부터 화음으로 이루어지는 마지막 줄까지 함께 부른다. 그 효과는 실로 감동적이었다. 〈모세여, 내려가라〉가 그런 찬송가인데 그 노래는 마치 트럼펫 소리처럼 가슴을 흔들어놓았다.

　'노래하는 존슨'은 이상적인 리더였다. 그래서 많은 사람들이 그의 봉사를 필요로 했다. 그는 이 교회에서 저 교회로 시골을 돌아다니며 시간을 보냈다. 그가 받는 보수는 설교가들과 마찬가지로 헌금의 일부와 음식 및 숙소 제공이었다. 여가 시간에는 새 가사와 멜로디를 만들고 옛날 노래에 새 가사를 붙이는 일에 몰두했다. 그는 항상 눈을—좀 더 정확히 말하자면 한쪽 눈을—감고 노래를 하며 머리를 이리저리 움직여 박자를 맞추었다. 그는 어떤 순간에 어떤 찬송가를 불러야 할지에 대하여 정확한 판단력을 가지고 있었다. 설교가가 어떤 클라이맥스에 이르거나 어떤 감정을 표현할 때 존슨이 적절한 찬송가 한두 줄을 불쑥 노래하는 것을 본 적이 한두 번이 아니었다. 그런 때면 연사는 상황을 이해하고 노래가 끝날 때까지 잠시 이야기를 멈추곤 하는 것이었다.

이 노래들을 들으면서 나는 그것이 어떻게 만들어졌을까 점점 더 궁금해지기 시작했다. 처음에 그 노래를 만든 사람들은 어떻게 그 일을 해낼 수 있었을까? 가사에 담긴 내용이야 쉽게 설명할 수 있을 터였다. 대부분 성경에서 취했을 테니 말이다. 하지만 그 멜로디, 그건 어디서 온 것일까? 어떤 것들은 오싹할 정도로 감미롭고 어떤 것들은 놀랄 만큼 강렬한 그 멜로디들. 〈모세여, 내려가라〉를 예로 들면 이 세상의 어떤 음악 문헌에서도 더 강한 주제를 찾을 수는 없을 듯했다. 그리고 이 수많은 노래들에는 단순한 멜로디 그 이상의 것이 담겨 있었다. 거기에서는 귀로는 들을 수 없는 음악의 선율, 쉽게 잡히지 않는 오묘한 잠재음 같은 것이 들렸다. 나는 종종 뺨 위로 눈물을 줄줄 흘리며 앉아 있었고 그럴 때면 내 가슴은 안에서 녹아버리는 듯했다. 흑인 회중이 종교적인 열정 상태에 빠져 이런 옛 노래들을 부르는 것을 들어본 적이 없는 음악인은 인간의 가슴이 경험할 수 있는 가장 감격스러운 감정의 하나를 아쉽게 놓친 것이 될 터였다. 흑인들이 "내가

겪은 고난 아는 이 없네, 예수님밖에 아는 이 없네"를 부르는 모습을
눈물 한 방울 흘리지 않고 들을 수 있는 사람은 실로 돌심장을 가진
사람일 것이다.

하지만 정작 흑인 자신은 옛날 노예시절에 불렀던 노래들의 진가를
제대로 인정하지 않는다. 교육받은 계층의 흑인은 그 노래들을 창피
하게 생각하며 찬송가 부르기를 선호한다. 이런 감정은 자연스러운
것이다. 그들은 아직도 그 노래들이 만들어진 상황과 너무나 가까이
있기 때문이다. 그러나 언젠가는 이 노예 음악이 미국 흑인의 가장 보
배로운 유산이 될 날이 올 터였다.

'대집회'가 끝나자 나는 열정을 가득 담은 채 집회가 열렸던 그 부
락을 떠났다. 나의 마음은 예술적 열정으로, 말하자면 영감에 사로잡
힌 그런 상태에 놓여 있었다. 직업을 위해 어딘가에 정착을 해서 머릿
속에 가득한 생각들을 표현해낼 마음의 준비가 다 되어 있었고 또 그
러고 싶은 마음이 간절했다. 하지만 운명 지어진 대로 나는 내 인생길
에서 또 한 번 일탈을 했고 그것은 전혀 다른 길로 나를 인도했다. 가
장 가깝고 편리한 기차역으로 가는 대신 나는 마지막 토요일에 그 집
회에 참석했던 한 젊은이가 자기가 가르치고 있는 마을까지 몇 킬로
미터 더 함께 차를 타고 가서 거기서 기차를 타면 안 되겠느냐고 해서
그 청을 받아들인 것이다. 시골길을 함께 가는 동안에 젊은이와 주고
받은 대화는 아주 흥미로웠다. 그는 흑인대학에 다니는 학생이었는데
우연의 일치랄까 '빛나'가 현재 교수로 있는 바로 그 대학의 학생이라
는 사실을 알게 되었다. 물론 나는 내 소년 시절의 친구에 대한 소식
을 듣고 싶었다. 그때가 방학철이 아니었더라면, 그래서 그를 만나볼

수 있을지 미심쩍지 않았더라면 나는 일부러라도 그를 찾아가봤을 것이다. 하지만 곧 개학을 하면 그에게 편지를 쓰기로 마음을 정했다. 내 젊은 친구는 흑인들 사이에서 자기가 하고 있는 일에 대해서, 그리고 자신의 희망과 좌절감에 대해서 이야기했다. 그는 지나치다 싶을 정도로 매우 진지했다. 사실 말이지 지적인 유색인들은 대부분 인종 문제에 대하여 어느 정도 지나치게 진지한 편이다. 그들은 너무나 많은 것을 가정하고 너무나 많은 것을 머리에 담아두고 있어서 때때로 발전을 저해받고 사물을 균형 있게 바라보지 못하기도 한다. 많은 경우에 유머 감각을 조금만 구사하더라도 불안과 걱정을 상당히 덜 수 있을 것이다. 유색인 신문들에 실린 사설의 일반 논조를 눈여겨본 사람이면 누구나 곧 그런 생각을 하게 되리라 생각한다. 만일 흑인 대중이 그들의 현재와 미래를 대부분의 그들의 지도자들처럼 그렇게 심각하게 받아들인다면 흑인종은 그들이 겪고 있는 엄청난 억압을 지탱해 나갈 수 있는 정신 상태를 유지하지 못하고 스스로의 무게에 짓눌려 가라앉고 말 것이다. 하지만 흑인종을 지나치게 심각하게 만드는 것이 그 반대의 경우보다는 훨씬 더 바람직하다는 사실을 인정하지 않으면 안 된다. 지나치게 심각한 데서 비롯되는 과오들도 그 시향하는 바는 옳은 것이다.

우리는 어두워지기 직전에 마을로 들어섰다. 페인트 칠을 하지 않은 큰 건물을 지나칠 때 내 친구는 자기가 그곳에서 아이들을 가르치고 있노라고 말했다. 나는 다음 날 아침 그곳에 그와 함께 가서 잠깐 구경을 하겠다고 약속했다. 그 마을은 묘사할 필요가 별로 없는, 그럴 가치가 별로 없어 보이는 그런 마을이었다. 선로 한편으로 아무렇게

나 늘어서 있는 벽돌과 나무로 지은 가게들, 선로 다른 편으로 널려 있는 크고 작은 농가들이 마을의 거의 대부분을 이루고 있었다. 그 젊은 선생은 그 마을에서 유색인이 소유하고 있는 제일 좋은 집에 하숙을 하고 있었다. 제대로 칠을 한 그 집은 유리 창문에, '가게에서 사온' 가구에, 오르간에, 등피 달린 램프까지 갖추고 있었다. 집주인은 철도와 관계 있는 무슨 일을 한다고 했다. 저녁을 먹고 나서 얼마 되지 않아 모두들 졸려 했다. 나는 그 학교 선생과 같은 방을 쓰게 되었다. 방으로 들어가서 얼마 되지 않아 그는 잠자리에 누웠고 곧 잠이 들었다. 하지만 나는 흔치않은 그 램프 불빛의 호사로움을 누리며 노트한 것들을 다시 살펴보고 아직도 머리에 생생하게 남아 있는 몇몇 생각들을 간단히 적었다. 그러다 갑자기 고요한 밤에 서두르는 발소리들이 어김없이 불러일으키는 비상경보 사태를 의식했다. 나는 하던 일을 멈추고 손목시계를 들여다보았다. 열한 시가 넘은 시간이었다. 나는 마구 뛰는 내 맥박소리를 억누르며 온 신경을 곤두세워 귀를 기울였다. 사람들이 중얼거리는 소리, 말이 계속 달려가는 소리가 들렸다. 나는 몹시도 놀라 내 친구를 깨우고는 함께 귀를 기울였다. 잠시 후 그는 불을 끄고 창문막이를 가만히 열었다. 우리는 조심스럽게 밖을 내다보았다. 사람들은 한 방향으로 움직이고 있었고 그들의 중얼거림 속에서 우리는 뭔가 끔찍한 범죄행위가 일어났다는 소문이 도는 것을 어렴풋이 알 수 있었다. 나는 코트를 입고 모자를 썼다. 내 친구는 밖에 나가지 못하도록 나를 만류하느라 애썼다. 하지만 그처럼 예민한 흥분 상태에서 집에 그대로 남아 있는다는 것은 불가능했다. 나의 온 신경이 그것을 견뎌낼 수 없을 터였다. 내가 용감하게도 밖으로

나갈 수 있었던 이유는 아마도 유색인이라는 내 정체가 아직 마을에
알려지지 않았다는 확신 때문이었을 것이다.

나는 밖으로 나와서 사람들을 따라 기차역에 이르렀다. 그곳에는
모두 백인인 한 무리의 사람들이 모여 있었고 아마도 주변 마을에서
온 듯한 다른 사람들도 계속 모여들고 있었다. 어떻게 소식이 그처럼
빨리 퍼져 나간 것일까? 나는 이들이 역 주변에 달린 석유램프의 노
란 불빛 아래서 이리저리 바쁘게 움직이는 것을 지켜보았다. 엄숙하
고 비교적 말이 없는 이들은 모두 무장을 하고 있었고 어떤 사람들은
부츠 차림에 채찍을 들고 있었다. 모두 사납고 단호한 모습들이었며.
나는 그들이 금발의 큰 키에 호리호리하고 콧수염과 턱수염을 거칠게
기르고 반짝이는 회색 눈을 가진 그런 타입임을 이제 잘 알게 되었다.
동이 트는 기미가 보이자 그들은 여러 방항을 향해서 여러 무리로 흩
어졌다. 더 큰 소리를 내지도 흥분하지도 않고, 큰 소리로 말하지도
않고, 암묵적으로 리더로 인정하고 있는 듯한 사람들의 명령조의 말
만이 빠르고 날카롭게 들려왔다. 사실 내가 받은 인상은 모든 것이 아
주 질서정연하게 진행되고 있다는 것이었다. 많은 사람들이 그 자리
를 떠났시반 역 주변의 군중은 세속 늘어나서 해가 뜰 무렵에는 여자
와 아이들도 아주 많았다. 이때쯤 유색인들도 간간이 눈에 띄기 시작
했다. 몇몇 사람은 일상적인 일을 하고 있는 듯이 보였고, 또 어떤 사
람들은 군중의 바깥쪽에 서 있기도 했다. 하지만 그런 마을에서 흔히
볼 수 있는 흑인들이 모인 모습은 보이지 않았다.

정오가 못 되어 그들은 그를 데려왔다. 두 사람이 나란히 말을 타고
그들 사이에서 반쯤 끌리다시피 그 비참한 친구가 흙먼지를 일으키며

걸어오고 있었다. 두 손은 등 뒤로 묶여 있었고 몸을 감은 밧줄은 두 호위자의 말안장 앞머리에 매여 있었다. 한밤중에는 그렇게 엄숙하고 과묵하던 사람들이 이제 '반역의 외침'으로 알려진, 공포를 불러일으키는 고함을 내지르고 있었다. 군중들 가운데 곧 하나의 공간이 마련되고 그의 목에 밧줄이 감기자 어디선가 "태워라!" 하는 소리가 들렸다. 그 소리는 마치 전류처럼 흘렀다. 인간이 포악한 짐승으로 변하는 모습을 목격한 적이 있는가? 그보다 더 끔찍한 모습은 없을 것이다. 침목 하나가 땅에 박히고, 밧줄이 풀리고, 가져온 쇠사슬이 희생자와 말뚝 주위로 꽁꽁 묶였다. 그렇게 그는 서 있었다. 형체와 모습만 사람일 뿐, 온통 일그러진 영락한 표정으로. 멍하고 텅 빈 그의 눈은 그가 아무 생각도 하고 있지 않음을 보여주고 있었다. 끔찍한 운명에 대한 깨달음이 그에게서 모든 이성적 힘을 앗아간 것이 분명했다. 그는 너무 얼이 빠지고 무감각해져서 몸조차 떨지 않았다. 사방에서 사람들이 연료와 햇불을 가져왔다. 그리고 불길은 힘을 모으는 듯 잠시 웅크리더니 곧 희생자의 머리까지 높게 치솟아 올랐다. 그는 쇠사슬에 죄인 채 꿈틀대며 몸부림치다가 신음과 비명소리를 내질렀다. 나는 그 소리를 영원히 잊지 못하리라. 신음과 비명소리는 불길과 연기 속에 묻혔지만 눈구멍에서 튀어나온 그의 눈은 이리저리 구르면서 헛되이 도움을 호소하고 있었다. 군중들 중 어떤 사람들은 소리를 지르며 환호했고, 어떤 사람들은 자신들이 한 일에 스스로 오싹 놀란 듯했고, 또 어떤 사람들은 그 광경이 역겨워 고개를 돌리기도 했다. 나는 보고 싶지 않은 광경에서 눈을 돌릴 힘조차 상실한 채 그 자리에 꼼짝 않고 서 있었다.

시간이 어떻게 지났는지 깨닫기도 전에 그 일은 끝이 났다. 내가 본 것이 실제로 일어난 일이라 스스로 믿을 수 있기도 전에 나는 불에 그을린 말뚝, 연기를 내뿜는 불길, 까매진 뼈, 쇠사슬 사이로 걸러져 나오는 까만 조각들을 보고 있었다. 그리고 살이, 인간의 육체가 탄 냄새가 코 안으로 스며들었다.

나는 그곳에서 조금 걸어 나와서 멍해진 정신을 가다듬기 위해 자리를 잡고 앉았다. 모멸감과 수치감이 엄습해왔다. 우선 내가 그렇게 다루어질 수 있는 종족의 일원이라는 사실이 수치스러웠다. 또한 전 세계에 민주국가의 위대한 예로 알려진 이 나라가 인간을 산 채로 태워 죽일 수 있는 유일한 문명국(유일한 나라는 아니라 할지라도)이라는 사실이 수치스러웠다. 가슴이 쓰려왔다. 왜 흑인들이 아주 흉악한 흑인 범죄자들에게까지도 동정적이고 가능하면 그들을 옹호하려 드는지를 이해할 수 있을 것 같았다. 정상적인 인간 본성의 모든 충동으로 그들은 그렇게 할 수밖에 없었다.

흑인 문제를 남부가 알아서 처리하도록 놔두어야 한다는 남부의 불평을 들을 때마다 나의 생각은 그 잔혹하고도 포악한 장면으로 되돌아간다. 사람을 서서히 태워 죽이고 혹은 그런 행위를 허용하는 것에 대해 변명할 수 있는 양심을 가진 사람들에게 어떻게 한 종족의 구원을 믿고 맡길 수 있을지 알 수 없다. 물론 남부에도 린치 행위를 받아들이지 않는 자유로운 생각을 가진 사람들이 있지만 자유언론에 가해지는 한계를 그들이 얼마나 오래 견뎌낼 수 있을지 의문이다. 그들은 '남부 여론' 앞에서 여전히 몸을 움츠리고 마음을 졸인다. 최근의 애틀랜타 폭동의 경우만 해도 정의와 인간정신을 위해 용감하게 한마디

했던 사람들은 구차하게도 자신들이 한 말 앞에 앵글로색슨의 우월성에 대한 수사적 찬양을 곁들이고, '세상을 만들 때 창조주가 정해놓은' 인종 간의 '크고 넘을 수 없는 장벽'을 언급하지 않을 수 없었던 것이다. 두 인종 사이의 상대적인 질적 차이의 문제는 여전히 논란의 여지가 있다. '커다란 장벽'이라는 언급은 혈관에 두 인종의 피가 흐르는 사람이 이 나라에 아마도 삼사백만 명은 될 것이라는 사실 앞에서 그 힘을 잃는다. 하지만 문명화된 기독교 도시의 길거리에서 무고한 사람 수십 명이 구타당하고 살해당하는 현실 앞에서 이 말들은 정당성을 잃는다.

남부 백인도 여러 가지 점에서 훌륭한 사람들이다. 어떤 관점에서 보면 그들은 그림처럼 아름답다. 낭만적인 마음의 틀 속에서 생각해본다면 그들의 기사도 정신, 용기, 정의감은 정말 존경스럽다. 이런 낭만적인 마음 상태에서는 지적인 사람도 극장에 가서 비현실적인 남자 주인공이 마찬가지로 비현실적인 여주인공을 제외한 극중의 모든 인물들을 칼로 살해하는 장면을 보고 박수를 보낼 수 있다. 마찬가지로 평화를 사랑하는 보통 시민도 아늑한 난로 옆에 앉아 해적 등의 끔찍한 잔학행위나 바이킹들의 사나운 가혹행위를 읽으며 즐거워할 수 있다. 그러나 그러한 일들이 개화되고 인간화된 오늘날의 현실이 될 수 있다는 생각만으로도 우리는 공포로 인해 몸서리를 치게 될 것이다. 그런데 남부의 백인들은 아직도 완전히 현대에 살고 있지 않은 것 같다. 그들이 공유하고 있는 많은 생각들은 전 세기, 아니 어떤 생각들은 중세에 머물러 있다. 다른 시대의 관점에서 보면 그들은 때때로 훌륭해 보인다. 하지만 오늘날 그들의 모습은 종종 잔혹하고 어처구

니없어 보인다.

머릿속으로 이런 고통스러운 생각을 하면서 얼마나 오래 그렇게 앉아 있었는지 모른다. 아마도 한 시간이나 그 이상이었을 것이다. 일어나서 집으로 돌아가려고 마음먹었을 때 거의 몸을 일으킬 수가 없었다. 피가 몸에서 다 빠져나간 사람처럼 기운을 차릴 수 없었던 것이다. 머릿속으로 앞으로 어떻게 하겠다는 스스로의 계획을 다짐하면서 끌다시피 몸을 옮겼다. 학교 선생 친구는 집에 없었다. 그래서 나는 그를 다시 만나보지 못했다. 나는 음식 몇 입을 삼키듯 먹고 가방을 챙겨서 오후 기차를 탔다.

메이컨에 도착해서는 짐을 찾고 뉴욕행 기차표를 살 정도로만 그곳에 머물렀다. 여행 중 내내 나는 내가 택하기로 한 목표에 대하여 나 자신과 토론을 벌였다. 나는 자신의 상태를 개선하기 위해 자신의 인종을 버리는 것은, 같은 목적으로 자신의 조국을 버리는 것과 마찬가지로 가치 있는 일이 될 수 있다고 주장했다. 마침내 나는 흑인종임도 부인하지 않고 백인종임도 주장하지 않기로 결심했다. 그리고 이름을 바꾸고 콧수염을 기르고 세상 사람들로 하여금 마음대로 생각하게 하기로, 스스로 내 이마에 열등의 딱지를 붙이고 돌아다닐 필요는 없는 것이라고 마음을 정했다. 그러는 동안 나는 내내 나를 흑인종으로부터 몰아내고 있는 무엇이 낙담이나 두려움이나 더 큰 행동 범위와 기회에 대한 추구가 아니라는 것을 잘 알고 있었다. 그것은 수치심, 견딜 수 없는 수치심 때문이었다. 동물보다 더 심하게 다루어도 아무런 벌을 받지 않는 그런 인종과 동일시되는 수치심. 분명 법은 동물을 산 채로 잔학하게 태워 죽이는 것은 제지하고 처벌할 테니까.

그래서 다시 한 번 나는 뉴욕의 마천루들을 쳐다보았고 저 도시가 나를 위해 어떤 미래를 마련해두고 있을지 궁금해졌다.

11

이제 내 이야기는 간단히, 중요한 사실들만 언급해야 할 지점에 이르렀다. 따라서 독자들은 생략하고 건너뛰고 자상하게 묘사하지 못하는 점을 용서해줄 마음의 준비를 해주셔야겠다.

뉴욕에 이르렀을 때 나는 완전히 미아 상태였다. 갑자기 콘스탄티노플에 떨어뜨려졌다 해도 이방인이라는 느낌이 이보다 더 심하지는 않았을 것이다. 나는 뭘 어떻게 해야 할지 알 수 없었다. 고독감이 너무나 강하게 엄습해와서 코네티컷의 옛집을 찾아가보고 싶은 유혹을 떨쳐내기가 어려웠다. 하지만 옛날 음악 선생님을 만나지 못한다면 그 오랜 세월이 지난 후 그곳에서도 뉴욕에서와 마찬가지로 이방인처럼 느껴질 것이라고, 더욱이 내가 취하기로 한 방향에 비추어볼 때 옛 고향을 찾아가는 것은 분별없는 짓이리라고 애써 나 자신을 설득했다. 피아노와 책 몇 권 등 약간의 소유물을 그곳에 두고 온 게 생각나기도 했지만 그걸 찾는 노력이 가치 있을 것 같지는 않다는 결론을 내렸다.

남부에서는 생활비가 별로 들지 않았기 때문에 아직도 거의 400달러라는 돈이 남아 있었다. 그 사실을 감안하자 나의 타고난 보헤미안 기질이 자연스레 발동하여 미래에 대해 심각하게 걱정하기 전에 2주일쯤 즐거운 시간을 보내기로 마음먹었다. 나는 코니아일랜드와 다른 유원지에도 놀러 가고 브로드웨이를 따라 시즌 전에 펼쳐지는 쇼들을 구경하기도 하고 일류 식당을 섭렵하기도 했다. 하지만 옛 6번 애비뉴 지역은 마치 역병 전염지역이기라도 하듯 피했다. 며칠 동안의 환락 생활은 내가 가진 현금을 놀랄 만큼 빨리 잠식해들어갔다. 그러고는 나로 하여금 내가 원하는 대로 뉴욕에서 살려면 돈이 엄청 필요하겠다는 것, 그래서 빨리 어느 정도의 수익을 보장해줄 일자리를 구해야겠다는 것을 깨닫게 해주었다. 친구도 없고 명성도 없는 무명의 상태에서 음악을 가르치는 일로 정착하려는 것은 무모한 짓임이 분명하다 싶어서 음악 선생으로 생계를 유지한다는 생각은 거의 고려하지 않았다. 그때 느꼈던 것처럼 학생들을 확보하는 것이 가능하다고 했더라도 그런 일로는 큰돈을 벌 수 없다는 생각에 망설여졌던 것이다. 흑인으로 살아갈 생각이 아니었기 때문에 나는 백인의 성공을 이룰 수 있는 모든 기회를 활용하기로 마음을 먹었다. 백인의 성공을 한마디로 요약한다면 그것은 '돈'이었다.

나는 신문의 구인란을 열심히 살피면서 몇몇 광고에 응해보기도 했지만 모두 내가 할 수 있는 일이 아니거나 원하지 않는 일자리였다.

나는 몇 달러를 들여 '광고'를 내보기도 했지만 아무 소식이 없었다. 이런 경험을 통해 나는 이 거대한 도시의 수많은 가련한 계층의 인간들, 신문을 통해서 일자리를 구하는 그들의 희망과 절망을 알게 되었다. 이렇게 며칠이 지나고 지금 가장 큰 문제는 스스로 무슨 일을 하기 원하는지 나 자신이 준비가 되어 있지 않은 것이라고 결론지었다. 그러다가 예술가로서는 보기 드문 실용적 감각과 판단력을 보여주는 그런 진로를 택하기로 결정했다. 즉, 경영대학을 다니기로 마음먹은 것이었다. 돈을 아끼기 위해서 조그만 방에 세를 들고 간이식당에서 식사를 하면서 하고 싶어 하는 일에는 항상 그랬듯이 열정적으로 공부에 몰두했다. 하지만 그렇게 절약을 했는데도 학교에 다닌 지 몇 달이 채 안 되어 내 자금은 완전히 바닥이 났다. 그래서 매일 충분한 음식을 먹을 수도 없는 지경에 이르렀다. 이 어려운 처지에 한 선생님을 통해서 시내의 어느 도매상에 점원 일자리를 얻게 된 것은 천만다행이었다. 나는 성실하게 열심히 일해서 기대보다 빨리 봉급이 인상되었다. 제법 괜찮은 수입이었고 나는 약간씩 저축도 할 수 있었다. 사실 나는 그때 돈 열병에 걸리기 시작했는데 그 열병은 후에 나를 강하게 사로잡았다. 나는 두 눈을 크게 뜨고 내 처지를 개선시킬 기회를 열심히 살폈다. 드디어 그 기회는 당시 남미에 백화점을 개점하려는 한 회사의 일자리 형태로 찾아왔다. 내 행운에 가장 중요하게 작용한 것은 물론 스페인어에 대한 지식이었다. 효과는 기대 이상이었다. 다른 점원들과는 아예 경쟁이 되지 않는 위치로 나를 올려놓았으니까 말이다. 나는 자신을 회사에 꼭 필요한 사람으로 만들기 위해서 그 기회를 최대한으로 이용했다.

돈 버는 일은 얼마나 재미있고 흥미진진한 게임인지! 나는 은행 통장에 돈을 넣을 때마다 원금과 이자를 다시 한 번 계산해보고 언제 언제쯤에는 돈이 얼마나 늘까를 셈해보곤 했다. 그런 계산을 해보면서 나는 큰 즐거움을 느꼈다. 저축을 늘리기 위해서 나는 최대한도로 절약했다. 담배를 즐기는 편이었지만 어쩌다 시가 한 개비를 피우는 것으로 제한을 했다. 대체로 옛날 '클럽' 시절에 '헨리 머드'로 알려진 시가를 피웠다. 술은 완전히 끊었지만 별로 큰 희생이랄 것은 없었다.

천 달러를 계산할 수 있게 된 날은 내 일생에 한 획을 긋는 날이었다. 그것은 전에 많은 돈을 가져본 적이 없기 때문이 아니었다. 내가 도박을 하던 시절 그리고 백만장자 친구와 함께 지낼 때, 수백 달러에 이르는 큰 액수의 돈을 만져보기도 했다. 그러나 그 돈은 요정 대모의 선물 같은 돈이었고, 돈이란 오직 쓰기 위해서 만들어진 것이라는 개념을 가지고 있을 때 생긴 돈이었다. 하지만 여기 천 달러는 내가 정직하게 꾸준한 노동의 대가로 벌어들인, 첫 달러에서부터 꾸준히 자라온 것을 주의 깊게 지켜본 천 달러인 것이다. 그 천 달러를 소유하게 됨으로써 나는 전혀 새로운 느낌인 자부심과 만족감을 경험했다. 내 자금이 천 달러를 넘어서자 나는 그 돈으로 무엇을 해야 할지, 그 돈을 어떻게 최대한의 수익을 올리도록 활용할 수 있을지 열심히 궁리했다. 궁리한 방안들이 오직 내 돈을 까먹으려고 생각해낸 것이기라도 하듯 나는 처음 생각해낸 방안을 접고 다른 방안들도 계속 접었다. 나는 결국 가진 돈을 모두 뉴욕의 부동산에 투자하라는 친구의 조언을 받아들이기로 했다. 그래서 나는 친구의 도움을 받아 다 쓰러져가는 낡은 아파트가 서 있는 땅 한 조각을 사들였다. 나는 친구의 조언을 따른 것을 후회하지 않았다. 왜냐하면 6개월쯤 지나서 투자한 액수의 두 배 이상의 가격에 그 땅을 처분했기 때문이다. 그때부터 나는 뉴욕의 부동산에 대해서 열심히 공부하면서 비슷한 투자 기회를 기다렸다. 투자 결과가 안 좋은 경우가 두세 번 있긴 했지만 대체로는 아주 성공적이었다. 그래서 지금은 아파트 여러 채를 단독으로 혹은 공동으로 소유하고 있다. 뉴욕에 돌아온 이후 일자리를 네 번 옮겼는데 네 번 모두 더 좋은 일자리로 옮겼다. 현재의 일자리에 대해서는 수입이 아주 좋다는 것만 언급하기로 하겠다.

세상을 보는 눈이 밝아지게 되자 나는 접촉하는 사람들의 사교 모임에 끼어들기 시작했다. 그리고 서서히 의식적인 선별의 과정을 거쳐서 문화 수준이 상당히 높은 계층의 사교 모임에까지 이르게 되었다. 나의 외관은 항상 멀쩡했고 나의 피아노 연주 실력, 특히 당시 유행의 절정이던 래그타임 연주 실력은 나를 늘 환영받는 손님으로 만들어주었다. 나의 변칙적인 위치는 종종 나의 유머 감각을 강하게 불러일으켰다. 유색인에게는 전적으로 칭찬만이라고 할 수 없는 말을 들을 때면 나는 이따금 속으로 웃었다. 그리고 이렇게 말하고 싶은 때가 한두 번이 아니었다. "나는 유색인이오. 흑인 피 한 방울만 섞여도 바람직한 인간이 될 수 없다는 이론을 내가 논박하지 않을 것 같소?" 여러 날 밤 즐거운 저녁을 보내고 내 방에 돌아와서 나는 사람들에게 보여준, 스스로 생각하기에도 대단한 우스개 모양을 생각하고 실컷 웃었다.

그러다가 나는 그녀를 만났다. 그리고 내가 우스갯거리라고 생각했던 것이 내 인생의 가장 심각한 문제로 서서히 바뀌어갔다. 어느 날 저녁, 자주 초대받아 가는 한 집에서 열린 뮤지컬 공연에서 나는 그녀를 처음 보았다. 그녀가 앞으로 나와 짤막한 슬픈 노래 두 곡을 부르기 전까지 나는 다른 손님들 사이에서 그녀를 특별히 눈여겨보지는 않았다. 그녀가 노래를 시작했을 때 나는 많은 사람들이 모여 있는 복도 쪽에 나와 있었다. 그러나 노래가 몇 소절 이어졌을 때 나는 누가 노래를 부르는지 보기 위해서 다른 사람들과 함께 문 안으로 비집고 들어갔다. 그녀를 보자 그녀의 목소리를 처음 듣고 느꼈던 놀라움이 더해졌다. 그녀는 상큼한 키에 몸매는 아주 날씬했고 윤기 나는 노랑 머리와 거의 검어 보일 정도의 짙은 푸른색 눈을 가지고 있었다. 그녀는 백합처럼 하얬고 흰 옷을 입고 있었다. 정말이지 그녀는 내가 여태까지 본 여자 중에서 가장 눈부시게 흰 모습 같았다. 하지만 나를 가장 매혹시킨 것은 그녀의 섬세한 아름다움이 아니었다. 그것은 그녀의 목소리였다. 그처럼 열정적인 음색의 톤이 그처럼 가녀린 몸으로부터 어떻게 나올 수 있을까 의아하게 만드는 그런 목소리였다.

프로그램이 다 끝나고 나면 그녀에게 나를 소개하리라 마음먹었다. 하지만 그 순간 나는 느긋한 사교적인 남자가 아니라 다시 열네 살 난 수줍은 소년이 되어 있었고 그래서 용기를 잃고 말았다. 예의가 허용하는 한 그녀 가까이, 대화를 할 때 낮으면서도 감미롭게 떨리는 플루트의 중저음처럼 깊은 그녀의 목소리가 들릴 정도로 가까이 그녀 주위를 떠도는 것으로 만족해야 했다. 나는 남자들이 그녀 주위로 모여들어 자연스럽게 이야기하고 웃는 모습을 지켜보면서 어떻게 그렇게들 할 수 있는지 의아스러웠다. 그러나 운명은, 나의 특별한 운명은 이미 작동을 하고 있었다. 나는 그녀 가까이 서서 여러 젊은 아가씨들과 쾌활함을 가장하며 이야기를 나누었다. 하지만 그 아가씨들은 내가 딴 곳에 정신을 팔고 있다는 사실을 틀림없이 알아차렸을 것이다. 나의 청각은 본능적으로 흰 옷을 입은 그 아가씨가 중심에 서 있는 무리들이 주고받는 이야기에 온통 쏠려 있었으니까. 그때 그녀의 말소리가 들렸다. "그분 쇼팽 연주가 아주 훌륭하던데요." 그러자 그 무리 속에 있던 내 친구 하나가 대꾸했다. "아직 그 사람 못 만나보셨나요? 제가……" 그러더니 나를 향해 말했다. "이보게, 시간 나면 ……양을 좀 만나보지." 그녀가 나한테 뭐라고 했는지 나는 또 그녀에게 무슨 말을 했는지 생각도 나지 않는다. 그녀에게 똑똑한 사람처럼 보이려고 애썼던 사실, 하지만 스스로를 더욱 더 바보처럼 만들고 있다는 확신이 점점 더 굳어감을 경험했던 사실이 기억날 따름이다. 또한 이탈리아 사람 같은 내 피부색에도 불구하고 얼굴이 홍당무처럼 붉어졌던 것도 틀림없었다.

차를 타는 대신 나는 걸었다. 일종의 진정제로 공기와 운동이 필요했다. 불안한 마음 상태가 갑작스러운 사랑의 감정 때문이었는지 아니면 그녀에게 나쁜 인상을 남겼으리라는 느낌 때문이었는지는 분명치 않다.

몇 주일이 지나고 그녀를 여러 번 더 만나게 되자 나는 자신이 심각한 사랑에 빠졌다는 사실을 알게 되었고 그때부터 걱정스러운 나날이 시작되었다. 왜냐하면 나는 사랑에 빠진 젊은이가 으레 이겨내야 하는 그 이상의 의문과 두려움에 직면했기 때문이었다.

지금까지 나는 별 생각 없이 결과에 대해서 별로 신경 쓰지 않고 백인 행세를 해왔다. 그래서 모든 일이 나에게는 심각하기보다는 재미

있게 생각되었다. 그러나 이제 '백인 행세'를 일종의 우스갯거리로 생각할 수 없게 되었다. 그동안 나의 행동은 외적인 효과만을 필요로 했었다. 이제 백인 역할을 할 나의 능력이 의심스럽기 시작했다. 나는 그녀가 나를 꼼꼼히 살펴보지는 않는지, 그녀가 만나는 다른 사람들과 나를 달라 보이게 만드는 무언가를 나에게서 찾으려고 하지는 않는지 확인하기 위해 그녀를 지켜보았다. 마음속으로 많은 친구들에 대해서 느꼈던 예전의 우월감 대신 나는 나 자신에 대하여 의문을 느끼기 시작했다. 심지어 내가 어울리는 사람들과 내가 정말 비슷한지, 꼭 집어 말할 수는 없다 해도 그들과의 차이를 보여주는 무언가가 나에게 있는 것은 아닌지 의아스러워지기 시작했다.

하지만 나의 의문과 소심함에도 불구하고 그녀와의 관계는 점점 깊어져서 드디어 그녀에게 청혼을 하기로 결심할 정도로 용기를 얻기에 이르렀다. 그러면서 내 일생에 가장 힘겨운 투쟁, 피부색을 속이고 그녀에게 청혼을 할 것인가 아니면 그녀에게 모든 진실을 다 털어놓을 것인가 하는 투쟁이 시작되었다. 나의 절박한 심정은 아무 말도 할 필요가 없으리라고 느끼게 했지만 나의 타고난 명예심은 이 경우 우회적인 속임이라 할지라도 강력히 반발하고 있었다. 하지만 그 문제에 대해 아무리 도덕적으로 생각을 해봐도 고백의 지점에 이르기는 점점 더 어렵게만 느껴졌다. 그녀를 잃을지도 모른다는 두려움이 이야기를 시도하려 할 때마다 나를 사로잡았고 그래서 그 일을 불가능하게 만들었다. 도덕적 용기는 육체적 용기 그 이상을 필요로 한다는 말은 단순한 시적 환상이 아니다. 누미디아의 사자가 아무리 사납다 해도 그와 싸우는 검투사 자리에 서는 것이 이 가냘픈 여인에게 내 혈관에 흑인의 피가 섞여 있음을 실토하는 것보다 더 쉬운 일이라 느꼈음에 틀림없었다. 때때로 큰 소리로 외치고 싶었던 사실을 이제 영원히 숨기고 싶어 하게 된 것이었다.

그러는 동안 우리는 음악이라는 공통의 유대로 아주 가까워졌다. 그녀는 나의 쇼팽 연주를 듣기 좋아했고 그녀 자신도 결코 쇼팽에 서툰 연주자는 아니었다. 나는 그녀가 발표한, 그녀의 목소리에 잘 어울린다고 생각되는 모든 신곡을 다 기억해두었다가 그녀의 노래에 맞추어 반주를 했다. 이 노래들을 부르고 연주하면서 우리는 마치 새 장난감을 가지고 노는 순진무구한 두 어린아이 같았다. 그녀는 원래 순진무구 그 자체였지만 나의 순진무구함은 그녀에 대한 나의 사랑, 나의 냉소를 녹여주고 더렵혀진 영혼을 깨끗이 씻어주고 소년 시절의 건강한 꿈을 되살려준 사랑이 빚어낸 변종이었다.

나의 예술적 기질 또한 각성의 변화를 겪고 있었다. 옛 작곡가들과 현대 작곡가들의 작품을 두루 연주하면서 나는 피아노 앞에 앉아 많은 시간을 보냈다. 또한 쇼팽 스타일의 소품 여러 개를 작곡하여 그녀에게 헌정하기도 했다. 그렇게 여러 주 여러 달이 지나갔다. 종종 사랑의 말들이 입술 위로 떨려왔지만 감히 그 말을 입 밖으로 내보내지는 못했다. 내가 아직 말할 용기를 가지지 못한 다른 말들이 그 말 뒤를 따라야 하리라는 것을 알고 있었기 때문이었다. 내 주변에는 내가 사랑에 빠져 이런저런 설명 없이 결혼을 청할 수 있는 다른 여자들이 있었을는지도 모른다. 하지만 이 여자를 더 알면 알게 될수록 그녀를 속인다는 것은 더욱 더 있을 수 없는 일로 느껴졌다. 그러나 끊임없이 내 앞에 떠도는 이 망령에도 불구하고 믿을 수 없게도 인생은 꿈결 같은 사랑의 나날에 담긴 그런 행복을 지탱해주었다.

6월 초 어느 토요일 오후, 5번 애비뉴를 걸어가다가 23번가 모퉁이에서 그녀를 만났다. 그녀는 쇼핑 중이었다. 잠깐 멈춰 서서 이야기를 나누다가 나는 '에덴 뮤제'에서 30분쯤 시간을 보내자고 제안했다. 우리는 한 무리의 사람들이 있는 난간에 기대어 서서 사람들보다는 우리 자신의 이야기에 더 열중하고 있었다. 그때 내 바로 옆에 서서 카탈로그를 보고 있는 한 남자에게 주의가 쏠렸다. 그가 옛 친구 '빛나'임을 알아보는 데는 한순간밖에 걸리지 않았다. 나의 첫 본능은 곧 내 자세를 바꾸는 것이었다. 섬광처럼 짧은 순간에 나는 내가 그에게 말을 걺으로 해서 일어날 수 있는 모든 위험, 특히 그를 그녀에게 소개하는 민감한 문제를 생각해보았다. 고백하건대 당혹감과 혼란 속에서 나는 초라함과 비열함을 느꼈다. 그러나 내가 어떻게 할까 결정하기도 전에 그는 나를 보더니 잠깐 머뭇거린 후 조용히 물었다. "실례합니다, 혹시……" 그 순간 내 안의 좀 더 고상한 부분이 그 목소리에 반응했고 나는 그의 손을 반갑게 꼭 쥐었다. 내가 느꼈던 모든 두려움은 곧 사라졌다. 왜냐하면 그는 한눈에 나의 상황을 파악한 것 같았고 그래서 의심을 불러일으킬 만한 아무 말도 하지 않았기 때문이었다. 나는 약간 불안한 마음으로 그를 그녀에게 소개했지만 다시 두려움으로부터 벗어날 수 있었다. 그녀는 예의 상냥한 태도로 그 소개를 받아들였고 조그만치의 망설임이나 당황함 없이 대화에 끼어들었다. 그 소개의 재미있는 부분은 내가 그를 '빛나'로 소개할 뻔한 사실과 잠시 더듬거린 후에야 그의 이름을 생각해냈다는 사실이다. 우리는 15분쯤 이런저런 잡담을 나누었다. 그는 북부에서 휴가를 보내고 있었고 여름학교에서 4주에서 6주 정도 일할 계획이라 했다. 또한 가을에는 신부를 데려갈 예정이라고도 했다. 그는 나에 대해서도 물어보았지만 아주 외교적으로 능숙하게 물어서 대답하는 데 아무런 어려움이 없었다. 그의 교양이 드러나는 세련된 언어와 학자연하지 않는 태도에 그녀는 큰 감명을 받은 듯했다. 우리가 뮤제에서 나온 후에도 그녀는 그에 대해 이런저런 질문을 함으로써 나의 예상을 뒷받침했다. 한 세련된 흑인이 얼마나 많은 관심을 불러일으킬 수 있는가에 나는 놀랐다. 대화의 화제가 바뀐 후에도 그녀는 여러 번 '빛나'에 대한 화제로 되돌아가곤 했다. 그것이 단순한 호기심 그 이상의 것이었는지는 확실히 알 수 없으나 그녀가 거의 편견이 없는 사람이라는 점은 분명해 보였다.

왜 그렇게 되었는지는 잘 알 수 없지만 하여튼 '빛나' 사건은 내 운명의 주사위를 던져볼 용기와 자신감을 나에게 가져다주었다. 하지만 내가 결혼을 원하는 것은 그녀일 뿐이고 따라서 그 일은 그녀와만 관계가 있는 일이기 때문에 나는 나의 비밀을 다른 사람에게는 아무한테도, 그녀의 부모한테도 밝히지 않기로 생각을 정리했다.

며칠이 지난 어느 날 저녁, 그녀의 집에서 함께 새 노래와 작품 들을 검토해보고 있는데 종종 그랬듯이 그녀는 나에게 야상곡 13번을 연주해달라고 부탁했다. 내가 연주를 시작하자 그녀는 내 오른쪽으로 의자를 끌고 와서 피아노 끝에 팔꿈치를 기대고 앉았다. 한 손에 턱을 괸 그녀의 눈에는 음악이 불러일으키는 감정이 그대로 드러나 있었다, 순간 억제할 수 없는 충동이, 환희의 물결이 나를 엄습해왔고 음악은 내 손가락 밑에서 거의 속삭임으로 가라앉았다. 나는 처음으로 그녀를 세례명으로 부르며, 하지만 감히 쳐다보지는 못하면서 속삭였다. "사랑해요, 사랑해요, 사랑해요." 손가락이 떨려서 더 이상 연주를 할 수 없었다. 나는 그녀의 손이 내 손 안으로 감겨들어오는 것을 느꼈다. 그녀의 얼굴을 바라보았을 때 그녀의 두 눈은 눈물로 반짝이고 있었다. 나는 모든 걸 이해했다. 그래서 그녀를 내 품에 안고 싶은 욕망을 물리치기가 어려웠다. 하지만 그 순간 수많은 행복의 희생제단이 되어온 그것, 즉 '의무'라는 것이 생각났다. 그래서 그녀의 손을 내 손에 꼭 쥔 채 고개를 숙이며 말했다. "그래요, 정말 사랑해요. 하지만 당신한테 해야 할 말이 더 있어요." 그러고는 무슨 말을 어떻게 했는지는 모르지만 하여튼 사실을 털어놓았다. 그녀의 손이 싸늘해지는 것을 느꼈다. 그녀를 올려보았을 때 그녀는 마치 처음 보는 물건이기라도 하듯 황량한 시선으로 나를 빤히 쳐다보고 있었다. 그녀의 이상한 눈빛 아래서 나는 내 피부가 검어지고 얼굴이 두툼해지고 머리가 곱슬머리로 변하는 것을 느꼈다. 그녀는 내가 한 말을 이해하지 못하는 것 같았다. 그녀의 입술이 떨리며 나에게 뭔가 이야기하려 했지만 말소리가 목에 붙어버린 듯했다. 그러더니 머리를 피아노에 떨어뜨리고 가냘픈 몸이 떨리도록 흐느껴 울기 시작했다. 나는 그녀를 위로하려고 하면서 이런저런 사랑의 말들을 주절거렸지만 오히려 그녀의 슬픔을 더해주는 것만 같았다. 내가 그녀 곁을 떠날 때까지도 그녀는 계속 울고 있었다.

길거리에 나섰을 때 파리의 오페라 극장에서 아버지와 누이를 만났던 날 밤 같은 느낌이 들었다. 술에 취하고 싶은 자포자기의 심정 또한 비슷했다. 하지만 나의 자제력은 훨씬 더 강해져 있었다. 내가 유색인이라는 것이 통탄스러웠고, 내 혈관 속에 흐르는 아프리카의 피가 저주스러웠고, 정말로 내가 백인이기를 바랐던 것은 내 일생에 그때가 유일했다. 집에 돌아와 앉은 채로 담배를 피우면서 그날 일어났던 일의 의미를 되새겨보려고 애썼다. 나는 우리가 사귀었던 모든 지난날을 되돌아보면서 그녀가 나에게 던져준 미소 하나 하나, 나의 희망을 키워주었던 그녀의 말 한 마디 한 마디를 떠올렸다. 나는 우리가 막 겪은 그 장면을 되새기면서 그 장면의 긍정적인 면과 그렇지 않은 면을 생각해보려고 애썼다. 그녀가 나를 사랑한다는 확신을 얻은 것은 나에게는 보상이었지만 나의 고백이 그녀에게 어떤 영향을 미칠 것인지는 예측할 수 없었다. 드디어 불안하고 불행한 심정이 되어, 나는 그녀에게 편지를 썼다. 그러고는 잠자리에 들기 전에 그 편지를 우체통에 집어넣었다. 편지의 내용은 이랬다.

나는 잘 이해하고 있습니다. 당신보다 더 잘 이해하고 있습니다. 그래서 당신보다 더 큰 고통을 느낍니다. 하지만 당신과 나 그 누구의 탓도 아닌 일 때문에 왜 우리가 고통을 느껴야 합니까? 만일 탓을 따지자면 그 탓은 제 것입니다. 그래서 오래된, 그러나 가장 강렬한 호소, 즉 당신을 사랑한다는 호소밖에 할 수가 없군요. 나는 내 사랑이, 내 큰 사랑이 그 허물을 완전히 압도하여 지워버릴 수 있음을 압니다. 우리의 행복을 가로막고 있는 것은 무엇입니까? 그것은 당신의 감정이나 나의 감정이 아닙니다.

당신 자신이나 나 자신이 아닙니다. 그것은 다른 사람들의 감정, 다른 사람들 자신입니다. 아! 어찌 그것이 치러야 할 정당한 대가가 될 수 있습니까? 삶의 모든 노력과 투쟁에서, 우리의 모든 노력과 열망에서, 추구할 가치가 있는 유일한 것, 쟁취할 가치가 있는 유일한 것, 그것은 사랑입니다. 사랑은 항상 찾을 수 있는 것은 아닙니다. 그러나 사랑을 발견하면 그것과 맞바꾸어 이로울 수 있는 것은 이 세상에 아무것도 없습니다.

그 후 이틀째 되는 날 아침, 나는 그녀로부터 쪽지 한 장을 받았다. 그 쪽지에는 그곳에 사는 친척들과 여름을 함께 보내기 위해서 뉴햄프셔로 간다는 짤막한 내용이 담겨 있었다. 우리 사이에 일어난 일에 대해서는 아무런 언급이 없었고 언제 뉴욕을 떠날지도 정확히 밝히고 있지 않았다. 그 쪽지에는 그녀의 감정을 짐작할 만한 단 한 마디의 말도 담겨 있지 않았다. 나는 그녀가 그런 쪽지를 썼다는 오직 그 사실에 희망을 부여쥘 수밖에 없었다. 그날 저녁 거의 두려움을 느끼게 하는 떨리는 가슴으로 나는 그녀의 집을 찾아갔다.

나는 그녀의 어머니를 만났다. 바로 그날 오후 그녀는 시골로 떠났다고 했다. 그녀의 어머니는 평상시처럼 반갑게 나를 대했고 그 사실에 나는 크게 안도감을 느꼈다. 그래서 그 집을 떠날 때는 가슴속에서 희망 같은 무엇이 일어나는 것을 느끼기도 했다. 그 느낌은 아마도 그녀가 아직 나의 비밀을 발설하지 않았다는 확신에서 온 것이었다. 하지만 그 희망은 나에게 오래 머무르지 않았다. 나는 초조하게 매일매일 우편함을 살피면서 그녀로부터 무슨 소식이 오기를 기다리며 한 주, 두 주, 세 주를 보냈다. 나에게 온 편지들은 모두 무의미하고 가치 없어 보였다. 그녀로부터 아무 소식이 없었기 때문이었다. 내가 느꼈던 약간의 희망도 점점 우울한 비통함으로 사라져갔다. 나는 온통 그 일에 사로잡혀 식욕도, 수면도, 다른 야심도 다 잃어버렸다. 많은 친구들은 내가 너무 열심히 일하는 게 아니냐고 걱정을 했다.

그해 여름 내내 그녀는 떠나 있었다. 그녀의 집에는 가지 않았지만 아버지는 여러 번 뵈었는데 그는 나를 한결같이 친절하게 대해주었다. 그녀가 돌아왔다는 사실을 알고 난 후에도 나는 그녀를 찾아가지 않았다. 무슨 말이나 신호가 오기를 기다리기로 결심했다. 마침내 내 자존심, 스스로 타고났다고 생각하는 내 자존심에 의지하고 거기서 위안을 얻기로 한 것이다.

그녀가 돌아온 후 그녀를 처음 본 것은 어느 날 밤 극장에서였다. 내 좌석에서 과히 멀지 않은 곳에 그녀와 그녀 어머니가 나도 약간 아는 한 젊은 남자와 자리를 함께하고 있었다. 그녀는 더없이 아름다워 보였다. 하지만 내 환각 때문이었을까. 그녀는 조금은 창백했고 얼굴도 수척해 보였다. 그러나 그러한 모습은 그녀의 아름다움을 더욱 돋보이게 했다. 그녀의 그 미묘한 매력이 내 자존심의 힘을 녹아내리게 했다. 나의 처지는 마치 맨손으로 감옥의 창살을 부러뜨리려고 애쓰는 사람처럼 나를 약하고 무기력하게 만들었다. 공연이 끝나사 나는 서둘러 극장에서 나와 눈에 띄지 않고 그녀가 지나가는 모습을 볼 수 있는 위치에 자리를 잡았다. 거기서 위안을 구했던 내 정신의 오만함은 모두 사라지고 어떤 수모라도 기꺼이 받아들일 자세가 되어 있었다.

그 후 얼마 되지 않아서 우리는 돌아가면서 하는 어느 카드놀이 파티에서 만났는데 저녁 중에 한 짝으로 같은 테이블에 함께 앉게 되었다. 그녀의 집에서 그 사건이 일어난 날 밤 이후 실로 첫 만남이었다. 둘 다 신경이 예민해 있었지만 이상하게도 우리는 번번이 게임에 이겨서 우리 상대편의 한 사람은 농담으로 옛 속담을 인용할 정도였다. "카드는 행운이요, 사랑은 불운이다." 우리의 눈이 마주쳤다. 그 순간 눈빛 속에서 내 온 영혼은 그녀를 향해 간절한 호소를 보내고 있었음이 분명하다. 그녀는 시선을 떨구더니 어색한 웃음을 살짝 터뜨렸다. 나머지 게임을 하는 동안 나는 바뀐 여러 명의 내 짝들이 터놓고 하는, 혹은 묵언의 비난들을 다 받을 만했다. 손에 잡히는 대로 카드놀이를 하면서도 그녀가 어디에 있든 내 시선은 계속 그녀를 따라다니고 있었으니까.

나중에 그녀는 피아노로 가서 자기 자신에게 들려주기라도 하듯 아주 작은 소리로 야상곡 13번의 첫 부분을 연주하기 시작했다. 나는 내 일생의 영적인 순간, 한 번 놓치면 다시는 돌이킬 수 없는 그런 순간이 왔음을 느꼈다. 그래서 가능한 한 자연스러운 태도를 취하며 천천히 피아노 쪽으로 걸어가서 몸을 구부리듯 그녀 옆에 섰다. 그녀는 연주를 계속했지만 거의 속삭임 같은 소리로 내 세례명을 부르며 "사랑해요, 사랑해요, 사랑해요"라고 말했다. 나는 그녀 자리에 앉아 야상곡을 연주했다. 그러자 방 안팎의 모든 사람들은 잡담을 멈추었다. 나도 모르게 장조 3화음으로 연주를 끝마쳤다.

이듬해 봄에 우리는 결혼을 했고 유럽에서 석 달을 지냈다. 그런 조건에서 다시 프랑스에 갈 수 있어서 그 여행은 나에게는 두 배의 즐거움이었다.

우리 사이에 첫딸이 태어났다. 머리와 눈이 나를 닮아 검었지만 자라면서 점점 엄마를 닮아갔다. 2년 후에는 아들이 태어났다. 성질은 나를 닮았지만 엄마처럼 흰 피부와 금발의, 옛날 이탈리아 거장의 마음을 기쁘게 해주었을 그런 얼굴과 머리를 한 아기신 같은 아이였다. 엄마의 눈과 얼굴을 그대로 닮은 이 아이는 내 가슴속의 한 성역을 차지하고 있다. 이 아이를 위하여 그녀는 모든 것을 주었기 때문이었다. 그리고 그것은 내 일생의 두번째 성스러운 슬픔으로 남아 있다.

우리의 몇 년 안 된 짧은 결혼 생활은 참으로 행복했다. 아마도 그녀가 나보다 더 행복했을 것이다. 왜냐하면 결혼 후에도, 그녀가 나에게 쏟아 붓는 그 풍요로운 사랑에도 불구하고 나에게는 한 가닥 두려움이, 뭐라 설명할 수도 없고 근거도 분명치 않지만 결코 나를 떠나지 않는 새로운 두려움이 있었기 때문이다. 나는 그녀가 나에게서 어떤 결함, 인간 본성의 잘못이라기보다 나의 피 탓이라고 무의식적으로 생각하는 그런 어떤 결함을 발견해내지는 않을까 늘 두려웠다. 그러나 우리의 결혼 생활을 망쳐놓는 어떤 구름도 다가오지 않았다. 그녀의 상실은 이제 돌이킬 수 없는 것이 되고 말았다. 아이들에게는 어머니의 보살핌이 필요했다. 하지만 나는 결코 다시 결혼하지 않을 것이다. 나는 내 삶을 아이들에게 바치고 있다. 내 비밀이 드러나지 않을까 하는 그런 나 자신에 대한 두려움을 더 이상 느끼지 않는다. 아내가 죽은 후로는 점점 사교 생활로부터 멀어지고 있기 때문이다. 하지만 아이들을 오명에서 보호하기 위해서는 어떤 고통이라도 감수할 생각이다.

나의 현재 입장을 분석해 이야기한다는 것은 쉬운 일이 아니다. 때때로 나는 내가 진짜로 흑인이었던 적은 없는 것처럼, 그저 그들의 내

면생활에 대한 특혜 받은 방관자였던 것처럼 느껴진다. 또 어떤 때는 내가 겁쟁이나 배신자처럼 느껴지고 어머니의 동족에 대한 이상한 동경에 사로잡히기도 한다.

여러 해 전 카네기 홀에서 열린 햄프턴 기술학교[*]를 위한 큰 모임에 참석한 적이 있었다. 햄프턴 학생들은 옛 노래를 부르며 지난 추억들을 일깨워서 나를 슬프게 만들었다. 연사들 중에는 R. C. 오그던[**]이나 코어트 전 대사[***] 그리고 마크 트웨인 같은 사람들이 있었지만 청중들의 관심은 단연 부커 T. 워싱턴[****]에게 쏠려 있었다. 그것은 그의 웅변이 다른 연사들을 능가해서가 아니라 자신의 주장을 제시하는 그 절절한 진지함과 강한 신념 때문이었다. 그리고 그들 인종의 대의명분을 위하여 공적으로 싸우는 소수이지만 용감한 모든 유색인 지도자들을 뒷받침해주고 있는 것은 바로 이러한 진지함과 신념이었다. 그들에게 반대하는 사람들까지도 이들이 항상 정의의 원칙을 고수한다는 점, 비록 패배를 당하더라도 결국은 승자가 되리라는 사실을 알고 있었다. 이들 옆에서 나는 자신이 얼마나 초라하고 이기적인가를 느낀다. 나는 약간의 재산을 만들어낸 보통으로 성공한 백인에 지나지 않는다. 그들은 역사를 만들고 인종을 만들어내는 사람들이다. 나

---

[*] 미국 흑인과 인디언 들을 훈련시키기 위한 전문학교로, 1868년 버지니아 주 햄프턴에 세워졌다.

[**] 햄프턴 기술학교의 이사장이며 재건 시기 이후 남부의 교육 개혁을 주도했다.

[***] 변호사, 정치 개혁가로 1899년부터 1905년까지 영국 대사를 지냈다.

[****] 흑인을 위하여 앨라배마 주 타스키기에 세워진 타스키기 전문학교의 설립자. 기술 교육과 경제적 성공을 강조하며 남부 백인들과의 화해정책을 주창했다. 1901년 발표한 『노예제로부터의 해방』 역시 미국 흑인문학의 고전으로 평가된다.

역시도 그런 영광스러운 일에 가담할 수 있었을 것이다.

지금의 나에 만족하고 달리 되기를 원하지 않게 만든 것은 아이들에 대한 나의 사랑이다. 그러나 때로 내 사라진 꿈과 죽어버린 야망과 희생당한 재능의 유일한 가시적 잔존물인, 이제는 빠른 속도로 노랗게 변색해가는 내 원고를 아직도 보관하고 있는 조그만 상자를 열어볼 때면, 나는 결국 하찮은 부분을 선택한 것이라는, 한 그릇의 죽을 위해 나의 출생권을 팔아버린 것이라는 생각을 지울 수가 없다.

전통의 새로운 조명

1853년에 발표된 윌리엄 웰스 브라운(William Wells Brown)의 『클로텔*Clotel*』을 효시로 하는 미국 흑인소설은 그 역사가 비교적 짧은 편이다. 『클로텔』에 뒤이어 남북전쟁 종전 전까지 프랭크 웨브(Frank Webb)의 소설 등 몇몇 작품이 더 발표되지만 남북전쟁이 끝난 이후로 미국 흑인소설은 대체로 소강 내지 침체 상태에 들어가게 된다. 노예생활의 참상에 대한 기록과 고발과 항변을 주 내용으로 하는 초기의 흑인소설이 노예제도의 폐지와 함께 그 활기를 잃어간 것은 당연한 결과였을 것이다. 그러나 재건시대를 거치면서 오히려 미국 남부에서의 흑인 박해 및 차별 등 인종적 상황이 더욱 악화되어감에 따라 19세기 말부터 흑인문학은 다시 활기를 띄기 시작하며 찰스 W. 체스너트(Charles W. Chesnutt) 같은 작가들이 이 시기 흑인소설의 선봉에 서게 된다. 체스너트의『여자 마술사*The Conjure Woman*』
(1899),『삼나무 뒤편 집*The House Behind the Cedars*』(1900),『전통
의 정수*The Marrow of Tradition*』(1901), 그리고 체스너트와 함께 이
시기를 대표하는 폴 로런스 던바Paul Lawrence Dunbar의『신의 유
희*The Sports of Gods*』(1902)는 흑인소설의 수준을 한 단계 높인 이
시기를 대표하는 작품들이다.

1900년대의 이들을 토대로 1910년대에는 듀보이스(W. E. B. Du
Bois)의『은빛 양털의 추구*The Quest of the Silver Fleece*』(1911)와 제
임스 웰든 존슨의『한때 흑인이었던 남자의 자서전』(1912)이 발표되
고 미국 흑인소설은 1920년대 할렘 르네상스의 활발한 개화로 이어
진다. 그러니까 1910년대의 두 작품, 특히 제임스 웰든 존슨의『한때
흑인이었던 남자의 자서전』은 미국 흑인 역사의 주요 전환기인 1910
년대에 미국 흑인소설의 전통을 체스너트에서 할렘 르네상스로 성공
적으로 이어주고 있는 문학사적 의의가 높은 작품이라고 말할 수 있
다.『한때 흑인이었던 남자의 자서전』은 흑인문학이 활기를 띄고 존
슨의 문명(文名)이 높아진 할렘 르네상스 시기의 1927년, 유수 출판
사인 노프에 의해 재발행됨으로써 비로소 세상에 널리 알려지고 제대
로 평가받게 되었다. 하지만 그 진정한 문학사적 의의는 1912년에 발
간된 초판본에서 찾아야 할 것이다.

우선 작가의 이름도 밝히지 않은 채 한 조그만 출판사에서 소량으
로 발행된 초판본은 미국 흑인 작가들이 당면한 당시의 출판 상황과
독자들과의 관계가 흑인문학에 미친 영향에 대하여 시사하는 바가 크
다. 윌리엄 딘 하웰스(William Dean Howells) 같은 백인 작가의 후

원을 받은 체스너트의 경우는 다소 예외적이라 할 수 있지만 흑인의 인종 문제를 진지하게 다룬 대부분의 흑인 작가들은 주로 백인으로 구성된 독자들로부터 호의적인 반응을 얻지 못하고 출판에 어려움을 겪을 수밖에 없는 것이 당시 상황이었다. 그리고 유수한 출판사를 확보한 체스너트의 작품들도 상업적 성공을 거두지 못하기는 마찬가지였다. 반면 소설과는 달리 흑인 작가들의 노예시절에 겪은 이야기나 사실에 근거한 자전적 기록은 백인 독자들에게 비교적 호응도가 높은 편이었다. 프레더릭 더글라스(Frederick Douglass)의 『프레더릭 더글라스의 인생 이야기*Narrative of the Life of Frederick Douglass*』와 부커 T. 워싱턴(Booker T. Washington)의 『노예제의 극복*Up From Slavery*』 같은 작품이 그 좋은 예이다. 존슨이 그의 소설에 '자서전'이라는 말을 붙이고 작가의 이름을 밝히지 않은 것은 이러한 효과를 의식했다고 볼 수 있을 것이다. 발표 당시 대부분의 독자들에게 이 작품이 한 익명 흑인 작가의 자서전으로 받아들여진 것은 존슨의 이러한 위장전술이 성공적이었음을 보여준다. 『세 편의 흑인 고전*Three Negro Classics*』(1965)에 실린 이 작품을 처음 읽었을 때 제임스 웰든 존슨에 대해 알지 못했던 역자 역시 이 작품을 작가 존슨의 자서전으로 생각했던 기억이 난다. 실제로 존슨은 1933년에 발표한 그의 진짜 자서전인 『이 길을 따라』에서 그의 소설이 대부분 독자들에게 허구의 소설이 아니라 자전적 기록으로 받아들여졌음에 만족해했고 사실상 자신의 의도가 그러했음을 밝힌 바 있다.

이 자전 기록 혹은 자서전의 양식은 초기 미국 흑인문학에서부터 19세기 전반 노예 체험기(Slave Narrative)의 전성기를 거치며 깊이 뿌리를 내린, 그리고 맬컴 엑스(Malcolm X) 등에 의해 오늘날까지도 면면히 이어져오는 미국 흑인문학의 대표적인 전통 양식이다. 존슨은 바로 이 전통적인 표현양식을 그의 소설에 접목시킴으로써 미국 흑인소설에 새로운 지평을 열었다고 볼 수 있다.

이러한 표현양식만이 아니라 다른 여러 측면에서 『한때 흑인이었던 남자의 자서전』은 미국 흑인소설의 전통을 충실히 따르고 있는 것처럼 보인다. 여기서 '보인다'는 의미는 '그러나 사실은 그렇지 않다'라기보다는 '그대로 따르고 있는 것만은 아니다'라는 뜻이다. 좀 더 정확히 말하자면 '미국 흑인소설의 전통을 따르되 그 전통에 새로운 조명을 시도한다'라는 의미이다. 옅은 피부색의 혼혈 흑인 주인공의 등장, 도시와 농촌에서 다양한 흑인들의 삶, 흑인에 대한 남부 백인들의 왜곡된 인종적 태도, 혼혈 흑인의 '백인 행세', 주인공으로 하여금 결국 흑인의 정체성을 포기하게 만드는 참혹한 린치 행위 등, 이 작품에서 우리는 이전의 흑인소설들이 즐겨 다뤄온, 혹은 이미 시도한 바 있는 다양한 주제와 소재들을 다시금 접하게 된다. 그러나 그들을 다루는, 그들에 접근하는 작가의 시각은 사뭇 다르다.

우선 혼혈 흑인 주인공의 예를 보자. 대체로 수려한 외모의 엘리트로 그려지는 혼혈 흑인 주인공은 이른바 '비극적 혼혈(tragic mulatto)'로서 첫 미국 흑인소설인 『클로텔』에서부터 전통적으로 등장해온 가장 대표적인 한 유형이다. 흑인 작가들이 엘리트 혼혈 흑인을 주인공으로 선호하는 데는 그럴 만한 몇 가지 이유가 있다. 첫째, 백인이 지배하는 미국 사회가 흑인에게 가하는 비정한 인종적 박해를 더욱 비극적으로 극화하여 폭로하기 위함이요, 둘째, 흑인들도 백인들과 동등한 대우를 받을 수 있는 지적 능력과 문화적 소양을 갖추고 있으며 백인들 생활양식의 혜택을 누릴 수 있음을 강조하기 위함이요, 셋째, 백인 중산층의 가치관을 모방하는 흑인 지식층의 위선과 가식에 대한 자아비판적 공격을 보다 효과적으로 하기 위함일 것이다. 엘리트 혼혈 흑인의 등장은 이처럼 흑인소설의 전통적인 인종 주제, 사회 항변적 요소와 직결되어 있다고 볼 수 있다. 따라서 그들은 흑인의 한 계층을 대표하는 유형적 인물로 그려지고 그들의 삶은 인간으로서 한 개인의 사적 측면보다는 흑인의 한 유형으로서 공적 측면이 더 강조된다. 그리하여 그들의 사적인 삶은 대체로 인종의 공적 명분을 위해서 경시되거나 희생되고 그들은 자신들의 그러한 선택에 만족하거나 그것을 정당한 운명으로 받아들이는 것이다.

그러나 『한때 흑인이었던 남자의 자서전』의 주인공은 이전 흑인소설의 '그들'과는 전혀 다른 모습으로 그려진다. 이 소설의 첫 장면에서부터 독자들은 주인공의 내밀한 의식 공간으로 곧장 안내되어 고백록 같은 그의 담담한 서술에 귀 기울이게 된다. 어머니와 음악과 더불어 행복하게 보낸 코네티컷에서의 어린 시절, 흑인의 정체성이 드러나는 초등학교 교실에서의 충격적인 사건, 백인 아버지에 대한 애증 섞인 신비스러운 기억, 어머니의 죽음과 애틀랜타 대학 진학의 실패가 가져온 좌절, 시가 제조공으로서 첫 사회생활의 경험, 뉴욕에서 다분히 퇴폐적인 보헤미안적 삶과 그럼에도 식지 않은 음악에의 열정, 백만장자 후원자와의 화려한 유럽 여행, 흑인 음악가로서 흑인 사회에 기여하기로 한 그의 비장한 결심과 그에 따른 급작스러운 귀국, 흑인 음악 연구를 위한 그의 활기찬 여정과 결국 그 여정을 중단하게 만든 린치 사건의 충격, 뉴욕으로 돌아와 한 백인 여자를 사랑하게 되고 그녀와 결혼한 후 결국 백인 사업가로 변신하게 되는 고통스러운 과정, 주인공의 이 모든 성장과 방황의 이야기를 독자들은 줄곧 그의 심리세계 속에서 함께 머물며 경청하게 되는 것이다.

이렇듯 『한때 흑인이었던 남자의 자서전』의 작가가 공들여 보여주려는 것은 주인공이 겪는 외적 사건에 대한 묘사와 그러한 사건이 주인공의 공적인 삶에 미치는 영향이라기보다는, 그것이 주인공의 내면의식과 심리세계에 어떻게 투영되어 내적 삶의 리얼리티를 이루며 그것이 한 인간으로서 주인공의 자기성찰과 자아형성에 어떻게 기여하는지에 대한 것이라 볼 수 있다. 주인공은 이러한 자기성찰과 자아형성 과정을 통하여 미국 사회에서 자신의 '뿌리 없음' '소외감' '불안정성'을 확인하며 듀보이스가 일찍이 명명한, 흑인이며 동시에 미국인이어야 하는 '이중의식(double consciousness)'의 늪에서 '정체성의 위기'를 경험한다. 흑백의 경계선을 넘나드는 혼혈 흑인인 주인공의 이름이 밝혀지지 않는 것은 그 시사하는 바가 크다 할 것이다.

『한때 흑인이었던 남자의 자서전』에서 강조되는 주인공의 이러한 내면적 삶의 중요성은 이전의 흑인소설에서는 좀처럼 찾아볼 수 없는 새로운 것이며, 주인공의 삶에 담긴 '뿌리 없음' '소외감' '불안정성' '정체성 위기'의 주제들은 현대소설의 특징을 이루는 단골 메뉴들이다. 이 책의 가장 중요한 문학사적 의의는 바로 이 '현대성'에서 찾아야 하지 않을까 생각한다. 『한때 흑인이었던 남자의 자서전』이 인종주제와 사회 항변을 강조하는 전통적인 흑인소설의 폭 좁고 경직된 '프로파간다' 문학의 한계를 벗어날 수 있었던 이유는 이 '현대성'이 뒷받침됨으로써 가능했기 때문이다. 그런 의미에서 『한때 흑인이었던 남자의 자서전』을 미국 흑인문학의 수준을 한 단계 끌어올린 최초의 현대 흑인소설로 평가해도 결코 지나침이 없을 것이다. 1927년 재발간된 이 작품이 제시 포셋(Jessie Fauset)의 『오얏빵Plum Bun』(1929), 넬라 라슨(Nella Larsen)의 『백인 행세Passing』(1929) 등 '백인 행세' 주제를 다룬 동시대의 탁월한 작품들과 함께 묶여 평가되는 사실 역시 이 작품의 '현대성'에 대한 방증이 아닐까 한다.

『한때 흑인이었던 남자의 자서전』의 또 하나의 중요한 성과는 미국 흑인 문화의 전통적 소재나 자원들을 '프로파간다'의 좁은 한계를 뛰어넘어 풍부하게 활용함으로써 미국 흑인 문화의 진실을, 그리고 나아가 그 진수를 보여주고 있다는 점이다. 래그타임, 케이크워크 등 흑인 대중 예술에 대한 구체적이고 흥미로운 묘사, 독특한 양식의 설교와 노래로 진행되는 흑인 종교 대집회의 세세하고 실감나는 묘사, 흑인 중산층의 도시 생활 현장으로서 뉴욕 '클럽'의 생생하고 박진감 있는 묘사가 그 좋은 예들일 것이다.

거의 한 세기 전에 쓰인 이 작품의 그 나름의 현대성과 흑인소설로서의 문학사적 의의가 요즘의 우리 독자들에게 어떤 평가를 받게 될지 궁금하다. 그 평가는 어찌되었건 이 작품의 번역이 미국 흑인문학에 대한 우리 독자들의 이해를 넓히는 데 도움이 되었으면 좋겠다. 번역을 위한 텍스트로는 *The Autobiography of an Ex-Colored Man*(Penguin Twentieth Century Classics, 1990)을 사용하였으며 작품해설과 작가연보 작성에 이 텍스트의 서문과 주석 부분을 참조하였음을 밝힌다.

번역 작업이 반쯤 진행되었을 때 뜻하지 않게 병상에 눕게 되었다. 작업의 지연으로 문학동네 편집부 가족들에게 끼친 걱정과 부담에 대한 미안함을 어떻게 표현해야할지 모르겠다. 번역 작업을 마무리한 것만으로 위안을 삼아야 할는지. 지난 1년 반 동안 병상에서 아주 힘겹게 이룬 이 조그만 성취의 기쁨을 나의 건강 회복을 위해 기도해주고 용기를 잃지 않도록 격려해준 나의 가까운 이웃들과 함께 나누고 싶다.

산여재(山如齋)에서

천승걸

1871년   6월 17일 미국 플로리다 주 잭슨빌에서 제임스 존슨(James Johnson)과 헬렌 루이즈 존슨(Helen Louise Johnson)의 첫째 아들로 태어났다. 아버지는 잭슨빌의 일류 호텔 웨이터 장이고 어머니는 학교 교사여서 여유 있는 가정환경에서 유복하게 자란다. 특히 어머니로부터 문학과 음악에 대한 감수성과 재능을 물려받았다.

1873년   이 시기 뉴욕으로의 여행은 뉴욕과 코스모폴리터니즘에 대한 그의 관심과 애정에 영향을 미친다.

1890년   애틀랜타 대학교 입학.

1891년   여름방학을 이용해 조지아의 한 벽지에서 흑인 학생들을 가르치면서 인종적 자각을 경험한다.

1894년   애틀랜타 대학 졸업 후 고향에 돌아와 스탠턴 학교 교장으로 교편을 잡는다. 이 시기에 자신의 신문을 만들어 편집 일을 시도하기도 하고 법학을 독학하기도 한다.

1898년   플로리다 주 법정변호사가 되지만 변호사 개업을 하지는 않는다.

1901~   음악을 전공한 동생 로저먼드의 권유로 한 순회음악 공연회
1903년   사에서 함께 일하기로 하고 뉴욕으로 떠난다. 동생과 밥 콜이라는 흑인 연예인과 함께 대중가요와 악극 대본의 작사를 한다. 이후 4년간 '콜과 존슨 브라더스'라는 이름으로 브로드웨이 쇼의 대중가요 작곡으로 큰 성공을 거둔다. 고등학교 때부터 길러온 시작 능력으로 「올빼미 달만 보네」「대나무 아래서」「콩고 연가」 등 히트곡을 작사한다. 이 시절 흑

인과 백인 연예인들과 어울리며 53번가의 보헤미안 생활을 경험하고 브루클린의 흑인 상류사회를 접하기도 한다. 또한 컬럼비아 대학에서 정식으로 문학 강의를 들으며 유명한 학자이자 비평가인 브랜더 매튜스(Brander Matthews)의 지도 하에 고전과 현대 희곡을 공부한다.

1905년　　유럽 공연을 떠나기 전 매튜스에게 〈한때 흑인이었던 남자의 자서전〉이라는 제목으로 쓰기 시작한 소설의 첫 두 장을 보여주고 그로부터 작품을 계속 써보라는 격려를 받는다.

1906년　　정계에 진출한 친구들의 권유로 대중가요 작사를 그만두고 외교관직에 진출, 베네수엘라 영사에 취임한다.

1909년　　니카라과 총영사에 취임하여 1913년까지 외교관으로 일하면서 동시에 『센추리 매거진』 『인디펜던트』 같은 유수 잡지에 시를 발표한다.

1910년　　그레이스 네일(Grace Nail)과 결혼.

1912년　　보스턴의 작은 출판사 셔먼 프렌치 회사에서 익명으로 『한때 흑인이었던 남자의 자서전』을 출간. 브랜더 매튜스가 서문을 썼다. 독자들의 반응은 대체로 긍정적이었으나 판매 실적은 미미했다.

1913년　　1912년 선거 후 워싱턴의 행정개편을 계기로 외교관직을 그만둔다.

1914년　　큰 영향력을 가진 흑인 주간지 『뉴욕 에이지』의 논설위원이 된다. '뷰즈 앤드 리뷰Views and Reviews'라는 자신의 칼럼을 통해 남부의 인종차별법 등을 비판하고 부커 T. 워싱턴, 마커스 가비(Marcus Garvey) 등 다양한 흑인 지도자들을 칭송한다.

1916년　　화해주의자로서 그의 정치적 능력과 행정적 능력을 인정받아 NAACP(전미유색인지위향상협회)의 상임간사로 추대된다. 취임 후 2년 만에 9천 명이 안 되던 회원이 44,000명으로, 약 70개 정도의 지부 수가 165개로 늘어났다. 또한 십만 명의 흑인이 참여한 뉴욕 5번가 침묵 항의 시위(1917년 1월 28일) 등 인권운동을 주도한다.

1917년 　첫 시집『오십 년 외*Fifty Years and Other Poems*』출간.

1920년 　흑인 최초로 NAACP의 수장인 사무총장에 선임됨. 특히 1922년 반 린치법(The Dyer Anti-Lynching Bill)이 미 하원을 통과하도록 힘쓴 일은(결국 상원 투표에까지는 이르지 못함) 그의 가장 중요한 업적 중 하나로 평가된다.

1922년 　시인 31명의 작품을 수록한, 미국 흑인문학사의 기념비적인 책『미국 흑인 시 선집*The Book of American Negro Poetry*』을 편찬.

1927년 　자유시체로 쓴 실험 시『신의 트롬본: 운문으로 쓴 일곱 개의 흑인 설교집*God's Trombones: Seven Negro Sermons in Verse*』출간. 노프 출판사에서『한때 흑인이었던 남자의 자서전』을 작가의 이름을 밝혀 다시 출간한다. 서문은 백인 작가 칼 반 벡턴(Carl Van Vechten)이 썼다. 책 제목의 'Ex-Colored'를 'Ex-Coloured'로 바꾼 것은 영국에서의 판매를 고려한 조치인 듯함.

1930년 　뉴욕의 문화생활에 대한 흑인들의 공헌을 기록한『검은 맨해튼*Black Manhattan*』출간. 테네시 주 내슈빌의 피스크 대학 문예창작과 석좌교수직을 수락하기 위해 NAACP 사무총장직을 사임한다. 이후 1938년 사망할 때까지 석좌교수직을 유지했다.

1933년 　자서전『이 길을 따라*Along This Way*』출간.『한때 흑인이었던 남자의 자서전』이 자신의 실제 자서전으로 오해받는 데 대한 해명의 뜻이 담겨 있었다고도 한다.

1938년   6월 26일. 메인 주에서 기차와 충돌하는 교통사고로 사망.
           할렘의 장례식에는 2천여 명의 조문객이 참례했다.
1954년   『미국 흑인들, 지금은 어떤가?*Negro American, What Now?*』
           가 사후 출간. 『이 길을 따라』 이후의 이야기와 미국 흑인의
           미래에 대한 성찰을 담았다.

문학동네 세계문학전집 발간에 부쳐

세계문학은 국민문학 혹은 지역문학을 떠나 존재하는 문학이 아니지만 그것들의 총합도 아니다. 세계문학이라는 용어에는 그 나름의 언어와 전통을 갖고 있는 국민문학이나 지역문학의 존재를 인정하면서 그것을 넘어서는 문학의 보편적 질서에 대한 관념이 새겨져 있다. 그 용어를 처음 고안한 19세기 유럽인들은 유럽문학을 중심으로 그 질서를 구축했지만 풍부한 국민문학의 전통을 가지고 있는 현대의 문학 강국들은 나름의 방식으로 세계문학을 이해하면서 정전(正典)의 목록을 작성하고 또 수정한다.

한국에서도 세계문학 관념은 우리 사회와 문화의 변화 속에서 거듭 수정돼왔다. 어느 시기에는 제국 일본의 교양주의를 반영한 세계문학 관념이, 어느 시기에는 제3세계 민족주의에 동조한 세계문학 관념이 출현했고, 그러한 관념을 실천한 전집물이 출판됐다. 21세기 한국에 새로운 세계문학전집이 필요하다는 것은 명백하다. 우리의 지성과 감성의 기준에 부합하는 세계문학을 다시 구상할 때가 되었다.

문학동네 세계문학전집은 범세계적으로 통용되는 고전에 대한 상식을 존중하면서도 지난 반세기 동안 해외 주요 언어권에서 창작과 연구의 진전에 따라 일어난 정전의 변동을 고려하여 편성되었다. 그래서 불멸의 명작은 물론 동시대 세계의 중요한 정치·문화적 실천에 영감을 준 새로운 작품들을 두루 포함시켰다.

창립 이후 지금까지 한국문학 및 번역문학 출판에서 가장 전문적이고 생산적인 그룹을 대표해온 문학동네가 그간 축적한 문학 출판 경험을 바탕으로 새로운 세계문학전집을 펴낸다. 인류가 무지와 몽매의 어둠 속을 방황하면서도 끝내 길을 잃지 않은 것은 세계문학사의 하늘에 떠 있는 빛나는 별들이 길잡이가 되어주었기 때문이다. 우리가 자부심과 사명감 속에서 그리게 될 이 새로운 별자리가 독자들의 관심과 애정에 힘입어 우리 모두의 뿌듯한 자산이 되기를 소망한다.

문학동네 세계문학전집 편집위원

민은경, 박유하, 변현태, 송병선, 이재룡, 홍길표, 남진우, 황종연

세계문학전집 028

한때 흑인이었던 남자의 자서전

1판 1쇄 2010년 3월 15일
1판 4쇄 2023년 10월 5일

지은이 제임스 웰든 존슨 | 옮긴이 천승걸

책임편집 임선영 | 편집 정난진 | 독자모니터 이태균
디자인 랄랄라디자인 송윤형 한충현 최미영 | 저작권 박지영 형소진 최은진 서연주 오서영
마케팅 정민호 서지화 한민아 이민경 안남영 왕지경 황승현 김혜원 김하연
브랜딩 함유지 함근아 고보미 박민재 김희숙 정승민 배진성
제작 강신은 김동욱 이순호 | 제작처 영신사

펴낸곳 (주)문학동네 | 펴낸이 김소영
출판등록 1993년 10월 22일 제2003-000045호
주소 10881 경기도 파주시 회동길 210
전자우편 editor@munhak.com | 대표전화 031)955-8888 | 팩스 031)955-8855
문의전화 031)955-1927(마케팅), 031)955-1916(편집)
문학동네카페 http://cafe.naver.com/mhdn
인스타그램 @munhakdongne | 트위터 @munhakdongne
북클럽문학동네 http://bookclubmunhak.com

ISBN 978-89-546-1006-3 04840
    978-89-546-0901-2 (세트)

잘못된 책은 구입하신 서점에서 교환해드립니다.
기타 교환 문의 031) 955-2661, 3580

www.munhak.com

1, 2, 3 안나 카레니나 레프 톨스토이 | 박형규 옮김

4 판탈레온과 특별봉사대 마리오 바르가스 요사 | 송병선 옮김

5 황금 물고기 르 클레지오 | 최수철 옮김

6 템페스트 윌리엄 셰익스피어 | 이경식 옮김

7 위대한 개츠비 F. 스콧 피츠제럴드 | 김영하 옮김

8 아름다운 애너벨 리 싸늘하게 죽다 오에 겐자부로 | 박유하 옮김

9, 10 파우스트 요한 볼프강 폰 괴테 | 이인웅 옮김

11 가면의 고백 미시마 유키오 | 양윤옥 옮김

12 킴 러디어드 키플링 | 하창수 옮김

13 나귀 가죽 오노레 드 발자크 | 이철의 옮김

14 피아노 치는 여자 엘프리데 옐리네크 | 이병애 옮김

15 1984 조지 오웰 | 김기혁 옮김

16 벤야멘타 하인학교 – 야콥 폰 군텐 이야기 로베르트 발저 | 홍길표 옮김

17, 18 적과 흑 스탕달 | 이규식 옮김

19, 20 휴먼 스테인 필립 로스 | 박범수 옮김

21 체스 이야기·낯선 여인의 편지 슈테판 츠바이크 | 김연수 옮김

22 왼손잡이 니콜라이 레스코프 | 이상훈 옮김

23 소송 프란츠 카프카 | 권혁준 옮김

24 마크롤 가비에로의 모험 알바로 무티스 | 송병선 옮김

25 파계 시마자키 도손 | 노영희 옮김

26 내 생명 앗아가주오 앙헬레스 마스트레타 | 강성식 옮김

27 여명 시도니가브리엘 콜레트 | 송기정 옮김

28 한때 흑인이었던 남자의 자서전 제임스 웰든 존슨 | 천승걸 옮김

29 슬픈 짐승 모니카 마론 | 김미선 옮김

30 피로 물든 방 앤절라 카터 | 이귀우 옮김

31 숨그네 헤르타 뮐러 | 박경희 옮김

32 우리 시대의 영웅 미하일 레르몬토프 | 김연경 옮김

33, 34 실낙원 존 밀턴 | 조신권 옮김

35 복낙원 존 밀턴 | 조신권 옮김

36 포로기 오오카 쇼헤이 | 허호 옮김

37 동물농장·파리와 런던의 따라지 인생 조지 오웰 | 김기혁 옮김

38 루이 랑베르 오노레 드 발자크 | 송기정 옮김

39 코틀로반 안드레이 플라토노프 | 김철균 옮김

40 어두운 상점들의 거리 파트릭 모디아노 | 김화영 옮김

41 순교자 김은국 | 도정일 옮김

42 젊은 베르테르의 슬픔 요한 볼프강 폰 괴테 | 안장혁 옮김

43 더블린 사람들 제임스 조이스 | 진선주 옮김

44 설득 제인 오스틴 | 원영선, 전신화 옮김

45 인공호흡 리카르도 피글리아 | 엄지영 옮김

46 정글북 러디어드 키플링 | 손향숙 옮김

47 외로운 남자 외젠 이오네스코 | 이재룡 옮김

48 에피 브리스트 테오도어 폰타네 | 한미희 옮김

49 둔황 이노우에 야스시 | 임용택 옮김

50 미크로메가스·캉디드 혹은 낙관주의 볼테르 | 이병애 옮김

51, 52 염소의 축제 마리오 바르가스 요사 | 송병선 옮김

53 고야산 스님·초롱불 노래 이즈미 교카 | 임태균 옮김

54 다니엘서 E. L. 닥터로 | 정상준 옮김

55 이날을 위한 우산 빌헬름 게나치노 | 박교진 옮김

56 톰 소여의 모험 마크 트웨인 | 강미경 옮김

57 카사노바의 귀향·꿈의 노벨레 아르투어 슈니츨러 | 모명숙 옮김

58 바보들을 위한 학교 사샤 소콜로프 | 권정임 옮김

59 어느 어릿광대의 견해 하인리히 뵐 | 신동도 옮김

60 웃는 늑대 쓰시마 유코 | 김훈아 옮김

61 팔코너 존 치버 | 박영원 옮김

62 한눈팔기 나쓰메 소세키 | 조영석 옮김

63, 64 톰 아저씨의 오두막 해리엇 비처 스토 | 이종인 옮김

65 아버지와 아들 이반 투르게네프 | 이항재 옮김

66 베니스의 상인 윌리엄 셰익스피어 | 이경식 옮김

67 해부학자 페데리코 안다아시 | 조구호 옮김

68 긴 이별을 위한 짧은 편지 페터 한트케 | 안장혁 옮김

69 호텔 뒤락 애니타 브루크너 | 김정 옮김

70 잔해 쥘리앵 그린 | 김종우 옮김

71 절망 블라디미르 나보코프 | 최종술 옮김

72 더버빌가의 테스 토머스 하디 | 유명숙 옮김

73 감상소설 미하일 조셴코 | 백용식 옮김

74 빙하와 어둠의 공포 크리스토프 란스마이어 | 진일상 옮김

75 쓰가루·석별·옛날이야기 다자이 오사무 | 서재곤 옮김

76 이인 알베르 카뮈 | 이기언 옮김

77 달려라, 토끼 존 업다이크 | 정영목 옮김

78 몰락하는 자 토마스 베른하르트 | 박인원 옮김

79, 80 한밤의 아이들 살만 루슈디 | 김진준 옮김

81 죽은 군대의 장군 이스마일 카다레 | 이창실 옮김

82 페레이라가 주장하다 안토니오 타부키 | 이승수 옮김

83, 84 목로주점 에밀 졸라 | 박명숙 옮김

85 아베 일족 모리 오가이 | 권태민 옮김

86 폭풍의 언덕 에밀리 브론테 | 김정아 옮김

87, 88 늦여름 아달베르트 슈티프터 | 박종대 옮김

89 클레브 공작부인 라파예트 부인 | 류재화 옮김

90 P세대 빅토르 펠레빈 | 박혜경 옮김

91 노인과 바다 어니스트 헤밍웨이 | 이인규 옮김

92 물방울 메도루마 슌 | 유은경 옮김

93 도깨비불 피에르 드리외라로셀 | 이재룡 옮김

94 프랑켄슈타인 메리 셸리 | 김선형 옮김

95 래그타임 E. L. 닥터로 | 최용준 옮김

96 캔터빌의 유령 오스카 와일드 | 김미나 옮김

97 만(卍)·시게모토 소장의 어머니 다니자키 준이치로 | 김춘미, 이호철 옮김

98 맨해튼 트랜스퍼 존 더스패서스 | 박경희 옮김

99 단순한 열정 아니 에르노 | 최정수 옮김

100 열세 걸음 모옌 | 임홍빈 옮김

101 데미안 헤르만 헤세 | 안인희 옮김

102 수레바퀴 아래서 헤르만 헤세 | 한미회 옮김

103 소리와 분노 윌리엄 포크너 | 공진호 옮김

104 곰 윌리엄 포크너 | 민은영 옮김

105 롤리타 블라디미르 나보코프 | 김진준 옮김

106, 107 부활 레프 톨스토이 | 박형규 옮김

108, 109 모래그릇 마쓰모토 세이초 | 이병진 옮김

110 은둔자 막심 고리키 | 이강은 옮김

111 불타버린 지도 아베 고보 | 이영미 옮김

112 말라볼리아가의 사람들 조반니 베르가 | 김운찬 옮김

113 디어 라이프 앨리스 먼로 | 정연회 옮김

114 돈 카를로스 프리드리히 실러 | 안인희 옮김

115 인간 짐승 에밀 졸라 | 이철의 옮김

116 빌러비드 토니 모리슨 | 최인자 옮김

117, 118 미국의 목가 필립 로스 | 정영목 옮김

119 대성당 레이먼드 카버 | 김연수 옮김

120 나나 에밀 졸라 | 김치수 옮김

121, 122 제르미날 에밀 졸라 | 박명숙 옮김

123 현기증. 감정들 W. G. 제발트 | 배수아 옮김

124 강 동쪽의 기담 나가이 가후 | 정병호 옮김

125 붉은 밤의 도시들 윌리엄 버로스 | 박인찬 옮김

126 수고양이 무어의 인생관 E. T. A. 호프만 | 박은경 옮김

127 맘브루 R. H. 모레노 두란 | 송병선 옮김

128 익사 오에 겐자부로 | 박유하 옮김

129 땅의 혜택 크누트 함순 | 안미란 옮김

130 불안의 책 페르난두 페소아 | 오진영 옮김

131, 132 사랑과 어둠의 이야기 아모스 오즈 | 최창모 옮김

133 페스트 알베르 카뮈 | 유호식 옮김

134 다마세누 몬테이루의 잃어버린 머리 안토니오 타부키 | 이현경 옮김

135 작은 것들의 신 아룬다티 로이 | 박찬원 옮김

136 시스터 캐리 시어도어 드라이저 | 송은주 옮김

137 고독한 산책자의 몽상 장자크 루소 | 문경자 옮김

138 용의자의 야간열차 다와다 요코 | 이영미 옮김

139 세기아의 고백 알프레드 드 뮈세 | 김미성 옮김

140 햄릿 윌리엄 셰익스피어 | 이경식 옮김

141 카산드라 크리스타 볼프 | 한미회 옮김

142 이 글을 읽는 사람에게 영원한 저주를 마누엘 푸익 | 송병선 옮김

143 마음 나쓰메 소세키 | 유은경 옮김

144 바다 존 밴빌 | 정영목 옮김

145, 146, 147, 148 전쟁과 평화 레프 톨스토이 | 박형규 옮김

149 세 가지 이야기 귀스타브 플로베르 | 고봉만 옮김

150 제5도살장 커트 보니것 | 정영목 옮김

151 알렉시 · 은총의 일격 마르그리트 유르스나르 | 윤진 옮김

152 말라 온다 알베르토 푸겟 | 엄지영 옮김

153 아르세니예프의 인생 이반 부닌 | 이항재 옮김

154 오만과 편견 제인 오스틴 | 류경희 옮김

155 돈 에밀 졸라 | 유기환 옮김

156 젊은 예술가의 초상 제임스 조이스 | 진선주 옮김

157, 158, 159 카라마조프가의 형제들 표도르 도스토옙스키 | 김희숙 옮김

160 진 브로디 선생의 전성기 뮤리얼 스파크 | 서정은 옮김

161 13인당 이야기 오노레 드 발자크 | 송기정 옮김

162 하지 무라트 레프 톨스토이 | 박형규 옮김

163 희망 앙드레 말로 | 김웅권 옮김

164 임멘 호수 · 백마의 기사 · 프시케 테오도어 슈토름 | 배정희 옮김

165 밤은 부드러워라 F. 스콧 피츠제럴드 | 정영목 옮김

166 야간비행 앙투안 드 생텍쥐페리 | 용경식 옮김

167 나이트 우드 주나 반스 | 이예원 옮김

168 소년들 앙리 드 몽테를랑 | 유정애 옮김

169, 170 독립기념일 리처드 포드 | 박영원 옮김

171, 172 닥터 지바고 보리스 파스테르나크 | 박형규 옮김

173 싯다르타 헤르만 헤세 | 권혁준 옮김

174 야만인을 기다리며 J. M. 쿳시 | 왕은철 옮김

175 철학편지 볼테르 | 이봉지 옮김

176 거지 소녀 앨리스 먼로 | 민은영 옮김

177 창백한 불꽃 블라디미르 나보코프 | 김윤하 옮김

178 슈틸러 막스 프리슈 | 김인순 옮김

179 시핑 뉴스 애니 프루 | 민승남 옮김

180 이 세상의 왕국 알레호 카르펜티에르 | 조구호 옮김

181 철의 시대 J. M. 쿳시 | 왕은철 옮김

182 카시지 조이스 캐럴 오츠 | 공경희 옮김

183, 184 모비 딕 허먼 멜빌 | 황유원 옮김

105 솔로몬의 노래 토니 모리슨 | 김선형 옮김

186 무기여 잘 있거라 어니스트 헤밍웨이 | 권진아 옮김

187 컬러 퍼플 앨리스 워커 | 고정아 옮김

188, 189 죄와 벌 표도르 도스토옙스키 | 이문영 옮김

190 사랑 광기 그리고 죽음의 이야기 오라시오 키로가 | 엄지영 옮김

191 빅 슬립 레이먼드 챈들러 | 김진준 옮김

192 시간은 밤 류드밀라 페트루셉스카야 | 김혜란 옮김

193 타타르인의 사막 디노 부차티 | 한리나 옮김

194 고양이와 쥐 귄터 그라스 | 박경희 옮김

195 펠리시아의 여정 윌리엄 트레버 | 박찬원 옮김

196 마이클 K의 삶과 시대 J. M. 쿳시 | 왕은철 옮김

197, 198 오스카와 루신다 피터 케리 | 김시현 옮김

199 패싱 넬라 라슨 | 박경희 옮김

200 마담 보바리 귀스타브 플로베르 | 김남주 옮김

201 패주 에밀 졸라 | 유기환 옮김

202 도시와 개들 마리오 바르가스 요사 | 송병선 옮김

203 루시 저메이카 킨케이드 | 정소영 옮김

204 대지 에밀 졸라 | 조성애 옮김

205, 206 백치 표도르 도스토옙스키 | 김희숙 옮김

207 백야 표도르 도스토옙스키 | 박은정 옮김

208 순수의 시대 이디스 워턴 | 손영미 옮김

209 단순한 이야기 엘리자베스 인치볼드 | 이혜수 옮김

210 바닷가에서 압둘라자크 구르나 | 황유원 옮김

211 낙원 압둘라자크 구르나 | 왕은철 옮김

212 피라미드 이스마일 카다레 | 이창실 옮김

213 애니 존 저메이카 킨케이드 | 정소영 옮김

214 지고 말 것을 가와바타 야스나리 | 박혜성 옮김

215 부서진 사월 이스마일 카다레 | 유정희 옮김

216 사람은 무엇으로 사는가 레프 톨스토이 | 이항재 옮김

217, 218 악마의 시 살만 루슈디 | 김진준 옮김

219 오늘을 잡아라 솔 벨로 | 김진준 옮김

220 배반 압둘라자크 구르나 | 황가한 옮김

221 어두운 밤 나는 적막한 집을 나섰다 페터 한트케 | 윤시향 옮김

222 무어의 마지막 한숨 살만 루슈디 | 김진준 옮김

223 속죄 이언 매큐언 | 한정아 옮김

224 암스테르담 이언 매큐언 | 박경희 옮김

225, 226, 227 특성 없는 남자 로베르트 무질 | 박종대 옮김

228 앨프리드와 에밀리 도리스 레싱 | 민은영 옮김

229 북과 남 엘리자베스 개스켈 | 민승남 옮김

230 마지막 이야기들 윌리엄 트레버 | 민승남 옮김

231 벤저민 프랭클린 자서전 벤저민 프랭클린 | 이종인 옮김

232 만년양식집 오에 겐자부로 | 박유하 옮김

233 이상한 나라의 앨리스 루이스 캐럴 | 존 테니얼 그림 | 김희진 옮김

234 소네치카·스페이드의 여왕 류드밀라 울리츠카야 | 박종소 옮김

235 메데야와 그녀의 아이들 류드밀라 울리츠카야 | 최종술 옮김

● 문학동네 세계문학전집은 계속 출간됩니다